जानकीपुल

(कहानी-संग्रह)

जानकीपुल

प्रभात रंजन

वाणी प्रकाशन

वाणी प्रकाशन

4695, 21-ए, दरियागंज, नयी दिल्ली 110 002

शाखा

अशोक राजपथ, पटना 800 004

फ़ोन: +91 11 23273167 फ़ैक्स: +91 11 23275710

www.vaniprakashan.in
vaniprakashan@gmail.com

JANKIPUL
by Prabhat Ranjan

ISBN : 978-93-5072-260-2
Collection of Short Stories

प्रथम (वाणी) संस्करण 2014

मूल्य : ₹ 250

हर्ष प्रिंटर्स, दिल्ली-110 093 में मुद्रित

वाणी प्रकाशन का लोगो मक़बूल फ़िदा हुसेन की कूची से

कथा गुरु अखिलेश

और

मित्रकवि तुषार धवल (टी.डी.)

के लिए

अपना यह पहला कथा-संग्रह

अनुक्रम

मोनोक्रोम

'अल कौसर' के बाहर चहलकदमी करते हुए वह अब थोड़ा उकताने लगा था।

जानबूझकर समय नहीं देख रहा था। समय को वह भूल जाना चाहता था। वह यह भूल जाना चाहता था कि उसे यहाँ टहलते आधा घंटा हो चुका है।

...कि साढ़े सात बज चुके हैं और बात सात बजे मिलने की थी। न चाहते हुए भी अपनी घड़ी के नीले डायल पर उसकी आँखें ठहर गयीं।

अगर गुजरे बरस होते तो वह यह सोचता टहलता रहता कि वह एक बार फिर पीछे से धमधम करती आएगी और जब तक वह उन पैरों की आवाज को आँखों से सही करने पीछे मुड़ेगा, कहेगी—

'सॉरी राहुल! जैम में फँस गयी थी। आय ऐम रियली वेरी सॉरी।'

और वह बड़े नाज से अपना गुस्सा वापस ले लेगा।

वक्त पीछे छूट गया था। वक्त पीछे छूटता जा रहा था और साथ में यह अहसास भी कि वह आएगी। बीते दिनों की यादें ही रह जाती हैं...

और कभी-कभी मिलने को कोई पुराना रेस्तराँ।

उसे अपने इस खयाल पर हँसी आ गयी। उसे ध्यान आया कि वह अक्सर सड़कों के किनारे पटरियों पर लोगों को इसी तरह हँसते, अपने-आपसे बातें करते देखता है और सोचता है कहीं वे पागल तो नहीं हैं। उसने इधर-उधर देखा और आश्वस्त हुआ कि अँधेरे में उसे कोई देख नहीं रहा था।

वह बाहर पटरी पर एक फटा अखबार बिछाकर बैठ गया और सामने तेजी से भागती गाड़ियों के ब्रांड पहचानने का खेल खेलने लगा। बरसों पुराना खेल कि किस ब्रांड की गाड़ियाँ सड़क पर ज्यादा दिखती हैं। अक्सर ऊबकर वह यही खेल खेलने लगता। बरसों प्रतीक्षा ने उसे इस खेल का आदी बना दिया है।

सामने एक ऑटो आकर रुकी।

उसकी आँखों में बरसों पुरानी पहचान लौट आयी थी। इतनी रोशनी नहीं थी कि किसी को आसानी से पहचाना जा सके। मगर उसे खुशी हुई कि उसने पहचान लिया था, ऑटो से लिच्छवि उतर रही थी। उसने यह भी पहचान लिया था कि

उसने नीले बाँधनी का सूट पहन रखा था। उसे याद आया नीले रंग के कपड़ों में लिच्छवि उसे बहुत अच्छी लगती थी। वह 'अलकौसर' से छनकर आती नीली रोशनी में उठा और धीरे-धीरे ऑटो की ओर बढ़ने लगा।

''हाय!''

राहुल ने धीरे से कहा।

''ओ! हाय!''

लिच्छवि ने ऐसे चौंककर कहा मानो वह यहाँ उससे नहीं किसी और से मिलने आयी हो और उसे वहाँ पाकर चौंक गयी हो।

राहुल को थोड़ी-सी राहत इस बात से मिली कि वह अब भी उसकी आवाज पहचानता था। वही खनक और थोड़ा-सा लड़कपन लिये। हाँ, अब वह उतनी बेपरवाह नहीं लग रही थी। वह थोड़ा निराश हुआ कि उसकी मुस्कराहट में वह पहचान नहीं थी जो बरसों तक, पाँच बरस तक सिर्फ उसके लिए थी।

''मुझे लग रहा था तुम नहीं आओगी।'' राहुल बोला।

''क्यों जब कहा था आऊँगी तब ऐसा क्यों लगा?''

राहुल ने महसूस किया लिच्छवि की आवाज में अब पहले वाली हड़बड़ाहट नहीं थी। अब वह काफी सधी हुई लगती थी।

''यों ही मुझे लगा शायद काम में फँस गयी होगी।'' राहुल बोला।

''काम तो था, लेकिन...'' लिच्छवि वाक्य अधूरा छोड़कर अपने बालों का रबर ठीक करने लगी।

राहुल कहना चाहता था तुम अब भी उतनी ही सुन्दर लगती हो और तुम ठीक कहती थीं हल्का काजल लगा लेने से तुम्हारी आँखें ज्यादा सुन्दर लगने लगती हैं—एकदम काले पके अँगूर-सी बाहर को निकलती। पर उसने कहा नहीं। दूरियों के लम्बे बरसों की दीवार बीच में आ गयी थी। उसे याद आया वह सब कहने के लिए तो लिच्छवि से मिलने नहीं आया था। उसे तो एक काम की बात करनी थी।

इन बरसों में राहुल एक 'प्रोफेशनल राइटर' बन चुका है। अपने विजिटिंग कार्ड पर यही लिखता। अखबारों में लिखने से लेकर रेडियो-टेलीविजन के छोटे-मोटे कार्यक्रम लिखनेवाला राहुल शर्मा बन चुका है। चैट शो, गेम शो, काउंटडाउन शो लिखने वाला राहुल शर्मा।

शो-बिजनेस के छोटे-मझोले निर्माता उसका नाम जानते थे। उसका फोन नम्बर, पेजर नम्बर अपनी डायरी में लिखकर रखने लगे थे। इन दिनों वह एक 'फ़िक्शन' यानी धारावाहिक की तलाश में था। हर प्रोफेशनल राइटर की असली मंजिल। वह एक 'सफल लेखक' का लेबल लगाना चाहता था अपने ऊपर। अपना एक 'ब्रांड नेम' बनाना चाहता था—राहुल शर्मा।

'लिच्छवि' एक 'टेलीविजन एंकर' बन चुकी थी। लेकिन चैनलों की बढ़ती भीड़ में वह जिस चैनल की एंकर पर्सन थी, उस पर बहुत कम दर्शकों का रिमोट ठहरता था।

वह एक अखबार में हाई सोसायटी पार्टियों पर कॉलम भी लिखती थी। हालाँकि अंग्रेजी के जिस अखबार में लिच्छवि का कॉलम छपता था, वह अखबार भी ज्यादा नहीं पढ़ा जाता था।

पर कम-से-कम राहुल तो उसे पढ़ता ही था। हर इतवार की सुबह वह उस कॉलम को पढ़ता और कई कारणों से उदास हो जाता। एक यह कि वह कभी लिच्छवि के साथ किसी पार्टी में नहीं गया। तब वे दोनों पार्टियों में जाते भी कहाँ थे।

शायद इस कारण भी कि लिच्छवि ऐसी पार्टियों में जाने लगी थी जहाँ जाने का सौभाग्य राहुल को अब तक नहीं मिला था।

...और थोड़ा-सा इसलिए भी शायद कि भले ही लिच्छवि 'सेलिब्रिटी' नहीं बन पायी हो अब तक, पर पैसा तो अच्छा कमा ही रही थी।

जिन्दगी की दौड़ में वह उससे इतना आगे निकल चुकी थी कि आज उसे अपनी जिन्दगी की गाड़ी पटरी पर लाने के लिए उसकी जरूरत आ पड़ी थी। शायद उसे भरोसा था लिच्छवि पर—अपने बीते प्यार पर।

उसी की बरसों पुरानी डोर थामकर उसने लिच्छवि को आज 'अल कौसर' में डिनर के लिए बुलाया था।

"अल कौसर तुम्हारी फेवरिट जगह थी...याद है!" राहुल बातों को पीछे ले जाना चाह रहा था।

"हाँ! पर अब तो टाइम ही नहीं मिलता यहाँ आने का। पर यहाँ-वहाँ पार्टियों में यहाँ के काकोरी कबाब मिल जाते हैं। वैसे भी यहाँ आना अब 'इनथिंग' नहीं रह गया है...।" लिच्छवि ऐसे कह रही थी जैसे उसे किसी अच्छी जगह न बुलाया गया हो।

राहुल को लगा जैसे लिच्छवि उसे छोटा दिखाने के लिए ही ऐसा कह रही है। उसे लगा जैसे उसने लिच्छवि से मिलकर कोई गलती कर दी हो। पर एक उम्मीद थी जिसकी लौ के सहारे वह उससे मिलने आया था।

"इधर सुना, तुम्हारा टॉक शो बहुत पॉपुलर हो गया है। मैं देख तो नहीं पाता पर पीछे कहीं अखबार में पढ़ा था। वैसे 'मॉर्निंग इको' में तुम्हारा कॉलम पढ़ता रहता हूँ। अच्छा लिखने लगी हो।"

राहुल बातचीत का एक सिरा पकड़ना चाहता था। एक ऐसा सिरा जिसके सहारे बीच का ठंडापन खत्म हो सके।

"हाँ, देख तो मैं खुद भी नहीं पाती हूँ। टाइम ही नहीं मिलता...कॉलम तो वैसे ही है—टाइमपास। थोड़ी-सी गॉसिप हो जाती है—ठीक-ठाक पैसे मिल जाते हैं। वैसे इन दिनों मैं एक नॉवल लिख रही हूँ दिल्ली के सोशलाइट लाइफ स्टाइल के बैकड्रॉप में लवस्टोरी होगी। रविदयाल से बातचीत चल रही है..."

और तुम्हारी तो कोई खबर ही नहीं मिलती। बीच में सुना था कबीर के लिए चंडीगढ़ पर कोई डाक्यूमेंट्री लिखी थी तुमने। इनफैक्ट वह खुद ही बता रहा था...कह रहा था ठीक-ठाक लिखता है। पर तुम तो जानते ही हो मेरी हिन्दी का हाल...अब तो और बुरी हो गयी है...।"

बात का कोई भी सिरा राहुल के हाथ नहीं आ पा रहा था। लग रहा था कि लिच्छवि की आवाज किसी और दुनिया से आ रही हो, जिसे समझने का कोड उसकी दुनिया में था ही नहीं। यह अहसास और बढ़ता जा रहा था कि वह वाकई इस दुनिया में पीछे छूट गया है...राहुल कुछ नहीं बोला...चुपचाप अलकौसर का दरवाजा खोलकर अन्दर घुस गया और लिच्छवि के आने की प्रतीक्षा करने लगा।

"कोने वाली टेबल खाली नहीं है। याद है तुम्हें, उस टेबल के खाली होने की हम कितनी-कितनी देर प्रतीक्षा करते थे।" राहुल धीरे-धीरे खोयी आवाज में बोल रहा था।

"ओ हाँ! कहीं और बैठ जाते हैं। मुझे जल्दी जाना है। काबुकी स्टूडियो में रेकार्डिंग है"...राहुल ने महसूस किया लिच्छवि थोड़ी बेचैन हो गयी थी।

लिच्छवि उस दुनिया में नहीं लौटना चाहती थी। राहुल बार-बार अपनी स्मृतियों की उस दुनिया को लौटाना चाह रहा था। लिच्छवि और अपनी साझी स्मृतियों की दुनिया...पर लग रहा था लिच्छवि की स्मृतियों में वह दुनिया थी ही नहीं।

दोनों बीच की एक खाली टेबल पर बैठ गये।

"दो काकोरी कबाब और...तुम अब भी सिर्फ कोक ही पीती हो या..." राहुल ऑर्डर देते-देते थोड़ा रुक गया।

"मैं कुछ भी लेती हूँ। वैसे डिनर पर तुमने बुलाया है...जो भी पिलाओगे पी लूँगी।" लिच्छवि मुस्कुराते हुए बोली।

राहुल ने लिच्छवि की आवाज में पहली बार ऐसा कुछ पाया जो उसे अपना लगा। उसे लगा कि यह सही मौका है जब अपनी बात शुरू कर देनी चाहिए।

पिछले हफ्ते उसने अखबार में युवानिर्देशक सुकान्त के साथ एक डांस पार्टी में लिच्छवि की तस्वीर देखी थी। उसी अखबार में सुकान्त का एक इंटरव्यू भी छपा था जिसमें उसने अपने अगले 'डेली सोप' के बारे में बताया था। उसने कहा था उसे लेखकों की नयी टीम की तलाश थी।

उसे उम्मीद थी अगर वह लिच्छवि को सुकान्त से मिलवाये जाने की बात करे तो शायद उसके कैरियर को एक नया मोड़ मिल जाए। लिच्छवि अगर उसकी मदद करे तो वह अपना कैरियर ग्राफ बदल सकता है।

''पिछले हफ्ते मैंने सुकान्त के साथ तुम्हारी तस्वीर देखी थी।'' राहुल काकोरी कबाब के टुकड़े को कोक के साथ निगलते हुए बोला।

''ओ यस! ही इज ए गुड फ्रेंड ऑफ माइन। दरअसल, उसी ने मुझे सिखाया था इस माध्यम में अगर बड़ा बनना है तो ब्लैक-एंड व्हाइट को ब्लैक एंड व्हाइट नहीं मोनोक्रोम कहना चाहिए।''

राहुल ने नोट किया, वह अब भी पहले की तरह जल्दी-जल्दी खाती है। ''असल में बात यह है कि सुकान्त एक नया डेली सोप बना रहा है और उसे कुछ नये राइटर चाहिए। तुम अगर...'' राहुल कह तो लिच्छवि से रहा था पर देख ऐसे रहा था जैसे अपनी अनुगूँज से कह रहा हो।

''तो इसलिए तुमने मुझे यहाँ बुलाया था...देखो राहुल, मैं तुम्हें प्रोफेशनली तो जानती नहीं हूँ...और तुम जानते हो इस मीडियम में...एनी वे...तुम्हें एक काम करना होगा। मैं तुम्हें उसका फोन नम्बर देती हूँ। उसकी बीवी को ये पसन्द नहीं है कि मैं उसके घर फोन करूँ। फोन वह मुझे खुद ही करता है। तुम फोन करके उसे यहाँ बुला लो...कहना मैं बैठी हूँ। चाहो तो कह सकते हो—मैं उसका इन्तजार कर रही हूँ...आय ऐम वेटिंग फार हिम...''

राहुल ने महसूस किया लिच्छवि की आवाज में अपने 'कुछ होने' का अहसास बढ़ गया है।

राहुल पहली बार इस मुलाकात पर बड़ा शर्मिन्दा महसूस कर रहा था। जैसे लग रहा था सफलता की इच्छा ने उसे आज भिखमंगा बना दिया हो। बातचीत इसी मोड़ पर खत्म की जा सकती थी। पर इससे नुकसान तो उसका ही होता न। या तो वह अपना स्वाभिमान बचा सकता था या अपना कैरियर। बरसों की असफलताओं से वह जान गया था कि उसके स्वाभिमान में बचाने लायक कुछ बचा नहीं है।

''पता है जब तुम्हारी याद आती है मैं क्या करता हूँ?'' राहुल बातों को कोई और मोड़ देना चाह रहा था।

''क्या?'' लिच्छवि ने पहली बार राहुल की आँखों में आँखें डालते हुए पूछा।

''मैं खूब मिठाई खाने लगता हूँ।...तुम्हें मिठाई खाना बहुत अच्छा लगता था न।'' राहुल ने लिच्छवि की आँखों से अपनी आँखें बचाते हुए कहा।

''मिठाई तो अब मैं पचा नहीं पाती। बहुत फैटी होती है। खैर...तुम सुकान्त का नम्बर नोट करो...इट्स 5142773...''

राहुल को भी लगा इस प्यार के खेल को अपने बरसों पुराने झोले में वापस

डाल लेना चाहिए। अपने-आपको और गिराने से तो बेहतर है कि जल्दी-से काम निपटाकर लिच्छवि से विदा ले।

राहुल चुपचाप उठा और रिसेप्शन से फोन करने लगा।

''उसने कहा है वह पाँच मिनट में आ रहा है'' राहुल ने लौटकर बताया।

''बिल आ गया है, पैसे हैं या दूँ?'' लिच्छवि ने राहुल से पूछा।

''डिनर पर तुम्हें मैंने बुलाया था...'' राहुल पर्स से पैसे निकालने लगा।

लिच्छवि उठकर बाहर चली गयी थी। राहुल भी पीछे-पीछे आ गया।

''तुम्हारे घर का फोन नम्बर...'' राहुल ने वक्त काटने के लिए लिच्छवि से पूछा।

लिच्छवि कुछ देर चुपचाप देखती रही। अपनी बार-बार देखी आँखों में अनजानापन लिये।

''पापा के नहीं रहने के बाद मम्मी आजकल मेरे साथ ही रहती हैं। उन्हें तुम्हारा फोन करना अच्छा नहीं लगेगा। वह आज भी मेरे बहक जाने का जिम्मेदार तुम्हें मानती हैं। मेरे इस कैरियर का...'' लिच्छवि अपनी सधी हुई एंकर पर्सन वाली आवाज में बोल रही थी।

''ओह! आय ऐम सो सॉरी...खैर...तुम्हारे ऑफिस का नम्बर तो है ही।'' राहुल ने इस प्रसंग को समाप्त करते हुए कहा।

सामने एक काली सिएलो कार रुकी। राहुल ने महसूस किया लिच्छवि की आँखों में किसी की पहचान चमकने लगी थी। वह तेजी से कार की ओर बढ़ गयी।

''सुकान्त, ये राहुल शर्मा हैं। कॉलेज में मेरे सीनियर थे। कबीर की चंडीगढ़ वाली डाक्यूमेंट्री इन्होंने ही लिखी है...'' लिच्छवि सुकान्त से राहुल का परिचय करवा रही थी!

''ओ नाइस मीटिंग यू। सुना था किसी से आपके बारे में। आप कल-परसों फोन करके मेरे पास आ जाइए...गल्लाँ-सल्लाँ करते हैं''...सुकान्त ने राहुल से हाथ मिलाते हुए कहा।

राहुल को लगा अब वहाँ 'फालतू' बने रहना अच्छा नहीं। विदा लेनी चाहिए। उन्हें और भी बातें करनी होंगी।

''अच्छा मैं चलता हूँ...'' राहुल ने लिच्छवि से कहा और सुकान्त की ओर देखते हुए बोला, ''मैं कल दोपहर में आपको फोन करूँगा।''

''ओह श्योर'' सुकान्त तपाक से बोला। राहुल पीछे मुड़ चुका था।

''फोन करना....कीप इन टच'', उसने सुना। लिच्छवि की आवाज थी।

वह कुछ नहीं बोला। बस पीछे मुड़कर एक बार लिच्छवि को देखा, हाथ मिलाया और वापस मुड़कर तेजी से चलने लगा...वैसे ही जैसे बरसों पहले

आखिरी बार वह लिच्छवि से जुदा हुआ था।

आगे अँधेरी सड़क थी, जिस पर गाड़ियों की जलती-बुझती भागती रोशनी न जाने क्यों उसे अपने गाँव की पगडंडियों की याद दिला रही थी जो रात में जुगनुओं की जगर-मगर से भर जाती थी।

वह दूर अँधेरे में गुम हो रहा था।

"कोई पुराना चक्कर" सुकान्त ने गाड़ी का पावर विंडो बन्द करते हुए पूछा।

"बताया न मेरा सीनियर था कॉलेज में...एंड ही वाज आल्वेज वेरी नाइस टु मी...वेरी हेल्पफुल-एंड आई थिंक बदले में मुझे उसके लिए कुछ करना चाहिए..." लिच्छवि गाड़ी का एसी आन कर चुकी थी।

"शुक्र है तुम्हें इतना तो याद है कि तुम्हें किसके लिए कितना क्या करना है..." सुकान्त गाड़ी स्टार्ट करते हुए बोला।

दोनों हँसने लगे। लिच्छवि वही जोरदार हँसी हँस रही थी जिसकी गूँज राहुल की स्मृतियों में अभी बाकी थी। जो इस समय सड़क पर चलते-चलते यही सोच रहा था शायद वह वैसी ही हँसी हँस रही होगी।

लिच्छवि और सुकान्त की गाड़ी तेजी से उसके बगल से गुजर गयी।

❑

फ्लैशबैक

वह बहुत छोटी-सी खबर थी, जिस पर मेरी आँखें ठहर गयीं। अखबार के दूसरे-तीसरे पन्नों पर हर रोज ऐसी असंख्य खबरें मैं बरसों से पढ़ता आ रहा हूँ, जिनमें वृद्ध दम्पतियों की घरेलू नौकर द्वारा हत्या के बारे में कुछ होता है या दहेज के लिए किसी स्त्री के जिन्दा जला देने या फाँसी पर लटका देने के सम्बन्ध में कुछ छपा होता है...

या फिर तरह-तरह की लूटपाट की खबरें या धोखाधड़ी के नये-नये तरीकों को लेकर खबरें होती हैं। जिन्हें मैं यह जानने के लिए बड़े ध्यान से पढ़ता हूँ कि हमारे देश ने कितनी तकनीकी प्रगति कर ली है...तरह-तरह से इंटरनेट पर हैक कर लिये जाने सम्बन्धी खबरें...एक तरह से अपने प्रिय राष्ट्रीय दैनिक के वे दो पन्ने मेरे लिए स्थानीय और राष्ट्रीय प्रगति का आईना जैसा बन गये हैं। हम और किसी क्षेत्र में प्रगति कर पाये हों या नहीं, इस क्षेत्र में हमारी विकास दर उन्नतोदर ही कही जाएगी। मैं आपसे झूठ नहीं बोलना चाहता, यथार्थ से जुड़े रहने का मेरा यही एकमात्र जरिया रह गया है। सो, रोज बड़े मनोयोग से इन दो पन्नों का पारायण करता हूँ। बिला नागा।

ऐसी ही तमाम खबरों के बीच उस पर नजर ठहर गयी, थी खबर ही, पर ठहर गयी...''सांसद के घर कैमरे एवं अन्य उपकरणों के साथ सन्दिग्ध अवस्था में एक अज्ञात अपराधकर्मी गिरफ्तार''। नये दौर ने कैमरे के साथ कहीं जाने को भी सन्दिग्ध बना दिया है। लेकिन नजर इसलिए नहीं ठहरी थी। खबर में आगे था कि इस घटना के बाद अनेक महत्त्वपूर्ण स्थानों की सुरक्षा कड़ी कर दी गयी है। यहाँ तक तो यह खबर मेरे लिए आम ही थी, लेकिन दिलचस्पी का कारण खबर में दी गयी आगे की सूचना थी—''सांसद सी.पी. साहू के यहाँ से गिरफ़्तार इस अपराधकर्मी का नाम बाँके बिहारी है, वैसे तो वह सांसद महोदय से अपने पूर्व परिचय की बात करता है, पर सांसद ने ऐसे किसी भी व्यक्ति से दूर-दूर तक अपने किसी भी प्रकार के परिचय होने से इनकार किया है।'' खबर लिखने वाले 'निजी संवाददाता' ने आगे लिखा था कि उस अपराधकर्मी के पास से पुलिस को कैनन

के एक डिजिटल कैमरे के अलावा एक देशी कट्टा भी मिला है।

यह मेरे लिए महज दिल्ली के अखबार का एक 'महानगर और आसपास' के पन्ने की कोई आम खबर मात्र नहीं रह गयी। इस खबर में बाँके बिहारी प्रसाद के नाम के आने से सचमुच यह मेरे लिए कोई समाचार मात्र नहीं रह गया था।

देशी कट्टे और सन्दिग्ध अवस्था में गिरफ्तार होनेवाले किसी सन्दिग्ध अपराधकर्मी के रूप में मैं बाँके बाबू की कल्पना तो नहीं ही कर सकता, वैसे मेरे अपने इस छोटे से जीवन काल में ही जो कुछ घटित हुआ, वह क्या कल्पित-सम्भव रहा होगा, किसने क्या सोचा होगा? कौन कब क्या हो जाए, परिस्थिति कब किसे क्या करने के लिए विवश कर दे, यह तो सचमुच नहीं कहा जा सकता। लेकिन फिर भी यह मानने के लिए अब भी अपने आपको सहज तौर पर प्रस्तुत नहीं पाकर रहा हूँ।

इसलिए इस 'सन्दिग्ध अपराधी बाँके बिहारी' से नितान्त भिन्न अपने एक जमाने के आदर्श छात्र नेता बाँके बिहारी प्रसाद के बारे में जो कुछ भी मैं यहाँ वृत्तान्त के रूप लिख या कह रहा हूँ, मेरा आग्रह है कि उसे फिलहाल कथा ही रहने दिया जाए। हालाँकि हो सकता है कि सच इससे भी कहीं अधिक विस्मयकारी निकले... मेरा एक प्रिय पत्रकार जब भी मिलता है अक्सर मुझसे पूछता है कि बताओ कहानी आगे है कि यथार्थ...।

अब हिमाचल प्रदेश के कसौली नामक कस्बे में वाईन बनानेवाली मशहूर कम्पनी शटर हाउस के सेल्स मैनेजर के रूप में गाजियाबाद के सेल्स ऑफिस में काम करने वाले मुझ ओंकार ठाकुर को ही ले लीजिए, कौन मेरी इस बात पर यकीन करेगा कि मैनेजमेंट की डिग्री प्राप्त करने के बाद एक बिजनेस पत्रिका में पत्रकारिता करने और इस नौकरी में आने से पहले एक दौर में मैंने भी मन ही मन राजनीति में आने और नेता बन जाने का सपना सँजोया था। नहीं...नहीं, घबराइए नहीं, मैं कोई अपने सपनों के टूटने की संघर्ष कथा सुनाकर आपको बोर नहीं करना चाहता। क्या करूँ? एक छोटी-सी खबर पढ़ने से जिसे बाँके भाई की कथा मन में उमड़-घुमड़ रही है, उसका सम्बन्ध कुछ मेरे इस सपने से भी जुड़ता है। इसलिए बाँके भाई की कथा में इतना भर आने के लिए मैं आपसे क्षमा चाहता हूँ।

उन दिनों मैं नेपाल की सीमा पर अवस्थित एक छोटे से कस्बे सीतामढ़ी में पढ़ता था। अपने उस छोटे-से कस्बे के बाकी चालू-छलिया किस्म के लड़कों की तरह मन ही मन मैं भी राजनीति में भाग्य आजमाने के सपने देखता था। मैं अक्सर शहर के एकमात्र खादी भंडार के बाहर से जब गुजरता, तो अपनी चाल थोड़ी धीमी कर देता, ताकि अच्छी तरह देख सकूँ कि किस-किस काट की खादी मिलती है वहाँ। अक्सर ख्यालों में खो जाता कि मैं ढीला कुर्ता तंग पाजामा पहने सत्ता की

बड़ी-बड़ी सीढ़ियाँ चढ़ता जा रहा हूँ। अपने कॉलेज कुछ सालों बाद आया हूँ, वही खूसट प्रिंसिपल प्रोफेसर संकेत बहादुर सिंह मेरे स्वागत में कसीदे पढ़ रहा है। एक बार अपने जन्मदिन पर मैंने पिता से कहकर खादी का कुर्ता-पाजामा सिलवाया था। पिता ने आँखें चढ़ायीं, तो मैंने बचाव में कहा था कि इन दिनों गाँधी को पढ़ रहा हूँ। वैसे उन दिनों खादी पहनने वाले छात्रों को मेन रोड, सीतामढ़ी के दुकानदार बड़े ध्यान से देखने लगते, पहचानने लगते। मेरे दोस्त श्याम भवशिंका, जिसकी खाद-बीज के होलसेल की दुकान थी, ने बताया था कि हम लोग पुलिस वाले और खादी वालों को दूर से ही पहचानना सीख जाते हैं। कब उसकी चाल बदल जाए।

मैंने भी चोला बदलकर पहचान बनाने का निश्चय किया...

मेरे ढेरों चाचा अलग-अलग सरकारी महकमों में काम करते थे, पिताजी भी सरकारी अधिकारी थे। मन ही मन सोचता कि इन लोगों ने जीवन भर सरकारी कुर्सियों पर बैठ-बैठकर घूस ले-लेकर भी कितना कमाया। दो-एक छोटे-छोटे शहरों में एकाध छोटे-बड़े मकान, चढ़ने के लिए गाड़ी, बिजली के लिए एकाध जेनरेटर सेट...कितना कमाया होगा उन लोगों ने! मैं एक ही झटके में राजनीति के माध्यम से लम्बा हाथ मारना चाहता था। टाटा सफारी या टाटा सूमो गाड़ी में बैठकर चलता, जिस पर आगे पार्टी का झंडा लगा होता। किस पार्टी का, यह तय नहीं किया था।

इंटर में शहर के सबसे प्रतिष्ठित राधाकृष्ण गोयनका महाविद्यालय में राजनीतिशास्त्र के साथ आर्ट्स विषय में दाखिला लेकर मैंने चुपचाप ही सही, अपने घरवालों को यह पहले ही सन्देश दे दिया था कि मैं डॉक्टर-इंजीनियर बनकर होनहार साबित नहीं होने वाला, मैं तो राजनीति में कीर्ति पताका फहराने वाला हूँ। वैसे इसकी दूर-दूर तक हमारे परिवार में कोई परम्परा नहीं थी। मैं लीक तोड़ना चाहता था। परिवार वाले इसका अफसोस अक्सर आपसी बातचीत में जताते कि उनके पास सब कुछ है, चढ़ने के लिए गाड़ी है, रहने के लिए कोठी है, नौकर-चाकर हैं, पर लड़का पढ़ने में कमजोर रह गया। अगर बायोलोजी लेकर इंटर में पढ़ लेता, तो किसी तरह कह-सुनकर, पैरवी करके पास तो हो ही जाता, फिर ओवरसियर साहब के लड़के की तरह कम से कम मनिपाल में डोनेशन देकर डॉक्टरी पढ़ाने की हैसियत तो हम भी रखते ही थे।

मैंने उनको नाउम्मीद कर दिया था। जरूरी था अपने तरीके से उनकी उम्मीदों पर खरा उतरना।

लेकिन सबसे पहले इसके लिए यह जरूरी था कि किसी सही पार्टी के किसी उपयुक्त नेता से सम्बन्ध साधा जाए, फिर विधानसभा-लोकसभा की राह निकाली

जाए। सोच-विचारकर मैंने शुरुआत छात्र-राजनीति से ही करने का फैसला किया। जिसके लिए सबसे बेहतर मुझे लगा छात्र नेता बाँके बिहारी यानी बाँके भाई के अखाड़े में गुर सीखने के लिए जाना। बाँके भाई भले ही स्वयं संसद-विधानसभा में उस वक्त तक नहीं पहुँच पाये थे, पर उनके एकाध चेले तो सीधा विश्वविद्यालय की राजनीति से विधानसभा के गलियारों तक जा पहुँचे थे। उन दिनों यही चर्चा रहती कि तीन-चार सालों में जब लोकसभा के चुनाव होंगे, तो जनता पार्टी संसद के लिए उनको ही उतारेगी।

बाँके भाई उन दिनों रघुनाथपुरी मुहल्ले के एक प्रसिद्ध सजातीय हड्डी-रोग विशेषज्ञ डॉ. मिथिलेश भूषण के विशाल बँगले के आउटहाउसनुमा ठिकाने में रहते थे। सुबह सफेद खादी के कलफ लगे कुरता-पाजामा और पॉलिश की हुई बाटा की जुबिली चप्पल में छरहरे नेताजी डॉक्टर साहेब की उस विशाल हवेली से बाहर निकलते और सामने दिखने वाले पहले रिक्शे पर सवार हो जाते।

अक्सर शाम को नेताजी यानी बाँके भाई उसी रिक्शे पर सवार वापस लौटते।

दिन उनका सदा ललित आश्रम में कटता। ललित आश्रम के गेट पर तो लिखा हुआ था कि कांग्रेस पार्टी के दफ्तर के रूप में उसकी स्थापना भारत के प्रथम राष्ट्रपति द्वारा की गयी थी। लेकिन जनता पार्टी सहित अनेक पार्टियों के दफ्तर वहीं चल रहे थे। ललित आश्रम के बारे में कहा जाता था कि वहाँ 'दिल मिलाये रहिए, दल बनाये रहिए' की राजनीति चलती है।

बाँके भाई जनता पार्टी के दो कमरों के छप्परदार दफ्तर में बैठते और बात-बात में गाहे-बगाहे अपने साथी छात्र नेताओं से कहते कि एक बार पार्टी की सत्ता आ जाए, तो इस ऑफिस को काँग्रेस के ऑफिस से भी अधिक चमकाऊँगा।

शाम को बैठक बाँके भाई के उस घर पर ही जमती, जो डॉक्टर साहब ने उनको रहने के लिए दे दिया था। शाम ढलने से पहले नेताजी स्वयं तो आ ही जाते, धीरे-धीरे जिले के अलग-अलग प्रखंडों, अनुमंडलों के युवा, जुझारू, क्रान्तिकारी, तरह-तरह के छात्र नेता अपनी-अपनी हैसियत के मुताबिक कुर्ते-पाजामे में लकदक वहाँ पहुँचते। अक्सर पीछे मजनू की दूकान से मूढ़ी-कचरी का नाश्ता और चाय के दौर चलते रहते। कभी-कभी चिउड़ा के भूजा के साथ प्याज, नमक और मिर्च के दौर चलते।

मजनू भी इधर-उधर खिलाता, तो उधर डॉक्टर साहेब के यहाँ आये मरीजों से खाने की दोगुनी कीमत वसूल करता। मरीजों और उनके रिश्तेदारों के पास अधिक कीमत देने के अलावा कोई और तरीका नहीं था। एक तो शहर में खाने-पीने के ठिकाने इतने होते भी नहीं थे, दूसरे नेताजी के रसूख के कारण उसका सब भय भी खाते थे।

ऐसा नहीं था कि बाँके भाई ऐसे नेताओं में से थे जो मजनू जैसे मेहतनकशों को पैसे न दें। वे गाहे-बगाहे सौ-पचास रुपये उसे दे दिया करते थे। हाँ, उन्होंने उसको इस बात का पूरा आश्वासन दे रखा था कि जब वे बड़े नेता बनकर पटना जाएँगे, तो उसकी दुकान अपने बँगले के सामने लगवाएँगे।

इस पर मजनू खुश होकर कहता, ''मालिक आप पटना नहीं, दिल्ली जाएँगे।''

बाँके भाई जोश में आकर कहते, ''तो तेरी दुकान दिल्ली में संसद भवन के बाहर लगेगी।''

कई बार बाँके भाई को इसी तरह जोश दिलाकर मजनू उनसे पैसे बख्शीश के नाम पर झटक लिया करता।

देर रात तक देश के भावी सांसद, विधायक, मन्त्री एक-एक करके आते-जाते रहते। डॉक्टर साहब की पत्नी रोज रात खाने के वक्त डॉक्टर साहब से पूछती कि नेताजी और कब तक रहेंगे। उनकी शिकायत रहती कि उनके कारण जिले भर के चोर-उचक्के वहाँ शाम का फायदा उठाकर नेता के भेस में आ जुटते हैं। घर का क्या होगा आखिर... ?

डॉक्टर साहब चुपचाप सिर झुकाये खाना खाते रहते। अब वे क्या बताते कि असल में उनकी डॉक्टरी जो चलती है, वह इन्हीं जुझारू नेताओं की बदौलत तो। बाँके भाई के इकबाल से जो जिले के कोने-कोने से नये-नये खद्दरधारी आते रहते हैं, उनके इलाकों में अपना प्रचार भी तो होता है। कहाँ-कहाँ से पेशेंट आने लगे हैं, लगता है दिखाई नहीं देता है इनको। तीन-चार सालों में प्रैक्टिस कहाँ से कहाँ पहुँच गयी है।

डॉक्टर साहब रूटीन के बड़े पक्के माने जाते थे। नियम से गिनकर बत्तीस कौर खाते। खाने के बाद मोजार्ट या बीथोवन की कोई धुन बजाकर थोड़ा टहलते, दिन भर का अपना एकमात्र सिगरेट पीते और सो जाते।

बाकी टाइम वे प्रैक्टिस करते थे...वहीं घर से सटे ही उनका क्लिनिक था। सुबह आठ बजते-बजते वे वहाँ पहुँच जाते। दिन में एक से तीन वे भोजन का विश्राम लेते। उसके बाद रात के दस बजे तक का समय वे अक्सर वहाँ बिताते। घर में पत्नी के अलावा कोई था नहीं। एक ही बेटा था—अंकुश, जो जिसके बारे में उनके कम्पाउंडर साहब बताते थे कि वह नैनीताल की पहाड़ियों पर बसे उसी स्कूल में पढ़ता है, जिसमें सुपरस्टार अमिताभ बच्चन पढ़ता था।

उनकी पत्नी मृदुला भूषण वैसे भले नियम से इस बात का रोना रो लेती हों कि आखिर इस घर का क्या होगा, पर सचाई तो यही थी कि पिछले कुछ समय से उनके गायन की छिपी हुई प्रतिभा की पहचान शहर के विभिन्न तरह के आयोजकों को हो गयी थी। यानी कॉलेज में सरस्वती वन्दना गाने के लिए उनको

बुलाया जाता, शहर के प्रतिष्ठित डायमंड क्रिकेट क्लब के वार्षिकोत्सव में गजल गाने के लिए उनको बुलाया जाता। यही नहीं पिछली बार जब जनता पार्टी के राष्ट्रीय अध्यक्ष जी वहाँ आये थे, तो उनके सम्मान में स्थानीय मारवाड़ी युवक संघ द्वारा आयोजित किये गये कार्यक्रम में उनको कवि दुष्यन्त कुमार की गजलों को गाने के लिए आमन्त्रित किया गया था। जब उन्होंने गाया—

हो चुकी है पीर परबत-सी पिघलनी चाहिए।
इस हिमालय से कोई गंगा निकलनी चाहिए॥

तब अध्यक्ष महोदय काफी देर तक तालियाँ बजाते रह गये थे। इस पर वहाँ उपस्थित कार्यकर्ताओं में जोश का संचार हो गया और वे अध्यक्ष महोदय की जयजयकार करने लगे। इसके बाद उनका गायन जरूर रोक दिया गया और भाषणों का सिलसिला शुरू हो गया। पर अगले दिन दैनिक 'सीतामढ़ी फिलहाल' ने इसे उनके गायन के चमत्कारी प्रभाव के रूप में ही बताया कि सभी में जोश का संचार हो गया।

शहर के हालचाल जानने वाले यह अच्छी तरह जान-समझ रहे थे कि सुश्री मृदुला भूषण के धूमकेतु की तरह आगमन के पीछे कौन था। वैसे तो बाँके भाई कभी भी किसी के सामने मृदुला भाभी से नजर उठा के बात नहीं करते थे, पर इस बात को लेकर बाँके भाई के चेले भी चकराये फिरते थे कि कभी-कभार बाँके भाई कुछेक घंटे जो गायब हो जाते हैं, तो जाते कहाँ हैं। पुरहनिया ब्लॉक छात्र जनता पार्टी का नेता ब्रजनन्दन शर्मा कहता—'गुरुजी लफाशूटिंग करने जाते हैं।'

खैर...अँधेरे में जो भी होता हो, पर उजाले में तो सब यही देख रहे थे कि मृदुला भूषण महीने-दो महीने किसी रात जवाहर भवन, चमड़िया धर्मशाला या मथुरा उच्च विद्यालय में गायन के लिए बुलायी जातीं। किसी दिन मारवाड़ी कन्या विद्यालय में 'हम होंगे कामयाब' गाती पायी जातीं...बस तरह-तरह की बातें फैल जातीं।

मैं भी शाम के उन मूढ़ी-भूजा के आयोजनों में हिस्सा लेने लगा। सजातीय होने, घर में अनेक सरकारी अधिकारियों की मौजूदगी के कारण मैंने पाया कि मेरी वहाँ कद्र भी होने लगी थी। मन ही मन मैं यह अन्दाजा भी लगाने लगा कि एक बार बाँके भाई सांसद बन जाएँ, तो अपनी भी नेतागीरी चल निकलेगी। दिल्ली के सांसद निवास में रहूँगा। ट्रांसफर-पोस्टिंग में पैसे बनाऊँगा, किस्मत चली तो रूस में लड़कों को मेडिकल-इंजीनियरिंग में दाखिला दिलाकर कमाऊँगा। असल में सीतामढ़ी के दो बार सांसद रह चुके एक स्वतन्त्रता सेनानी के भतीजे के बारे में उसने सुन रखा था कि उसने रूस में दाखिला दिलाकर खूब पैसे बनाये। न सही

टाटा सफारी, टाटा सूमो तो खरीद ही लूँगा। समाजसेवा और उसके माध्यम से मेवा बनाने के अनेक रास्ते अपने आप निकलने लगेंगे।

एक बार बाँके भाई सांसद बने नहीं कि मैं पार्टी संगठन में आ जाऊँगा, गाड़ी पर झंडे के साथ आगे प्रदेश मन्त्री या महामन्त्री की तख्ती भी लगाकर चलूँगा, तब घर-समाज को समझ में आएगा कि होनहार कौन होता है—डॉक्टर-इंजीनियर या समाज की सेवा करने वाला नेता?

लेकिन उसके लिए तो अभी छात्र राजनीति में भी मुझे पुख्ता होना था। बाँके भाई की खूब सेवा करनी थी।

बहरहाल, छात्र राजनीति का रंग देखने और उसमें अपने आपको सिद्ध करने का मौका भी जल्दी ही आ गया। सीतामढ़ी-मुजफ्फरपुर मार्ग पर चलनेवाली लिली नामक एक वीडियो कोच की चपेट में आकर नरेश मंडल नामक एक छात्र की मौत हो गयी। हालाँकि इसकी अवान्तर कथा यह थी कि रास्ते में मोरसंड गाँव के चौक पर छात्रों का एक हुजूम सरस्वती पूजा के नाम पर चन्दा इकट्ठा कर रहा था। बस वाला कुछ दबंग साबित हो रहा था और चन्दा देने में आनाकानी कर रहा था। उसी में कुछ धर-पकड़ हो गयी और बस के पीछे वाले पहिये की चपेट में नरेश मंडल आकर शहीद हो गया।

बाद में स्थानीय मौखिक इतिहासकार इस घटना को लिली बस कांड या सिर्फ लिली कांड कहकर याद करते...

शहीद नरेश मंडल के हत्यारों को अविलम्ब गिरफ्तार करने की माँग के साथ शहर भर के स्कूलिया-कॉलेजिया छात्र अगले दिन सड़कों पर उतर आये। दोनों डिग्री कॉलेजों—गोयनका कॉलेज और लक्ष्मी-किशोरी महाविद्यालय—के अलावा आसपास के हाईस्कूलों के छात्र भी बस मालिकों के इस मनमाने व्यवहार के विरोध में सड़कों पर उतर आये। इस छोटे से शहर में इतनी सरगर्मी कभी-कभी ही दिखाई देती थी। मेले और तीज-त्योहारों को छोड़ दें, तो सीतामढ़ी की सड़कों पर पिछली दफा इतनी भीड़ तब उमड़ी थी जब देश के भावी प्रधानमन्त्री माननीय चन्द्रशेखर का वहाँ आगमन हुआ था...

ऐसे ही मौकों पर तो अपनी बुद्धिमानी दिखाने के कारण छात्र नेता बाँके बिहारी इतने वर्षों से छात्र नेता बने हुए थे। बिना देर किये अगले ही दिन शाम को उन्होंने मशाल जुलूस निकालने का ऐलान कर दिया—शहीद छात्र नरेश की याद में कॉलेज के सामने से गुजरनेवाली सड़क का नाम शहीद नरेश मंडल मार्ग करने और लिली बस के हत्यारे मालिक की अविलम्ब गिरफ्तारी की माँग के साथ उन्होंने अनिश्चितकालीन आन्दोलन की घोषणा कर दी—शहर का चक्का जाम रहेगा।

आज भी मुझे याद है, राधाकृष्ण गोयनका कॉलेज के सामने मेन रोड पर छात्रों

के भारी जमघट के बीच रिक्शे पर हाथ में माइक थामे बाँके भाई जब भाषण दे रहे थे, तो उनका सारा शरीर गुस्से से या शायद उत्तेजना से काँप रहा था—

मेंहदी जब सहती है प्रहार
बनती ललनाओं का सिंगार
मानव जब जोर लगाता है
पत्थर पानी बन जाता है...

छात्रों का आह्वान करते-करते वे उस दिन कई बार रिक्शे से गिरने-गिरने को हो गये। उस दिन मैंने पहली बार देखा था कि बाँके भाई किस तरह का असर छात्रों में रखते थे। कैसे छात्र उनकी आवाज से आवाज मिलाने के लिए व्याकुल रहते थे।

बाद में बाँके भाई ने हम लोगों को अलग से बुलाकर कहा था—जोर लगा दो शेरो, ऐसे ही मुद्दों से बड़े सामाजिक-राजनीतिक आन्दोलनों की बुनियाद खड़ी होती है। याद है 1974 का छात्र-आन्दोलन मेस फीस बढ़ने के मुद्दे से शुरू हुआ और राष्ट्रव्यापी सत्ता-परिवर्तन का कारण बन गया...

वे उस दिन काफी देर तक इसी तरह की बातें बोलते रहे। एक बात है, उनकी बातों से जोश आ जाता था।

उस दिन घर लौटते हुए पैर ठीक तरह से जमीन पर नहीं पड़ रहे थे। रास्ते भर मैं यही सोचता रहा, अभी कुछ महीने ही हुए हैं राजनीति में कदम रखे और सही दिशा मैंने पकड़ भी ली। एक बार यह आन्दोलन सफल हो जाए, क्या पता इसी से जिला स्तर पर मेरी पहचान बन जाए?

लिली कांड के विरोध में चल रहे इस आन्दोलन की सफलता को लेकर मैं पूरी तरह से आश्वस्त था। इससे पहले मैंने जेपी आन्दोलन, आरक्षण विरोधी आन्दोलन आदि के किस्से भर सुन-पढ़ रखे थे। रात में भी काफी देर तक उसी आन्दोलन की उधेड़बुन में लगा रहा। रात में काफी देर तक मैं आन्दोलन से जुड़े अलग-अलग खुशफहम पहलुओं के बारे में सोच-सोचकर रोमांचित होता रहा।

लेकिन जीवन में अक्सर वैसा कहाँ हो पाता है जैसा सोचा जाता है...

उस शाम मशाल जुलूस में आशानुरूप हजारों लड़के जुटे। कुछ देर तक मशाल जुलूस ठीक तरीके से चलता रहा। लड़के हाथों में मशाल थामे शहर में सँकरे मेन रोड पर चल रहे थे—नरेश मंडल अमर रहे, लिली बस के मालिक को फाँसी दो-फाँसी दो, पुलिस-प्रशासन मुर्दाबाद जैसे नारों से आसमान गूँज रहा था।

लेकिन जब यह जुलूस स्टेशन की ओर जाने वाली सड़क में दाखिल हुआ, तो वहाँ की दुकानें कुछ खुली-खुली और सड़क से लगी हैं। झगड़ा शायद किसी लड़के द्वारा एक दुकान से तौलिया खींच लेने से शुरू हुआ। शायद दुकान वाले ने

तौलिया वापस उस छात्र के हाथ से खींच लिया, उसके बाद छात्रों को पता नहीं क्या समझ आया क्या नहीं, छात्रों ने मशालों के जोर से वहाँ के छोटे-छोटे दुकानदारों को लूटना शुरू कर दिया, वे फलों आदि की रेहड़ियाँ उलटने में लग गये। फिलहाल किसी बड़ी क्रान्ति का उनके सामने कोई लक्ष्य नहीं रह गया था, वे केले, सेब, नारंगी, अंगूर, अनन्नास लूटने में लगे थे।

तभी सामने से बड़ी तादाद में बख्तरबन्द पुलिस वाले अपनी ओर आते दिखे। अपने राजनीतिक सफर के बारे में सोचते हुए मैंने कभी भी इस पहलू के बारे में सोचा ही नहीं था कि इस दौरान पुलिस की बर्बरता का भी सामना करना पड़ सकता है। उस दिन मैंने पहली बार उस शहर के नक्शे पर अपनी पकड़ का प्रदर्शन किया था, यद्यपि किसी ने देखा नहीं था। मैंने गलियों-गलियों एक ऐसी राह पकड़ी, जो सीधा शहर के उत्तरी सीमान्त पर निकलती थी—बख्तियारपुर में।

मशाल जुलूस...आन्दोलन...सब भूल चुका था। मैं यह भूल चुका था कि मेरे जीवन का लक्ष्य क्या था? बाँके भाई की सारी प्रेरणादायक कहानियाँ मैं भूल चुका था...

उस रात शहर के उस तथाकथित औद्योगिक क्षेत्र बख्तियारपुर में पुलिस की परछाईं और जनवरी की ठंड से बचने के एक मुफीद ठिकाने की खोज में ही काफी समय चला गया...

बन्द पड़े एक कारखाने की शेड में बैठने लायक जगह मिल गयी थी यानी एक ऐसी जगह जिसके चारों ओर और ऊपर भी पूरी छत थी। वहाँ मैं ऐसे ही छिपकर बैठ गया, जिस तरह इमरजेंसी के दौरान बाँके भाई जैसे नेताओं के छिपने के बारे में उनके मुँह से कहानियाँ सुनता रहता था।

रात भर पुलिस के आने का अन्देशा होता रहा...मुझे लगता रहा मानो यह जेल से बाहर मेरी शायद आखिरी रात हो। इतने बड़े पैमाने पर छात्रों ने लूटपाट की थी कि मेरे लिए यह सोच पाना भी मुश्किल था कि पुलिस छात्रों को ढूँढ़ती नहीं फिर रही होगी।

उस रात इन खयालों के अलावा ठंड से बचाव के लिए मेरे पास महज एक पैकेट चार्म्स सिगरेट का था और माचिस की एक डिब्बी।

खैर...क्रान्ति की वह मेरी पहली और आखिरी रात बीत गयी। सुबह के धुँधलके में मैंने अपने मिलिट्री ग्रीन जैकेट को कन्धों तक इस तरह उठा लिया मानो कोई गुप्त क्रान्तिकारी बहुत दिनों बाद दिन के उजाले में निकल रहा हो। सड़क तक आते-आते मुझे सचमुच यही लगता रहा कि क्या पता पुलिस पकड़ने के लिए घात लगाकर न बैठी हो। चौक पर मैंने देखा अलाव के ढेर का धुआँ ऊपर उठ रहा था और उसके इर्द-गिर्द गोल बनाकर कुछ रिक्शेवाले बैठे थे। कुछ दूर

चायवाले की रेहड़ी भी दिखाई दे रही थी। रात भर की जाग के बाद चाय पीने का मन तो हो आया, पर रात के मशाल जुलूस और बख्तरबन्द पुलिसवालों का चेहरा आँखों के सामने घूम गया। मैंने चुपचाप उधर से अपनी निगाहें फेर लीं, एक रिक्शेवाले को जाकर शहर चलने के लिए कहा, तो वह तैयार हो गया। मैंने महसूस किया, रात की घटना का खौफ केवल मेरे ही अन्दर था, किसी और में उसके निशान नहीं दिखाई दे रहे थे।

शहर जैसे-जैसे करीब आता जा रहा था, मेरी धुकधुकी बढ़ती जा रही थी। लेकिन सब कुछ वहाँ भी सामान्य ही दिखाई दे रहा था। वैसे ही जगह-जगह अलाव के ढेर के किनारे बैठकर धुआँ तापते लोग, चाय की दुकानों पर अखबार पढ़ते लोग...ऊपर उठते धुएँ से छन-छनकर आती धूप। सबकुछ सचमुच सामान्य था। जैसे कुछ हुआ ही न हो।

यह काफी बाद में समझ में आया था कि उस दिन के मशाल जुलूस में जिन दुकानदारों के साथ छात्रों ने लूटपाट की थी, वे लोग सड़क के किनारे पटरियों पर सामान बेचनेवाले, रेहड़ी-ठेली लगानेवाले लोग थे। इसलिए शहर पर उसका कोई प्रभाव नहीं दिखाई दे रहा था।

शहर की इस धड़कन को देखकर मेरी भी हिम्मत कुछ बढ़ी और मैंने रिक्शा रोककर एक अखबार बेचने वाले से सीतामढ़ी समाचार की एक प्रति खरीदी। उसके पहले ही पृष्ठ पर मशाल जुलूस को लेकर खबरें छपी थीं, लेकिन उसका शीर्षक था—छात्रों के दंगे पर पुलिस का डंडा। सरसरी तौर पर देखते ही यह समझ में आ गया कि वह खबर आन्दोलन के पहलू से नहीं, बल्कि छात्रों के दंगे-फसाद के पहलू से अधिक की गयी थी। एक तस्वीर में केले की एक रेहड़ी उलटी पड़ी थी और उसके चारों ओर खूब सारे लड़के केले खाते हुए नाच रहे थे...

उनके हाथों में मशालें नहीं थीं...

उस आन्दोलन को लेकर जो मेरी आखिरी दिलचस्पी बची थी, उस पर भी उस वक्त नजर चली गयी, जब घर ले जाकर पढ़ने के खयाल से अखबार को मोड़कर जैकेट की जेब में रख रहा था, कि आखिर इस आन्दोलन के दौरान मैंने तो भागकर अपनी जान बचायी, पर बाँके भाई का क्या हुआ—सीतामढ़ी समाचार के पहले पन्ने पर नीचे एक छोटी-सी हेडिंग थी—छात्र नेता बाँके बिहारी प्रसाद गिरफ्तार और रिहा।

रात भर गायब रहने के बाद जब घर में घुसा, तो मुझे डर था कि घर में मेरे आन्दोलन में शामिल होने की बात खुल चुकी होगी, पर शुक्र से मेरे घर में सीतामढ़ी समाचार नहीं पढ़ा जाता था। इसलिए ऐसे किसी आन्दोलन के होने की खबर वहाँ थी ही नहीं। माँ ने जरूर कहा कि सुना रात कहीं लड़कों का झगड़ा

हुआ था।

मैंने कहा, "तभी संजय के घर रुक गया था।"

माँ ने कहा, "आज जाने की कोई जरूरत नहीं", और फिर अपने काम में लग गयीं।

मैं उस दिन तो क्या अगले कई दिनों तक घर से बाहर तक नहीं निकला।

वह घटना मेरी राजनीतिक महत्त्वाकांक्षा की राह में बड़ा रोड़ा साबित हुई। राजनीति तो ठीक है, पर छात्र वर्ग का चरित्र और पुलिस की भूमिका ने अपनी आगे की राजनीतिक यात्रा को लेकर काफी कुछ सोचने को विवश कर दिया था। बेहतर यही लगा कि अपने परिवार के बड़े-बुजुर्गों की यशस्वी परम्परा का निर्वाह किया जाए। पढ़-लिखकर साहब या कम से कम बाबू बनने की यशस्वी परम्परा का।

मैं परीक्षा की तैयारियों में जुट गया...

लेकिन ऐसा नहीं था कि बाँके भाई के अखाड़े में जाना मैंने छोड़ दिया। हाँ, उसकी प्रवृत्ति अब जरूर अलग हो गयी। पहले किसी लाभ की आशा में जाता था, अब तो बस भावी महानेताओं की सोहबत करने के खयाल से जाता था। जेल से रिहा होने के कुछ दिनों के बाद बाँके भाई को प्रदेश स्तर पर महामन्त्री की जिम्मेदारी पार्टी ने सौंप दी। मेरे घर में कई सरकारी अधिकारियों की उपस्थिति के कारण मेरा दर्जा बाँके भाई की नजर में जरा अलग हो चला था। भई, बड़ा नेता तो वही होता है जिसकी कई सरकारी महकमों में जान-पहचान हो, अच्छी पैठ हो। मैं भी कभी-कभार उनको खाने पर बुलाया करता।

इस बीच एक और परिवर्तन बाँके भाई के जीवन में घटित हुआ। अब वे रिक्शा पर कम ही चलते थे। स्थानीय थोक खाद व्यापारी रामजी साह के लड़के चुमन साह ने बड़े होकर खादी का कुर्ता-पाजामा पहनना शुरू कर दिया। पिता को अपनी जाति में रसूख और बरसों से खाद के व्यापार में रहने के कारण दूर-दूर तक के किसानों-बाबूसाहबों से बने अपने सम्बन्ध पर भरोसा था। बस जरूरत थी, तो किसी सही राजनीतिक सरपरस्त की, जो उसे राजनीतिक माहौल में उठना, बैठना, चलना, बोलना सिखा दे।

चुमन साह के उस सरपरस्त के रूप में बाँके भाई उभरकर आये। लिली मामले में सुलह-मिलाप के वक्त चुमन साह के पिताजी ने पहल कर बाँके भाई और बस मालिक खेमका सेठ के हाथ मिलवा दिये थे। बाद में बाँके भाई प्रदेश महामन्त्री बने और इधर साये की तरह उनके साथ चुमन साह रहने लगा। डॉक्टर के बँगले से निकलकर बाँके भाई शहर के अपेक्षाकृत खुले इलाके में एक लगभग बन्द पड़े कोल्डस्टोरेज के आउटहाउस में रहने के लिए आ गये। कहने की आवश्यकता नहीं

है कि वह अधखुला-अधबन्द-सा कोल्डस्टोरेज, उसके बाहर का बँगलेनुमा आउटहाउस सब साह परिवार के ही थे। यही नहीं बाँके भाई के आने-जाने के लिए चुमन साह स्वयं जीप लेकर मौजूद रहने लगा।

बरसों बाद अचानक डॉक्टर भूषण के बँगले का आउटहाउस रातोंरात छोड़कर बाँके भाई चले गये हों और शहर में कोई चर्चा न हुई हो, यह तो हो ही नहीं सकता। तरह-तरह की कहानियाँ हवाओं में तैर रही थीं। जो सबसे आधिकारिक खबर थी उसके अनुसार कथा कुछ यों थी। एक दिन रात के वक्त जब डॉक्टर साहब के साथ खाना खाते समय उनकी पत्नी ने हमेशा की तरह घर का क्या होगा वाला राग छेड़ा, तो डॉक्टर साहब हमेशा की तरह सिर झुकाकर खाते नहीं रहे, उस दिन उन्होंने पहली बार अपना सिर उठाया और अपनी पत्नी मृदुला भूषण से बोले, ''अब रहने भी दीजिए। मुझे सब पता है।'' उसके बाद वे फिर हमेशा की भाँति सिर झुकाये खाना खाते रहे।

आगे का बयान डॉक्टर साहब के कम्पाउंडर रामबरनजी ने दिया, ''फिर क्या था, मैडम ने तिरिया चरित्तर ठान लिया। कहने लगीं कि अन्न-जल तभी ग्रहण करेंगी जब आउटहाउस में रहनेवाले लोग घर खाली करके जाएँगे। अगले दिन रात में बाँके भाई ने घर खाली कर दिया।''

कहते हैं कि ऐसे आड़े वक्त में रातोंरात अपने कोल्डस्टोरेज का आउटहाउस उपलब्ध करवाकर चुमन साह ने बाँके भाई को अपना मुरीद बना लिया।

बाँके भाई के कुर्ते-पाजामे में कलफ और सफेदी की अकड़ कुछ और बढ़ गयी थी। उनके बुलावे पर जनता पार्टी के कई राष्ट्रीय-अन्तरराष्ट्रीय ख्याति के नेता सीतामढ़ी आ चुके थे। मंच पर उनके साथ चुमन साह भी मौजूद रहने लगा। वे धीरे-धीरे छात्र राजनीति से मुख्यधारा की राजनीति की दिशा में कदम बढ़ा रहे थे।

मैंने खुली राजनीतिक लड़ाई की राह छोड़कर, पढ़-लिखकर जिन्दगी की राह आसान बनाने और नेपथ्य की राजनीति से तार जोड़े रखने का फैसला कर लिया था। इसलिए कभी-कभी बाँके भाई के नये ठिकाने पर मूढ़ी-कचरी खाने और राजनीतिक चर्चा को चलाये रखने की खातिर चला जाता...

लेकिन यह सिलसिला भी ज्यादा चल नहीं पाया। बी.ए. की परीक्षा फर्स्ट डिवीजन में पास करके मैंने जीवन में फिलहाल और किसी तरह के जोखिम से बचे रहने के निर्णय करते हुए दिल्ली से सटे गाजियाबाद के एक कॉलेज में एमबीए पढ़ने के लिए दाखिला ले लिया। जिन चाचाओं और पिता के काले धन से भी ज्यादा कालाधन एक बार में ही इकट्ठा कर लेने के खयाल से मैं राजनीति में भाग्य आजमाना चाहता था, उनका वह काला पैसा ही मेरे दाखिले में काम आया। धीरे-धीरे बाँके भाई के बारे में सुनना अधिक होने लगा, उनसे मिलना कम होता गया।

यहाँ मैं आपको सावधान कर देना चाहता हूँ कि इससे आगे बाँके भाई के बारे में जो भी वृत्तान्त मौजूद है, वह सब सुनी-सुनाई बातों पर आधारित है।

जब मैनेजमेंट पास करने के बाद मैं फरीदाबाद की एक सीमेंट कम्पनी में बतौर प्रशिक्षु काम कर रहा था, तो जिस खबर से मुझे बड़ा झटका लगा था, वह मेरे स्कूलिया दोस्त गोपेश्वर ने सुनायी थी। गोपेश्वर ने जब बीए पास किया, तो उसके कम्पाउंडर पिता ने उसे भी शहर के एक प्रतिष्ठित डॉक्टर के यहाँ कम्पाउंडर बन जाने की सलाह दी, उसने पिता की इस सलाह या आग्रह से विद्रोह करते हुए ऑडियो-वीडियो कैसेट की दुकान खोल ली थी।

उन दिनों वीडियो कैसेट के साथ वीसीआर भाड़े पर घर भिजवाकर सिनेमा दिखाने का काम भी वह करने लगा था। उसने मुझे बताया था, ''यह दुकान तो दिखावे की है। असली कमाई तो ब्लू फिल्म के धन्धे में है।''

''क्या!'' मैं चौंका।

उसने कहा, ''क्या देखे नहीं हो जो ऐसे चौंक रहे हो। नेपाल से आनेवाली ब्लू फिल्मों का कोई जवाब नहीं होता है। सारे डॉक्टर लोग, सेठ लोग वही देखते हैं। नेपाल और चीन की लड़कियों की ब्लू फिल्म देखोगे न साले, तो पगला जाओगे...देखोगे?'' उसने पूछा।

देखने का मन तो मेरा भी था, पर कहाँ देखें, समस्या यह हो गयी। आखिर हम सब अपने-अपने घरों में रहते थे। ऐसी कोई जगह थी नहीं जहाँ हम इस तरह के काम कर सकते। सो, यह बात आगे के किसी उपयुक्त मौके के लिए मुल्तवी हो गयी। जो फिर कभी नहीं आया।

मुझे अच्छी तरह याद है कि वह उन दिनों माल लेने दिल्ली आया हुआ था। उन दिनों गोपेश्वर की तरह मेरा कोई कैसेट-सीडी बेचनेवाला दोस्त या जूते-बैग की दुकानवाला दोस्त या रेडीमेड कपड़ों की दुकान वाला दोस्त जब भी माल लेने दिल्ली आता, तो फरीदाबाद के सुखबीर नगर के मेरे टैरेस वाले कमरे को ही अपना ठिकाना बनाता।

आज भले वाइन कम्पनी में सेल्स मैनेजर की व्यस्तताओं के चलते उन तमाम दोस्तों से कट चुका हूँ। ऐसा नहीं है कि वे माल लेने नहीं आते हों, पर मैं भी अक्सर यात्राओं पर रहता हूँ। तब तो साल भर दोस्त लोग माल लेने के क्रम में दिल्ली आते रहते थे।

उस दिन जब गोपेश्वर ने बताया, तो मुझे सहसा विश्वास नहीं हुआ। उसने बताया कि पुपरी लोकसभा क्षेत्र से पार्टी ने चुमन साह को संसद का टिकट दे दिया। जाति राजनीति की दिशा ऐसी बदली कि देखते-देखते बाँके भाई जैसे नेताओं की राजनीतिक भूमिका खत्म होती गयी। चुमन साह लोकसभा का चुनाव जीतकर

दिल्ली पहुँच गया और बाद में उसकी जाति का ऐसा जोर चला कि अगले कई लोकसभा चुनाव में वही जीतता रहा।

बाँके भाई ने पार्टी के प्रदेश महामन्त्री पद से इस्तीफा दे दिया था, लेकिन शायद पार्टी को भी उनकी कोई खास आवश्यकता नहीं रह गयी थी। प्रदेश में राजनीति की जो नयी हवा चली, उसमें उनकी अपने जाति का नेता होने न होने से कोई फर्क नहीं पड़ने वाला था, क्योंकि वास्तव में वह जाति ही राजनीति में अप्रासंगिक हो गयी थी, जिसके नेता के रूप में बाँके भाई ने अपनी जगह बनायी थी।

पार्टी छोड़ने का तत्काल असर यह हुआ कि चुमन साह के आउट हाउस से भी उनको जाना पड़ा। सचमुच उनके गर्दिश के दिन आ गये थे। वे रघुनाथपुरी के एक खपरैल मकान में किराये पर रहने के लिए आ गये थे। उनके यहाँ शाम को मूढ़ी-कचरी खाने वालों की महफिल जमती थी या नहीं, पर चुमन साह की जीप में जरूर लालबत्ती लग गयी थी। बाँके भाई के बारे में उसने बताया कि वे दाढ़ी तो पहले भी रखते थे, पर अचानक उसके कुछ बाल सफेद दिखने लगे थे। कई बार वे बिना कलफ के कुर्ते में भी दिखने लगे। अब वे फिर रिक्शा पर चलने लगे थे। कुल मिलाकर उनके हालात कुछ ठीक नहीं लग रहे थे।

बाँके भाई को इस नयी राजनीति के अनुकूल होने में थोड़ा वक्त लगा, पर उन्होंने देखा कि चुमन साह सांसद बन गये थे और उनके यहाँ खेले-खाये अनेक छात्र नेता विधायक बन चुके थे। इस नयी परिस्थिति में उन्होंने दिल मिलाये रखने, दल बनाये रखने की ललित आश्रम वाली राजनीति की दिशा पकड़ी। कहने का तात्पर्य यह है कि उनके अखाड़े के अनेक लड़के इधर-उधर चुनाव जीते जरूर, पर सब अलग-अलग दलों से जीते थे। स्वयं बाँके भाई जनता पार्टी छोड़ चुके थे। इसलिए उन्होंने समाज जोड़ो ट्रस्ट की स्थापना कर समाज को जाति-व्यवस्था से मुक्त करवाने की दिशा में काम करना शुरू कर दिया। यह एक सामाजिक काम था और इसमें किसी की राजनीति आड़े नहीं आ सकती थी।

बाद में सीतामढ़ी में रेडीमेड कपड़ों के एक व्यापारी दोस्त संजय सरावगी ने बताया कि बाँके भाई की दल बनाये रखने और दिल मिलाये रखने की राजनीति चल निकली है। शहर के युवाओं में आजकल बाजारवाद इस रूप में आया कि वे नयी-नयी चीजों की दुकान खोलना चाहते हैं। बाँके भाई नेताजी के रूप में जाने जाने लगे हैं। पिछले दिनों उन्होंने इन नये-नये दुकानदारों की देश के बड़े-बड़े नेताओं के साथ तस्वीरें खिंचवाकर खूब कमाई की। मैंने जिज्ञासा प्रकट की कि तस्वीरें खिंचवाने से किस तरह की कमाई की। इस पर सरावगी ने जो बताया वह आँख खोलकर रख देनेवाला था।

होता यह है कि हर आदमी चाहता है कि उसकी दुकान या घर में किसी बड़े

नेता के साथ उसकी तस्वीर हो। इससे समाज-सोसाइटी में उसकी प्रतिष्ठा बढ़ जाती है। वास्तव में ऐसे फोटो भी तो वही खिंचवा सकता है, जिसकी बड़े-बड़े नेताओं से जान-पहचान हो। उसने धीरे से मेरे कान में कहा, ''जानते हो, इस तरह के फोटो खिंचवाने के लिए लोग पैसे देते हैं। सांसद वगैरह के साथ तो पाँच हजार में ही फोटो हो जाता है, पर केन्द्र सरकार का कोई मन्त्री या कोई बड़ा नेता हो, तो यह रेट 50-60 हजार तक चला जाता है। जानते हो, बाँके भाई ने तो पार्टी के अध्यक्ष, बड़े-बड़े मन्त्रियों के साथ जिले के सैकड़ों लोगों की तस्वीरें खिंचवायीं।'

उसने रहस्योद्घाटन किया, ''बाँके भाई अपनी बोलेरो में चलने लगे हैं, सीतामढ़ी में उनका अपना घर भी है, पर वह जरा शहर से हटकर बख्तियारपुर के इलाके में है।''

''बख्तियारपुर'', कहकर मैं चुप हो गया था।

कई साल तक वे फोटो खिंचवाने के अलावा उद्घाटन, शिलान्यास के धन्धे में भी सफलतापूर्वक हाथ आजमाते रहे। कहने का मतलब है कि किसी को अपनी दुकान का उद्घाटन करवाना हो, किसी को नर्सिंग होम का उद्घाटन या शिलान्यास किसी महत्त्वपूर्ण व्यक्ति से करवाना हो, तो बाँके भाई उर्फ नेताजी के पास जाने पर वे एक से एक उपयुक्त हस्तियों का इन्तजाम कर देते। फीस, जाहिर है हस्ती के उपयुक्त ही ली जाती। बाँके भाई में एक परिवर्तन इन दिनों में यह और आया था कि अब धीरे-धीरे उनको बाँके भाई कहने वाले कम होते जा रहे थे और नेताजी कहने वालों की संख्या बढ़ती जा रही थी। वे उतने दुबले-पतले नहीं रह गये थे। थोड़े मोटे हो गये थे, शायद इस वजह से।

यहाँ एक स्पष्टीकरण मैं यह देना चाहता हूँ कि ऊपर सांसद के रूप में जिस सी.पी. साहू और कहानी में जिस चुमन साह का जिक्र आया, वास्तव में वे दोनों एक ही व्यक्ति हैं। जब तीन बार वे लगातार संसद का चुनाव जीतते रहे, तो सम्मान देने के लिहाज से लोग उनको सी.पी. साहू कहकर बुलाने लगे।

मेरे लिए उस खबर में आश्चर्य की बात यह थी कि बाँके भाई उर्फ नेताजी उनके घर से पकड़े गये थे, और उससे भी आश्चर्य की बात यह थी कि चुमन साह ने नेताजी को जानने तो दूर पहचानने से भी इनकार कर दिया। मेरे लिए यह कोई आश्चर्य की बात नहीं थी कि वे कैमरा लेकर नेताओं के घर में जाएँ, क्योंकि हो सकता है जब फोटो खिंचवाकर ही पैसे बनाने का जरिया उन्होंने निकाला था, तो स्वयं कैमरा रखने में ज्यादा सुविधा होती हो शायद।

गिरफ्तार होने जैसी क्या बात हो गयी होगी? लेकिन उनके पास कट्टा होने की बात मैं नहीं समझ पाया था। कुछ भी हो जाए जेपी आन्दोलन में जेल जाकर राजनीति की शुरुआत करने वाले उस पुराने बाँके भाई को मैं देशी कट्टे के साथ नहीं

देख पा रहा था। यह तो मुझे लगा पुलिस ने केस मजबूत बनाने के लिए उनके पास से बरामद करवा दिया हो।

यह एक ऐसा रहस्य था, जिसके बारे में मैंने कुछ देर तक तो सोचा, फिर अपने रोजगार में लग जाने के बाद खबर की तरह इस घटना को भी भूल गया। सच बताऊँ, तो सीतामढ़ी से अधिक सम्पर्क तो मेरा कसौली और दिल्ली के पास के शहर गाजियाबाद से रह गया है, अब अपने पुराने दोस्त भी कभी-कभी ही मिलते हैं।

वास्तव में एक दिन कुछ ऐसा हुआ कि बाँके भाई की गिरफ्तारी के रहस्य का मुझे पता चल गया। अब चूँकि मुझे पता चल चुका है, इसलिए मैं समझता हूँ कि आपको भी बताना उचित रहेगा...

अब यार-दोस्तों से मिलना भले न हो पाता हो, पर नाते-रिश्तेदारी भी तो होती है। सबकुछ तो नहीं छूट जाता है...

मेरा चचेरा छोटा भाई सीतामढ़ी में सीडी-डीवीडी आदि के व्यापार में लग गया था। उसने जो बातें बतायीं, उससे यह सारा मामला खुलता चला गया। उसने बताया कि फोटो खिंचवाने का दौर बीत चुका है, ठीक है, एक दौर में उन्होंने उसके माध्यम से काफी पैसा बनाया, पर सचाई तो यही है कि अब स्टिंग ऑपरेशऩ के इस दौर में लोग नेताओं की नहीं, फिल्मी-टीवी सितारों, खिलाड़ियों आदि के साथ तस्वीरें खिंचवाने में पैसे खर्च करने में यकीन करने लगे थे।

उसी ने मुझे बताया कि 'आपके दोस्त गोपेश्वरजी ने भी अब पुराना धन्धा छोड़ दिया है। वैसे भी अब वीसीआर है किसके पास। जिसके पास है भी उसने उसे बाँध-छानकर रख दिया है। अब तो नेपाल के रास्ते हजार रुपये में सीडी-डीवीडी प्लेयर आ जाता है। भाड़े पर पाँच-पाँच रुपये में सीडी मिल जाती है। कौन कैसेट खरीदता है। एक-एक एमपीथ्री में 100-100 गाने आ जाते हैं। उसी में फिल्म देखो, उसी में गाना सुनो। अब न कोई म्यूजिक सिस्टम रखता है, न कैसेट खरीदता है। पूरे उत्तर भारत में लोग बताते हैं कि गोपेश्वर भाई ब्लू फिल्मों के सीडी-डीवीडी के सबसे बड़े सप्लायर बन चुके हैं। कहते हैं ऐसे-ऐसे देशी और विदेशी उन फिल्मों के उनके पास सीडी-डीवीडी हैं, कि दूर-दूर से लोग उनके पास माल की तलाश में आते हैं। अब तो सब खुल चुका है। पुलिस ने उनके गोबरसही गाँव के गोदाम पर छापा मारा था, सीतामढ़ी समाचार में समाचार भी छपा था। उसमें लिखा था कि छह करोड़ के तो केवल डीवीडी पकड़े गये थे। वैसे भइया आपको मैं पहले ही मना करने वाला था। अच्छा हुआ अब आपका उनसे कोई सम्पर्क नहीं रहा। शहर में लोग बताते हैं कि जो माल पकड़ा गया वह तो कुछ भी नहीं है।

सच बताऊँ भइया, आपके भाई होने के कारण मुझ पर बड़ा स्नेह रखते थे।

खैर, अब तो मैं भी दूर से ही राम-सलाम कर लेता हूँ। पर ऐसे-ऐसे गुर बताये धन्धे के कि कोई उस्ताद ही बता सकता है।' वह अपनी रौ में बोलता जा रहा था...

ऐसे में समाज जोड़ो ट्रस्ट ने महिला प्रशिक्षण और रोजगार का सिलसिला शुरू किया। रमण, मेरे चचेरे भाई ने बताया कि कई लड़कियों को नौकरी भी उनके यहाँ प्रशिक्षण के बाद मिल गयी। लेकिन वास्तव में यह भी बाँके भाई के दिल मिलाये रखो, दल बनाये रखो की राजनीति का ही अंग था। उन लड़कियों को नौकरी मिल जाती और बाँके भाई नेताओं के, देश की अलग-अलग पार्टियों के आला नेताओं के करीब पहुँचते जाते।

ऐसे में उन्होंने एक दिन अपनी एक प्रशिक्षिका के साथ मिलकर अपने पुराने राजनीतिक शिष्य और अब वरिष्ठ सांसद चुमन साह उर्फ सी.पी. साह के यहाँ अपने खुफिया कैमरे से वह काम अंजाम देने का साहस करने का प्रयास करना चाहा, जो अगर सफल हो जाता, तो बाँके भाई को पूरा भरोसा था कि किसी चैनल को बेचकर वे इतना माल तो कमा ही लेंगे कि कुछ साल तक निश्चिन्त होकर समाज सेवा कर सकें और लगे हाथ चुमन से अपने असमय राजनीतिक जीवन के अन्त का हिसाब भी चुकता कर सकें। पता नहीं क्यों इतने प्रोफेशनल समझे जाने वाले बाँके भाई उर्फ नेताजी के दिमाग में उस दिन खुराफात सूझी।

सबकुछ उनकी योजना के मुताबिक ही हो रहा था।

बस केवल इसमें एक चूक हो गयी। जिस प्रशिक्षिका मिस आनन्द के माध्यम से वे इस कार्रवाई को अंजाम देने में लगे थे, उसने सांसद महोदय से एकान्त पाते ही बाँके भाई की योजना का खुलासा कर दिया। उनको बता दिया कि वास्तव में उनके पुराने राजनीतिक गुरु उनका स्टिंग ऑपरेशन कर रहे हैं। वह जानती थी कि बाँके भाई इस योजना की सफलता पर क्या देंगे, यह तो इस पर निर्भर करता है कि उनको कहीं से क्या मिलता है। जबकि सांसद की नजदीकी के साथ और भी काफी कुछ मिल सकता था...

इस तरह एक दिन बाँके भाई गिरफ्तार होकर दिल्ली के अखबारों के महानगर पृष्ठ के समाचारों का हिस्सा बन गये।

बहरहाल, जब कहानी ही चल रही है, तो इतना और बता देना चाहता हूँ कि जिस मिस आनन्द ने सांसद महोदय को स्टिंग ऑपरेशन से बचाया था, उसकी चाल सफल रही। वह आजकल बिहार में समाज कल्याण मन्त्रालय में प्रेस सचिव हैं और पटना के पुराने रईसों के मुहल्ले कदमकुआँ की एक विशाल हवेली में रहती हैं। एक बड़ी-सी फोर्ड आइकन कार में चलने लगी हैं। गाड़ी के ऊपर लालबत्ती लगी हुई है।

रही बात बाँके भाई की, तो उस दिन के समाचार के बाद उनकी और कोई खबर छपी नहीं देखी है। हालाँकि मैं आज भी सारे अखबार बड़े मनोयोग से पढ़ता हूँ।

उसी तरह ध्यान से एक-एक खबर देखते हुए, जिस तरह मैंने एक दिन बाँके भाई को ढूँढ़ निकाला था।

वैसे उस तरह की कई और खबरें मैंने इस दौरान जरूर देखी हैं...

❑

डिप्टी साहेब

चन्द्रमणि जब दिल्ली विश्वविद्यालय के रामजस कॉलेज में एम. ए. की पढ़ाई कर रहा था तब यार-दोस्त उसे सी. एम. के नाम से पुकारते थे।

अब अपने कस्बे रुन्नी सैदपुर में उसे सब डिप्टी साहेब के नाम से पुकारने-जानने लगे हैं।

नेपाल के रास्ते में बसे इस छोटे से कस्बे का अपना ही मिजाज रहा है। लिखित इतिहास में तो इसको लेकर कुछ नहीं मिलता, मगर कहने वाले बताते हैं कि आजादी की लड़ाई में रुन्नी सैदपुर ने भी अपने ढंग से योगदान दिया था।

कहते हैं कि 1908 में जब मुजफ्फरपुर में यूरोपियन क्लब के बाहर मैजिस्ट्रेट किंग्सफोर्ड पर बम फेंककर प्रफुल्ल चाकी भागे थे तब यहीं के जमींदार बलभद्र बाबू ने उनको एक दिन अपने घर में छिपाकर रखा था। उन्होंने तो प्रफुल्ल चाकी के छिपकर नेपाल भागने की व्यवस्था भी करवा दी थी। रात में बलभद्र बाबू के अरबी घोड़े पर सवार होकर क्रान्तिकारी प्रफुल्ल चाकी निकले तो नेपाल के कस्बे जनकपुर के लिए थे। लेकिन रात में दिशा ज्ञान भूलकर वे सीतामढ़ी पुलिस की गिरफ्त में आ गये।

सीतामढ़ी में जिस दारोगा ने भारत में किसी भी अंग्रेज पर बम फेंकने वाले उस पहले क्रान्तिकारी को गिरफ्तार किया था उसका नाम रामसेवक सिंह था। बाद में उसको अंग्रेजी हुकूमत ने राय बहादुर का खिताब दिया।

प्रफुल्ल चाकी को रुन्नी सैदपुर के नौजवान जमींदार बलभद्र बाबू ने एक दिन के लिए पनाह दी थी, इस बात का पता वहाँ के निवासियों को चला तो उन्होंने बलभद्र बाबू को अपनी ओर से राय बहादुर का खिताब दिया था।

इतिहास में इस घटना का कहीं जिक्र तो नहीं आता, न ही उस गाँव के किसी व्यक्ति को अंग्रेजों से कभी रायसाहेब की उपाधि मिली। मगर उस घटना के करीब सौ साल बाद भी बलभद्र बाबू के परिवार को रुन्नी सैदपुर में लोग राय बहादुर साहेब का परिवार कहकर याद करते हैं।

बलभद्र बाबू की कोई सन्तान नहीं हुई, तो उन्होंने अपने साले के लड़के

रामकुमार बाबू को गोद ले लिया।

चन्द्रमणि उर्फ सी. एम. उर्फ डिप्टी साहेब उन्हीं रामकुमार बाबू के पौत्र और माधव बाबू के पुत्र हैं। जमींदारी तो रही नहीं। बस थोड़ा-बहुत रुतबा बच गया है। घोड़े-हाथी तो बलभद्र बाबू के परिवार में हाल तक यानी डिप्टी साहेब के पिता के जमाने तक मौजूद रहे। माधव बाबू गन्ने की खेती करते और पशुओं का व्यापार करते।

डिप्टी साहेब को कुत्ते पालने का बड़ा शौक है। जमीन-वमीन तो कुछ खास बची नहीं, लेकिन उनकी हवेली अब भी उजड़ गयी पर फिर भी दिल्ली के अन्दाज में मौजूद है।

रुन्नी सैदपुर में अब उसे सब डिप्टी साहेब की हवेली कहकर बुलाते हैं... बलभद्र बाबू अगर उस कस्बे के पहले देशभक्त थे, तो चन्द्रमणि उस कस्बे का पहला लड़का था, जो स्थानीय महन्त दर्शन दास इंटर कॉलेज से फर्स्ट डिवीजन से इंटर पास करने के बाद आगे की पढ़ाई करने न केवल दिल्ली विश्वविद्यालय के रामजस कॉलेज गया, वहाँ नामांकन लेकर वहीं छात्रावास में रहते हुए उसने एम.ए. की पढ़ाई भी पूरी की।

जिन दिनों यह गाना बना-चला भी नहीं था—एम.ए. में लेके एडमिशन, कम्पटीशन दे ता—चन्द्रमणि ने वहीं हॉस्टल में रहते हुए आइएएस की परीक्षा की तैयारी की, उसकी परीक्षाओं में बैठा।

उन दिनों उसके दो ही सपने थे—आईएएस बनना और रुन्नी सैदपुर के एकमात्र सिनेमाघर चम्पा टॉकिज के मालिक गणेशी बंका की बेटी महुआ से विवाह करना। चम्पा सेठ गणेशी बंका की पहली बेटी का नाम था, जो कई बरस पहले महन्त दर्शन दास इंटर कॉलेज के नामी हीरो शमशेर सिंह के साथ भाग गयी थी। सेठ ने उसे कभी अपने घर तो नहीं बुलाया। लेकिन बताते हैं कि पटना में शमशेर सिंह का ब्याज पर पैसे देने का बढ़िया कारोबार था। जब पिछले चुनाव में बंका सेठ के विश्वस्त मैनेजर के बेटे साहिल का नेपाल के गम्हरिया गिरोह ने अपहरण कर लिया था तब बताते हैं शमशेर ने तत्काल बीस लाख रुपये कैश का समय पर इन्तजाम कर उसे 24 घंटे के अन्दर छुड़वा लिया था। सेठ जी को अपना तो कोई पुत्र था नहीं, इसलिए साहिल को उन्होंने पोसपुत्र की तरह पाला था।

तब शमशेर सिंह पहली बार ससुर के घर आया था। चम्पा तो खैर कभी नहीं आयी। मगर बंका परिवार का पटना आना-जाना शुरू हो गया।

महुआ जब राजकीय कन्या उच्च विद्यालय, रुन्नी सैदपुर में दसवीं की छात्रा थी तब चन्द्रमणि दिल्ली से बी.ए. फर्स्ट ईयर की परीक्षा देकर गर्मी की छुट्टियों में अपने कस्बे आया था। सेठ जी के आग्रह पर ट्यूशन पढ़ाने तो नहीं, पर अपनी

'छोटी बहन' को गाइड करने के ख्याल से सप्ताह में एकाध दिन उनके घर चला जाता था। एक दिन जब घर में महुआ की बूढ़ी दादी रामचरितमानस वाचन में लगी थी और घर पूरी तरह निरापद था, चन्दर (बाद में महुआ उसे इसी नाम से बुलाने लगी थी) महुआ को नागरिकशास्त्र पढ़ा रहा था। चन्दर ने जैसे ही कहा कि समाज व्यक्तियों से मिलकर बनता है।

"कैसे बनता है"— महुआ ने उसके एकदम पास बैठते हुए पूछा।

"समाज के बाहर वही व्यक्ति रहता है जो या तो साधु होता है या पागल।" चन्दर हाथ में रजिस्टर पकड़े उसी में नजर गड़ाये बोलता जा रहा था। लेकिन उसकी आवाज लड़खड़ाने लगी थी। महुआ के बदन की बड़ी तीखी गन्ध उसकी नाक में घुस रही थी। वह बीच-बीच में उसकी ओर कनखियों से देखता भी जा रहा था।

"मुझे कुछ समझ नहीं आ रहा है। जरा ठीक से समझा देंगे"—महुआ की आवाज भी कुछ कँपकँपा रही थी।

उसके बाद समझने-समझाने का खेल शुरू हुआ। लेकिन दो-तीन मिनट में ही खेल समाप्त करना पड़ा। क्योंकि दादी का रामचरितमानस वाचन पूरा हो चुका था और वह महुआ-महुआ आवाज लगा रही थी।

"आई ई ई ई..." कहते हुए महुआ इस तरह भागी कि नागरिकशास्त्र समझने का वह खेल तो अधूरा छूट ही गया, भागाभागी में चन्दर का चश्मा भी जमीन पर गिरकर चनक गया। दादी अन्दर आ चुकी थी। वह तो संयोग कहिए कि दादी को दिखाई कम देता था और दूसरे बिजली गुल होने के कारण कमरे में पर्याप्त रोशनी भी नहीं थी। नहीं तो चन्द्रमणि कुमार अपने टूटे चश्मे, ऊपर-नीचे चढ़ती साँसों और अस्त-व्यस्त कपड़ों की वजह से उस दिन पकड़ा ही जाता।

उस दिन रायबहादुर परिवार का वारिस चन्द्रमणि कुमार चन्द्रमणि भइया से महुआ के लिए चन्दर बन चुका था। पहली बार किसी लड़की ने तन्हाई में उसे अपने इतने करीब लाकर इस तरह कसकर दबाते हुए निहायत निजी नाम से पुकारा था—चन्दर। वह अपने आपको सहज करने की कोशिश कर ही रहा था कि उसने देखा अन्दर से महुआ इस तरह निकलकर आ रही थी मानो कुछ देर पहले उस कमरे के निरापद एकान्त में कुछ घटित ही न हुआ हो।

"चन्द्रमणि भइया, आज एक ही नोट रहने दीजिए न, इसी को याद कर लेंगे रात में। दूसरा कल पढ़ा दीजिएगा"—महुआ ने आते हुए इस तरह यह बात कही मानो चन्द्रमणि के पढ़ाने से वह ऊब गयी हो और उसकी खास दिलचस्पी उसके पढ़ाने में न हो।

"भइया को कहीं नाम लेकर बुलाते हैं। जानती है तुमसे उम्र में कितना बड़ा

है। डिल्ली उनभरसिटी में पढ़ता है। कुछ तो लिहाज कर''—दादी ने महुआ को झिड़कते हुए कहा।

संकेत समझते हुए चन्द्रमणि ने दादी के पाँव छूते हुए विदा माँगी।

''प्रणाम भइया''—जाते हुए उसने सुना पीछे से महुआ की आवाज आयी।

उस गर्मी की छुट्टी में चन्द्रमणि दो महीने अपने घर यानी रुन्नीसैदपुर में रहा। दिल्ली आने के बाद पहली बार उसे अपने कस्बे में रहना अच्छा लगने लगा था। वह इसी तरह बोर्ड इम्तिहान की तैयारी करवाने महुआ के घर जाता रहा और मौका मिलते ही समझने-समझाने का उनका खेल चलने लगता। घर में कोई नहीं रहता था। महुआ की मम्मी उन दिनों पहली बार अपनी बड़ी बेटी चम्पा के घर पटना गयी थी। उसको दूसरा बच्चा होने वाला था। पहले नाती का मुँह भी तब तक नानी माँ ने नहीं देखा था। इसलिए इस बार लम्बे समय तक अपनी बेटी की देखभाल करने के ख्याल से वह पटना गयी हुई थी। बंका सेठ को कोई लड़का तो था नहीं। वे स्वयं सुबह सिनेमा हॉल चले जाते तो रात का शो समाप्त होने के बाद ही लौटते।

किसी के लिए चन्द्रमणि से चन्दर बन चुके उसने महुआ के घर जाने के लिए समय चुना दोपहर का, जब उसकी दादी खाने के बाद कुछ समय के लिए सोती थी। वह उसी दौरान पहुँचता। अक्सर महुआ दरवाजे के पास उसका इन्तजार करती खड़ी होती और बिना किसी खटखटाहट के ही दरवाजा खोल देती। उसके बाद उनके बेआवाज प्यार का संक्षिप्त दौर चलता। बेआवाज इसलिए क्योंकि उस कमरे के बाहर बारामदे पर ही दादी बिस्तर लगाकर सोती थी। संक्षिप्त इसलिए क्योंकि जरा सी भी आहट होने पर उनकी नींद खुल जाती थी और वे 'धा-धा' करके किसी अदृश्य बिल्ली को भगाते हुए उठ खड़ी होतीं।

ऊपर से तो उनके सम्बन्ध भाई-बहन के ही रहे। मगर उन दोनों भाई-बहनों के अलावा अधिक से अधिक बंका सेठ के घर की बैठक ही इस बात की मूक गवाह थी कि इन दो महीनों के दौरान उन दोनों ने साथ जीने-मरने की कसमों के अलावा जनम-जनम तक साथ निभाने का वादा भी कर लिया था।

शायद यही उस कस्बे का रिवाज भी था। वहाँ एक जवान लड़के और जवान लड़की के बीच भाई-बहन के अलावा किसी और सम्बन्ध के बारे में सोचा भी नहीं जाता था। वहाँ इसी तरह भाई-बहनों के प्यार मौन रूप से चलते और एक दिन बेआवाज टूट भी जाते।

उस साल महुआ को बोर्ड की परीक्षा में 59 प्रतिशत अंक आये। इससे पहले उसे इतने नम्बर भी कभी नहीं आये थे। इसलिए एक प्रतिशत नम्बर कम रह जाने का मलाल किसी को नहीं हुआ। उल्टे बंका सेठ समेत कस्बे वालों को यही लगा कि चन्द्रमणि के पढ़ाने का ही यह कमाल था कि उसे इतने अधिक नम्बर आये।

इंटर कॉलेज में आर्ट्स विषय में महुआ ने दाखिला ले लिया। उसकी आगे पढ़ाई का रास्ता भी खुल गया। इस कारण छुट्टियों में चन्द्रमणि के घर आने पर महुआ के घर कभी-कभार जाकर पढ़ा देने का सिलसिला भी चलता रहा। इस बीच पत्राचार का सिलसिला भी चल निकला। महुआ की एक सहेली थी अपर्णा। वह हॉस्टल में रहकर पढ़ाई करती थी। उसके पते पर महुआ के नाम चन्दर के पत्र आने लगे और चन्दर के हॉस्टल के पते पर महुआ के।

एक पत्र में चन्दर ने लिखा—"यहाँ दिल्ली यूनिवर्सिटी में पढ़ने वाली लड़कियाँ तुम्हारी तरह ब्रा के ऊपर समीज पहनकर कुर्ती नहीं पहनती हैं। यहाँ तो लड़कियाँ ब्रा के ऊपर कुर्ती ही नहीं टी-शर्ट, टॉप और न जाने क्या-क्या पहन लेती हैं... पता है, तुम्हारी तरह ब्रा के ऊपर समीज पहनने वाली लड़कियों को यहाँ बहनजी कहकर बुलाते हैं..."

जवाब में महुआ ने लिखा—"ऐसी किसी एडवांस लड़की के चक्कर में मत पड़ जाइएगा। सुना है, वहाँ लड़कों को फँसाने के लिए लड़कियाँ इसी तरह से जाल रचती हैं। उसमें फँस मत जाइएगा। आपकी चिट्ठी आये एक सप्ताह होते-होते यहाँ मेरी बेचैनी बढ़ने लगती है। आपका तो वहाँ के रंग-बिरंगे मेले में मन लग जाता है। मेरा सोचा है आपने कभी। दिन गिन-गिन आपके आने का इन्तजार करती हूँ। दुर्गा पूजा की छुट्टी में दो-चार दिन पहले आने की कोशिश कीजिएगा। माँ दीदी के यहाँ पटना जाने वाली हैं। दादी को अब दोपहर से दिखाई देना बन्द हो जाता है। ऊँचा तो पहले ही सुनती थी। आइएगा तो खूब प्यार करूँगी। ध्यान लगाकर पढ़ाई कीजिएगा..."

नीचे नोट लिखकर यह भी लिखा था कि चिट्ठी में इस तरह से साफ-साफ कुछ भी ऐसा-वैसा नहीं लिखिएगा। अपर्णा यह बता रही थी कि कभी-कभी वार्डन की बेटी लड़कियों की चिट्ठी खोलकर पढ़ लेती है। उसमें कुछ ऐसी-वैसी बात होने पर अपनी माँ को बता भी देती है।

इस तरह के पत्र के बाद चन्दर बन चुके चन्द्रमणि की बेचैनी बढ़ जाती। वह दिन-रात महुआ के खाली घर और निरापद प्यार के ख्याल में डूबा रहता।

यह सिलसिला चलता रहा। किसी को भनक हुई भी हो तो कोई इस बात की चर्चा नहीं करता था। एक तो इसका कारण यह था कि चन्द्रमणि वहाँ रहता नहीं था। गर्मी की छुट्टियों को छोड़ दें तो इतने कम दिनों के लिए आता था कि किसी का कस्बे में उसके आने की ओर ध्यान भी नहीं जा पाता था। क्योंकि या तो वह अपने घर में रहता था या महुआ के घर में...या इसी तरह अपने अन्य रिश्तेदारों के घरों में।

जिस तरह के परिवार से चन्द्रमणि का ताल्लुक था, उस तरह के परिवार के

लड़कों के शरीफ होने की यही निशानी मानी जाती कि वे बाहर बाजारों में कम से कम दिखें। सबसे आदर्श तो यह कि न दिखें।

इस मामले में चन्द्रमणि एकदम आदर्श था। वैसे भी शहर में कुल एक सिनेमा हॉल था। वह भी बंका सेठ का। इसलिए वहाँ सिनेमा देखने का सवाल ही नहीं उठता था। बाकी तो रुन्नी सैदपुर में या तो लोग पान की दुकानों पर मिलते थे या मूढ़ी-कचरी की दुकानों पर या महतो की चाय की दुकान पर। ऐसी जगह पर खड़े होने वाले लोगों को बड़े-बुजुर्ग शरीफों में गिनना छोड़ देते थे।

सबसे शरीफ वह होता था जो घर से बाहर निकले तो स्कूल-कॉलेज जाए, ट्यूशन पढ़ने जाए, घर का सौदा-सुलुफ करने जाए, बाकी समय घर से बाहर भी न निकले।

इस मामले में चन्द्रमणि एकदम आदर्श था। वह अक्सर अपने घर में ही रहता या मौका मिलते ही महुआ के घर पढ़ाने चला जाता। दिल्ली से आने के बाद वैसे भी उसे अपना कस्ब बड़ा बेगाना लगता था। न सड़क, न बिजली, न बाजार...कुछ भी नहीं। सब अँधेरा...

सिलसिला चलता रहा। महुआ ने इंटर में भी द्वितीय श्रेणी में अच्छे अंक पाये और माँ-बाप से जिद करके मुजफ्फरपुर के नीतीश्वर सिंह महाविद्यालय में उसने होम साइन्स में बी. ए. में दाखिला ले लिया। वहीं हॉस्टल में रहने की जगह भी मिल गयी। पहले के जमाने में तो लड़कियों को वहाँ पढ़ाने का चलन नहीं था, पर जबसे लड़के दिल्ली में जाकर पढ़ने लगे थे, बंगलोर में इंजीनियरिंग पढ़ने जाने लगे थे। तब से दहेज ही नहीं साथ में अच्छी पढ़ी-लिखी लड़की की माँग भी उनकी ओर से की जाने लगी थी। इसलिए सम्भ्रान्त समझे जाने वाले घरों में लड़कियों को कम से कम बी. ए. तक पढ़ाने का रिवाज चल पड़ा था।

उधर चन्द्रमणि एम. ए. पास करके कम्पीटीशन की तैयारी में लगा हुआ था। आईएएस नहीं तो आईपीएस, नहीं तो कोई भी ऐसी नौकरी जिसमें रहने को सरकारी बँगला मिले, चढ़ने को सरकारी गाड़ी मिले, साथ में झाड़ने को सरकारी रौब भी। हर साल लाखों लोग आई. ए. एस. की परीक्षा में बैठते, मगर कुछ सौ लोगों का ही चयन उसमें हो पाता था।

अब दोनों की चिट्ठियों का स्वर बदल चुका था।

एक चिट्ठी में महुआ ने लिखा—"बीए से आगे किसी तरह एम. ए. में दाखिला तो ले लूँगी। लेकिन पढ़ाई के नाम पर शादी को ज्यादा दिन तक टाल पाना सम्भव नहीं हो सकेगा। आप जानते हैं एक बार अगर आप आईएएस बन गये तो किसी का कुछ कहने का मुँह नहीं रहेगा। दीदी एक रंगबाज से शादी करके पहले ही पापा को बड़ा कष्ट पहुँचा चुकी हैं। मैं कुछ ऐसा करना चाहती हूँ कि उनका

सिर कम से कम झुके नहीं। आपकी जाति और मेरी जाति में मेल भी नहीं है। यहाँ अपने कस्बे का तो आप जानते ही हैं। आज तक ऐसा नहीं हुआ है। एक बार आईएएस की परीक्षा पास कर जाइए। आपके लिए मैं सोमवार का व्रत रखने लगी हूँ। शिवजी जरूर अच्छा करेंगे। आप अपना ध्यान पढ़ाई में ही रखिएगा। मेरी तरफ बिल्कुल ध्यान मत दीजिएगा। अब चिट्ठी भी महीने में एक ही लिखूँगा। आप भी कम ही चिट्ठी लिखिएगा। यहाँ हॉस्टल में मुझे लगता है कुछ लड़कियों को शक हो गया है। टेक केयर..."

चन्दर के जवाबों में भी कुछ दार्शनिकता अधिक आती जा रही थी। लेकिन प्यार की गहराई भी बाकी थी उनमें। एक चिट्ठी में उसने लिखा, "दिन-रात पढ़ाई में लगा रहता हूँ, मगर अक्सर तुम्हारा चेहरा मेरी नजरों के सामने छा जाता है। इतने बरस हो गये। अब न जाने क्यों मुझे कभी-कभी लगने लगता है कि इस जन्म में मिलना शायद न हो सके। वैसे भी मैंने यह प्रण ले रखा है अगर आईएएस न बन सका तो मैं तुम्हें अपना चेहरा कभी नहीं दिखाऊँगा।"

ऐसा नहीं है कि प्यार में महुआ की तरफ से ठंडापन आ गया हो। उसने जवाब में कई-कई पत्र में लिखा, "एक बार आकर मिल तो जाइए। यहाँ हॉस्टल में गार्जियन बनकर आ सकते हैं। आईएएस का प्रण क्यों ले लिया है। अपने यहाँ तो कोई डिप्टी साहेब भी नहीं बन पाया। आप डिप्टी कलक्टरी का इम्तिहान क्यों नहीं देते। रुन्नी सैदपुर के लोगों के लिए तो वह भी बड़ी बात होगी। मैं उतने में भी अपने पापा को बताने की हिम्मत जुटा लूँगी।"

लेकिन चन्द्रमणि तो आईएएस बनने की कसम खा बैठा था। या तो आईएएस या किसी सरकारी इम्तिहान में नहीं। उसकी मुश्किल आईएएस की प्रारम्भिक परीक्षा में ही फँस जाती। दो बार उसी में फेल हो चुका था।

पत्रों का सिलसिला कम होता गया। चन्द्रमणि भी परीक्षा की तैयारी के कारण घर कम ही आने लगा था। उस बार जब छठ में आया तब उसे उसकी माँ ने बताया कि सिनेमा हॉल वाले सेठ की उस बेटी का ब्याह पक्का हो गया है जिसे तुम पढ़ाने जाते थे। लड़के का पटना में मारुति कार का शो रूम हैं। कहकर माँ ने उसकी तरफ ऐसे देखा जैसे उसकी प्रतिक्रिया जानना चाह रही हो। उसने खाते-खाते धीरे से माँ से ऐसे कहा जैसे उस बात से उसका कोई खास मतलब न हो—"पढ़ने में कुछ खास नहीं थी।"

माँ ने बात को आगे बढ़ाते हुए कहा, "महुआ भी मिली थी श्याम साड़ी भंडार में। कह रही थी कि भइया को कहिएगा शादी में जरूर आएँ। नहीं तो मैं बुरा मान जाऊँगी।"

पहली बार चन्द्रमणि को लगा जैसे माँ को भनक लग गयी हो। उसने माँ का

सन्देह मिटाने के लिहाज से जोर से कहा, "पढ़ने से फुर्सत मिले तब तो जाऊँ किसी की शादी में। मेरा ध्यान तो आईएएस में लगा रहता है।"

उसने मन ही मन सोचा एक बार कम से कम बड़े भाई की तरह ही जाकर उसे मिल आना चाहिए। लेकिन उसे अचानक ध्यान आया कि पहले तो पढ़ाने के बहाने वह भी इंटर के दिनों उसके घर जाता था, बाद में कभी-कभी बीए के दिनों में भी। जब भी आता था चाचा से सिनेमा हॉल में जाकर मिल आता था। एकाध बार चाची यानी महुआ की माँ ने उसे जरूर खाने पर घर बुलाया था। वह भी इस नाते कि उसकी वजह से महुआ पढ़-लिख गयी। उसके घर में जाकर तो वह महुआ के प्रति अपनापन भी नहीं दिखा सकता था।

संयोग से दो घटनाएँ एक साथ घटीं। एक तो रुन्नी सैदपुर में महुआ की शादी बड़े धूमधाम से सम्पन्न हुई। बंका सेठ अपनी बड़ी लड़की की शादी का भोज रुन्नी सैदपुर के लोगों को नहीं दे पाये थे। इसलिए अपनी छोटी लड़की की शादी में उन्होंने बरबरना भोज दिया। कहने का मतलब यह है कि बारहों वर्ण के लोग उनकी छोटी लड़की की शादी में भोज खाने आये। आसपास के गाँव वाले भी आये। वहाँ के बड़े-बुजुर्ग कहते कि ऐसा भोज तो बरसों पहले बलभद्र बाबू ने अपने पोसपुत्र की शादी में ही दिया था। उसके बाद बंका सेठ ने ही दिया। लोग चर्चा करते कि ऐसा भोज देने को कलेजा चाहिए।

उसी दिन संयोग से आईएएस की प्रारम्भिक परीक्षा का रिजल्ट आया। तीसरी बार चन्द्रमणि पास होने से रह गया था। तीन ही बार प्रारम्भिक परीक्षा देने का अवसर मिलता था। उस रात उसे बार-बार महुआ की याद आती रही, उसके शरीर से उठने वाली तेज पसीने की गन्ध की याद आयी, जिसे कम करने के लिए वह चार्ली का सेंट लगाती थी। वह सोच रहा था कि उसका आठ साल का गुपचुप प्यार समाप्त हो चुका था।

अब महुआ के लिए वह सदा उसका भैया ही रहेगा। वह भी उसे अपनी छोटी बहन बुलाएगा। उसके और महुआ के सम्बन्ध के बारे में किसी को पता नहीं था। अब किसी को पता चल भी नहीं पाएगा। लम्बी उसाँसें लेते हुए उसने स्वयं से कहा।

उसके कमरे में मेज की दराज में महुआ की चिट्ठी पड़ी हुई थी। तीन दिनों पहले ही आयी थी। मगर खोलने का उसका मन नहीं हो रहा था। मन उचाट हो गया था। लेकिन उस रात जब तमाम कोशिशों के बाद भी नींद नहीं आयी तो उसने महुआ की उस आखिरी चिट्ठी को खोलकर पढ़ना शुरू कर दिया, "मैंने सोलह सोमवार आपके लिए व्रत किया है। इस बार जरूर आपकी मनोकामना पूरी होगी। आप मेरे बारे में मत सोचिएगा। किस्मत में ही मिलना नहीं था। आप मेरी शादी

में नहीं आएँगे, मैं जानती हूँ। अपनी शादी में जरूर बुलाइएगा। नहीं तो कभी नहीं बोलूँगी। परसों ये मेरे घर आये थे। बड़े अच्छे स्वभाव के हैं। कह रहे थे कि मैं आपकी पिछली जिन्दगी के बारे में न पूछना चाहता हूँ न जानना। उनकी एक आदत भी आपसे मिलती है। उन्होंने आपकी ही तरह गुड़ वाली चाय की फरमाइश की। चलिए इसी बहाने आपकी याद जीवन भर बनी रहेगी। मैं आपसे हाथ जोड़कर एक बिनती करना चाहती हूँ कि आप डिप्टी कलेक्टरी की परीक्षा में जरूर बैठिएगा।''

उसने पत्र मोड़कर एक ओर रख दिया। डिप्टी कलक्टरी की परीक्षा में बैठने का तो प्रश्न ही नहीं उठता था। वैसे भी वह तो आईएएस इसलिए बनना चाहता था क्योंकि वह किसी के लिए कुछ बनना चाहता था। अब कौन था उसके जीवन में। वह फूट-फूटकर रोने लगा। फिर ध्यान आया कि अगल-बगल के कमरों में रहने वाले लड़कों को न पता चल जाए कि वह रो रहा है तब वह आवाज दबाकर रोने लगा। बस बीच-बीच में तेज हिचकी उठती। आँसुओं से उसके कपड़े भीग गये। रोते-रोते वह इतना थक गया कि नींद आ गयी।

इतना तो वह तय कर चुका था कि डिप्टी कलेक्टरी की परीक्षा में नहीं बैठेगा। चाहे जीवन भर बेरोजगार ही क्यों नहीं रहना पड़ जाए। उसे या तो लालबत्ती वाली गाड़ी चाहिए थी या फिर वह जैसा था उसी में खुश था।

उसके दोनों सपने एक ही दिन टूट गये, इससे उसे कुछ राहत भी महसूस हुई। दोस्तों ने उसे समझाया कि गाजियाबाद से मैनेजमेंट कर ले। अभी भी अच्छी नौकरी के अवसर मिल जाएँगे। बड़ी-बड़ी बहुराष्ट्रीय कम्पनियाँ आ रही हैं। दो साल के मैंनेजमेंट के कोर्स के बाद किसी भी बड़ी कम्पनी में अच्छी नौकरी मिलने की सम्भावना बढ़ सकती थी। लेकिन उसका जी दिल्ली में उचाट हो चला था। इस शहर में तो वह किसी के लिए कुछ बनने आया था। जब वही नहीं मिली तो अब क्या मिल सकता था।

मन ही मन उसने कसम ली कि वापस रुन्नी सैदपुर लौटकर वहीं अपना नाम बनाएगा। परदेस में अब रहने के लिए उसके पास कोई सपना भी तो नहीं रह गया था। घर लौटने से पहले करीब पन्द्रह दिनों तक वह दिल्ली में लाल किला, कनॉट प्लेस, बहाई मन्दिर, चाणक्य सिनेमा, कमला नगर, पुराना किला जैसे इलाकों में खूब घूमता रहा।

पहले वह अक्सर महुआ के साथ इन्हीं स्थानों पर घूमने की कल्पना किया करता था।

नयी सहस्राब्दी के हल्ले के साल वह रुन्नी सैदपुर लौट आया...

अपने तईं दिल्ली से भले वह नाकारा लौटा हो लेकिन रुन्नी सैदपुर के लिए तो वह फिर भी एक स्टार सरीखा ही था। नौ सालों तक दिल्ली के उसी

विश्वविद्यालय में पढ़ता रहा जहाँ देश के बड़े-बड़े नेताओं के लड़के-लड़कियाँ पढ़ते थे। अपने सीतामढ़ी के सांसद हरभान बाबू के बच्चे भी तो वहीं के पढ़े हैं। याद नहीं है जब प्रमुख साहब के लड़के की शादी के भोज में आये थे तब कैसे ट्रेन जैसी तेजी से अँग्रेजी बोल रहे थे, 'गुड मार्निंग चाय स्टॉल' के महतो जी कहते।

गुड मार्निंग चाय स्टॉल इसलिए क्योंकि वहाँ सुबह की चाय घर में नहीं महतो जी की दुकान पर ही पीने का रिवाज था।

रुन्नी सैदपुर एक छोटा—सा प्रखंड है। आज भी वहाँ का सबसे बड़ा अफसर डिप्टी कलेक्टर ही कहलाता है। वहाँ के लोगों ने कभी किसी आईएएस को देखा हो तब तो उसका मतलब समझ पाते। उनके तो छोटे-बड़े काम डिप्टी कलेक्टर साहेब से ही पूरे होते थे। सेठ गणेशी बंका के चम्पा टॉकीज का शो भी डिप्टी कलेक्टर साहेब के आने पर ही शुरू होता था।

वहाँ के लोग यही समझते रहे कि डिप्टी कलेक्टरी की परीक्षा देने गया था चन्द्रमणि। जिसमें वह पास नहीं कर पाया। लेकिन इससे क्या होता था। पिताजी के बाद बची-खुची जमीन का वह इकलौता वारिस होता। लेकिन पढ़-लिखकर खेती करना...

वह भी अपने कस्बे का सबसे पढ़ा-लिखा व्यक्ति होकर...

पहले ही मैं यह अर्ज कर चुका हूँ कि जब चन्द्रमणि की रुन्नी सैदपुर वापसी हुई तब नयी सहस्राब्दी का आगमन हो चुका था। एक दिन कुछ ऐसा हुआ कि कस्बे में लोग उनको डिप्टी साहेब के नाम से पुकारने लगे। हो सकता है किसी ने उनके डिप्टी कलेक्टर न बन पाने पर तंज करते हुए यह नामकरण कर दिया हो। लेकिन इसका सम्बन्ध वास्तव में कस्बे में घटी एक ऐसी घटना से है जैसी उससे पहले कभी नहीं घटी थी...

हुआ यह कि कस्बे में नये-नये पदस्थापित डिप्टी कलेक्टर ने एक दिन स्थानीय गाँधी बाजार में जाकर दुकान वालों को धमकाना आरम्भ कर दिया। उस समय चन्द्रमणि अपने पुराने सहपाठी पवन खेमका की दुकान पर बैठा हुआ था। उसने उस युवा अधिकारी से अँग्रेजी में ऐसी तकरार की कि वह अधिकारी अपना अभियान छोड़कर चन्द्रमणि को देखने की धमकी देते हुए वापस चला गया।

सालों पहले उस कस्बे ने अपने प्रफुल्ल चाकी को पनाह देने वाले बलभद्र बाबू को रायबहादुर का खिताब दिया था। उन्हीं बलभद्र के वंशज चन्द्रमणि को उसी कस्बे के लोगों ने डिप्टी साहेब का खिताब दिया। उनका अपना डिप्टी साहेब, जिसने कुछ समय के लिए ही सही उन्हें डिप्टी कलेक्टर के आतंक से मुक्ति दिला दी। हालाँकि कस्बे के लोग यह इन्तजार करने लगे कि इतने बड़े सरकारी अधिकारी

का अपमान करने की गुस्ताखी की! चन्द्रमणि को क्या सजा मिलती है?

लेकिन उलटा ही हो गया। महीने भर के अन्दर ही अधिकारी का तबादला हो गया। वैसे तबादला तो उसका इसलिए हुआ क्योंकि उसका प्रोमोशन कर उसको जिला मुख्यालय की बेहतर पोस्टिंग दे दी गयी थी।

लेकिन यह बात कम ही लोगों को पता चली। कस्बे के ज्यादातर लोगों को तो यही लगा जैसे उनके दिल्ली रिटर्न चन्द्रमणि यानी उनके अपने डिप्टी साहेब ने ही कह-सुनकर उसका तबादला करवा दिया।

आखिर वह भी तो दिल्ली के उसी कॉलेज में पढ़ा था, जिसमें बड़े-बड़े मन्त्रियों के बच्चे पढ़ते थे, देश के बड़े-बड़े खिलाड़ी पढ़ते थे और एक मॉडल भी पढ़ती थी।

चन्द्रमणि को सामने तो पहले कोई डिप्टी साहेब नहीं कहता था। पहले बड़े-बुजुर्गों ने उसे डिप्टी साहेब कहने की शुरुआत की। फिर छोटे-बड़े सब उसे, यही कहकर बुलाने लगे। उसके आने के बाद कस्बे में दिल्ली के अखबार आने लगे। हिन्दी और अँग्रेजी के। गाँव के बड़े-बुजुर्ग गम्भीर मसलों पर उससे सलाह करते।

उसे भी जैसे अपनी जिम्मेदारी का भान हो गया।

उसने कस्बे को शिक्षित करने का बीड़ा उठाया। वहाँ कोई अच्छा स्कूल नहीं था। उसने कस्बे के बीचोबीच खाली पड़ी अपनी विशाल हवेली के एक हिस्से में अँग्रेजी माध्यम के स्कूल की शुरुआत कर दी, 'सेंट कबीर कॉन्वेंट स्कूल।' उसमें पढ़ाने के लिए मुजफ्फरपुर, बेतिया से शिक्षक बुलाए गये। संयोग से उस समय जिला सीतामढ़ी में जो कलेक्टर थे, वे दिल्ली विश्वविद्यालय के पुराने विद्यार्थी रह चुके थे। उनको चन्द्रमणि ने अपना परिचय देते हुए स्कूल के माध्यम से शिक्षा फैलाने की अपनी योजना विस्तार से समझायी। कलेक्टर साहेब की ख्याति आदर्शवादी किस्म के अफसर की थी। स्थानीय विधायक को एक बार मारपीट के आरोप में गिरफ्तार करके उन्होंने सनसनी फैला दी थी। चन्द्रमणि की योजना से जिलाधिकारी निरंजन प्रमोद इतने प्रभावित हुए कि उन्होंने यह कहकर उसे भी चौंका दिया कि वे समय-समय पर उसके स्कूल में पढ़ाने आएँगे।

न सिर्फ वादा किया, बल्कि जिलाधिकारी साहेब सचमुच उसके स्कूल में पढ़ाने आने भी लगे। स्कूल का नाम इलाके में फैल गया। उस स्कूल का, जिसके कारण जिलाधिकारी का उस इलाके में आना-जाना बढ़ गया था। दो-तीन साल स्कूल अच्छा चला। लग रहा था कि डिप्टी साहेब ने अपने कस्बे में स्वयं को पूरी तरह स्थापित कर लिया है कि फिर संयोग से कुछ ऐसा हुआ कि...

स्कूल में गणित पढ़ाने के लिए नेपाल के एक लड़के संजय क्षेत्री को स्कूल में नौकरी पर रखा गया था। वह स्थानीय स्तर पर ट्यूशन भी पढ़ाने लगा। उसके

पढ़ाने से पहली बार रुन्नी सैदपुर के दो लड़कों का सैनिक स्कूल, तिलैया में दाखिला भी हो गया। बालूशाही के व्यापारी छेदी साव की लड़की रेणु कुमारी इंटर में पढ़ती थी। उनकी बड़ी इच्छा थी कि लड़की पढ़-लिखकर इंजीनियर बने। डिप्टी साहेब से कह-सुनकर उन्होंने ट्यूशन के लिए संजय क्षेत्री को रखा। छह-सात महीने तक तो सब कुछ ठीक-ठाक चलता रहा।

एक सुबह महतो की चाय की दुकान से खबर फैली...छेदी साव की लड़की नेपाली मास्टर के साथ भाग गयी। छेदी साव के यहाँ काम करने वाले हलवाई के हवाले से तो इस तरह की खबरें भी फैलीं कि छेदी साव की लड़की रेणु कुमारी पेट से थी। इसलिए भागने के अलावा दोनों के पास कोई रास्ता नहीं था।

सावजी की लड़की तो लौट के नहीं आयी। मगर डिप्टी साहेब के स्कूल की बदनामी फैल गयी। कहाँ तो सेंट कबीर स्कूल की ख्याति इसके कारण थी कि वहाँ कलेक्टर साहेब भी पढ़ाने आते थे। अब रोज-रोज पुलिस के आने से उस स्कूल की बदनामी होने लगी। डिप्टी साहेब ने स्कूल में पढ़ने वाले बच्चों के प्राइवेट इम्तिहान की व्यवस्था की और स्कूल के गेट पर हमेशा के लिए ताला जड़ दिया।

बदनामी और पुलिस से बचने का कोई और रास्ता भी तो नहीं था। बाद में छेदी साव का परिवार नेपाल गया और वहाँ अपनी बेटी को ससुराल में राजी-खुशी देखकर लौटा। छेदी साव ने तो नाती पैदा होने की खुशी में सारे रुन्नी सैदपुर में बालूशाही बँटवायी।

लेकिन स्कूल और डिप्टी साहेब के ऊपर तो बदनामी का दाग लग चुका था।

इस बदनामी के कारण काफी दिनों तक डिप्टी साहेब अपने कस्बे में गुमनामी में चले गये। कम से कम साल भर तक शायद ही किसी ने उनको देखा हो। कोई कहता कि वे दिल्ली में रहने चले गये थे। कोई कहता कि उन्होंने मुजफ्फरपुर में स्टेशनरी की दुकान खोल ली थी। जितनी मुँह उतनी बातें...

एक साल बाद डिप्टी साहेब का नाम कस्बे में फिर चर्चा का कारण बना। इस बार उन्होंने कस्बे के मिथक पुरुष अपने परदादा के नाम पर बलभद्र कम्प्यूटर सेंटर की स्थापना की।

बरसों पहले देश के एक युवा प्रधानमन्त्री ने देश को कम्प्यूटर साक्षर बनाने का सपना देखा था। उसके बरसों बाद चन्द्रमणि कुमार ने अपने कस्बे रुन्नी सैदपुर में कम्प्यूटर साक्षरता फैलाने का निश्चय किया। दिल्ली से आने वाले अखबारों में वह पढ़ता था किस तरह कम्प्यूटर के कारण देश में लाखों लोगों को रोजगार मिलने वाला था। बलभद्र कम्प्यूटर सेंटर का यही नारा था, कम्प्यूटर सीखो, नौकरी पाओ। पहल बैच में करीब पाँच लड़के आये। डिप्टी साहेब उनको कम्प्यूटर पर टाइप करने से लेकर इंटरनेट के उपयोग आदि की शिक्षा देने लगे। स्थानीय विधायक रामसुन्दर

गिरि ने सेंटर का उद्घाटन करते हुए कहा था कि इससे उनके विधानसभा क्षेत्र में एक नयी रोशनी फैलेगी। कस्बे के सबसे पढ़े-लिखे युवक चन्द्रमणि उर्फ डिप्टी साहेब की उन्होंने इसके लिए पीठ भी थपथपायी कि उनके प्रयासों से कस्बा दुनिया से कदम से कदम मिलाकर चलने वाला था।

समस्या तब आयी जब पहले बैच की पढ़ाई की अवधि पूरी होने लगी। डिप्टी साहेब ने तो यह अनुमान लगाया था कि देश में कम्प्यूटर के क्षेत्र में इतना रोजगार फैल रहा है कि उसमें पाँच लोगों को रोजगार मिलने में क्या समस्या आएगी। लेकिन मुश्किल यह थी कि जो पाठ्यक्रम उनके सेंटर में था, वह तो कम्प्यूटर की बुनियादी शिक्षा को लेकर था। उससे किसी को क्या रोजगार मिल सकता था। वैसे भी कम्प्यूटर के क्षेत्र में रोजगार तो दिल्ली, मुम्बई जैसे शहरों में था। रुन्नी सैदपुर में क्या रोजगार मिल सकता था।

रोजगार का कोई इन्तजाम तो वे नहीं कर पाये, पढ़ने वाले लड़कों की उन्होंने फीस आधी माफ कर दी, तब जाकर लड़के शान्त हुए। यही नहीं उन्होंने तो यह शर्त भी रखी कि अब कम्प्यूटर सिखाया उन्होंने है, तो वहाँ आकर प्रैक्टिस करने की छूट भी देनी होगी, क्योंकि कस्बे में और कोई कम्प्यूटर तो है नहीं।

बरसों डिप्टी साहेब के पिताजी रुन्नी सैदपुर की सड़क के पक्कीकरण के लिए जिला मुख्यालय से लेकर कमिश्नरी मुख्यालय तक चक्कर काटते रहे थे। बरसात से पहले के महीनों में उन्हें यह आश्वासन मिलता कि बरसात के बाद काम शुरू हो जाएगा। बरसात और बाढ़ के महीने जब खत्म हो जाते तब सरकारी अधिकारी कहते अभी काम शुरू करवाने का क्या फायदा? कुछ दिनों में बाढ़ आएगी नयी सड़क उसी में बह जाएगी...

दस सालों तक माधव बाबू ने आस नहीं छोड़ी। वह तो यह लड़ाई शायद ही छोड़ते। लेकिन दो साल पहले एक रात शहर से लौटते हुए रास्ते में किसी बिगड़ैल साँड़ ने उनको धक्का मारकर गिरा दिया। तबसे चलना-फिरना उनके लिए जरा मुश्किल हो गया, तब जाकर पक्की सड़क की अपनी लड़ाई उन्होंने छोड़ी।

उनके लड़के चन्द्रमणि ने कस्बे को शिक्षित बनाने का सपना पाला। जब वह कस्बा शिक्षित हो जाएगा तो दिल्ली की तरह वहाँ भी अन्तर्जातीय विवाह पर कोई रोक-टोक नहीं रहेगी। उसका मिलन महुआ से नहीं हो पाया तो क्या आने वाली पीढ़ियों का प्यार तो इस तरह सिसक-सिसककर, घुट-घुटकर दम नहीं तोड़ेगा...

गाँव में पक्की सड़क अभी तक नहीं बन पायी तो क्या। इंटरनेट का कनेक्शन आ चुका है। मोबाइल फोन के नये-नये मॉडल नेपाल के रास्ते पहले यहीं आते हैं। बाद में दिल्ली, मुम्बई जैसे शहरों में जाते हैं। पहले यहाँ के लोग व्यापार करते, दबाकर पैसा बैंक में रख देते। छह सालों में दोगुना होने के लिए। पुराने जमींदार

खेत बेचते और पैसा बैंक में रखकर सूद की खाते...

लेकिन बैंकों में ब्याज मिलना कम होता जा रहा था। रुन्नी सैदपुर में तो इस तरह की अफवाहें सुबह-शाम उड़ती रहतीं कि स्विस बैंक की तरह कुछ दिन में इस देश में भी बैंकों में पैसा रखने के लिए ब्याज देना पड़ेगा। किसी को समझ नहीं आ रहा था क्या करें...

ऐसे में कस्बे में उद्धारक बनकर डिप्टी साहेब प्रकट हुए। प्रकट होने से पहले दो इन्तजाम उन्होंने पक्के कर लिये। एक तो इंटरनेट का ब्राडबैंड कनेक्शन ले लिया और दूसरे कम्प्यूटर को लगातार चलाये रखने के लिए मुजफ्फरपुर जाकर एक इन्वर्टर का इन्तजाम कर लिया। बलभद्र कम्प्यूटर सेंटर का उनका प्रयोग असफल भले रहा हो, मगर कस्बे को कम्प्यूटर-साक्षर बनाने का सपना उन्होंने नहीं छोड़ा था। महुआ की नजरों में सचमुच के डिप्टी साहेब न बन पाये तो क्या, तो कुछ ऐसा सार्थक कर जाएँ कि उसके सामने सिर उठाकर खड़े हो सकें।

इस बार उन्होंने सचमुच कुछ ऐसा किया कि कस्बे की जिन्दगी बदल रही है। कम्प्यूटर के माध्यम से ऑनलाइन शेयर ट्रेडिंग का मतलब क्या होता है, इसको समझाने के लिए उन्होंने कस्बे के छोटे-बड़े लोगों को एक दिन बुलाया और यह बताया कि किस तरह बिना पटना के शेयर बाजार में गये, बिना किसी शेयर दलाल की मदद लिये कम्प्यूटर की मदद से यहीं बैठे-बैठे शेयर में पैसा लगाकर लाखों रुपये कमाये जा सकते हैं।

इससे भी बढ़कर उन्होंने यह रहस्योद्घाटन वहाँ मौजूद लोगों के सामने किया कि पिछले साल उसके पिताजी ने नदी के पास वाली एक बीघा जमीन बेचकर जो एक लाख रुपये पाये थे, इसी विद्या से छह महीनों में ही वह एक लाख चालीस हजार रुपये हो चुके हैं। आप लोगों के समय में बैंक के ब्याज से भी पैसा दोगुना कितने सालों में होता था? कम से कम छह सालों में। इससे तो पैसा तीन-चार सालों में ही दोगुना हो सकता है। बस, भगवान से मनाइए कि इसी तरह सेंसेक्स बढ़ता रहे।

"सेंसेक्स?" बंका सेठ ने कुछ शंका प्रकट की। उनको इस दिल्ली में पढ़े-लिखे लड़के की बातों पर पहले भी जरा कम ही विश्वास होता था।

सेंसेक्स का मतलब उसने टेबुल पर पड़ा दिल्ली से छपकर आनेवाला एक पीला अखबार उठाकर समझाना शुरू किया—यह देखिए, लिखा है कि सेंसेक्स 14 हजार अंक को पार करने वाला है और जल्दी ही वह अगले साल तक 15 हजार के अंक को भी पार कर जाएगा। भगवान से मनाइए कि सेंसेक्स नीचे नहीं गिरे। इसके नीचे गिरने से नुकसान होने लगता है। पैसे पर आमदनी कम होने लगती है। समझ लीजिए कि सेंसेक्स अगर बढ़ता है तो इसका मतलब सरकार की

ओर से इस बात का इशारा होता है कि शेयर बाजार में पैसे लगाने से कोई नुकसान नहीं होने वाला है। सेंसेक्स अगर नीचे गिरने लगे तो समझ लीजिए सरकार इशारा कर रही है कि शेयर बाजार में पैसे लगाने का नहीं पैसे निकालने का समय आ गया है। वह भी सब घर बैठे-बैठे।

शुरू-शुरू में तो कुछ ही लोगों ने उसके कहने पर ऑनलाइन शेयर में धन लगाया। मगर जल्दी ही होने वाली कमाई की चर्चा फैलने लगी। आसपास के गाँवों से भी लोग उसके पास आने लगे। बंका सेठ ने तो कहते हैं इसी कमाई से मुजफ्फरपुर में तीन तल्ला मकान बनवा लिया है। एक दिन कहते हैं कि महुआ भी उनके पास अपने दो साल के लड़के पलाश को लेकर आयी थी। अपने गहने बेचकर वह तीस हजार रुपये लायी थी। उन पैसों को चन्द्रमणि के पैरों पर रखते हुए उसने कहा—इन पैसों को अपने भाँजे के नाम पर शेयर में लगा दीजिए।''

आज कस्बे में उसको लोग मिथक सरीखा मानने लगे हैं। पहले वहाँ के लोग पढ़-लिखकर रोजगार की तलाश में लगे रहते थे। धीरे-धीरे वहाँ के लोगों का यहीं रोजगार बनता जा रहा है।

सेंसेक्स बढ़ता जा रहा है। और लगता है डिप्टी साहेब का यह नया व्यवसाय चल निकला है...

❑

सोप-ऑपेरा

''मैं जा रहा हूँ...''

आर. के. के ई-मेल में बस इतना ही लिखा था। वह अक्सर इसी तरह के ई-मेल किया करता, या महीनों में कोई खबर न देता, न लेता, अचानक इतना संक्षिप्त मेल करता जैसे तार कर रहा हो और जिसका मतलब जानने के लिए किसी और को ई-मेल करना पड़ता।

लेकिन वह कहाँ जा रहा था...

यह हमारी छोटी-सी आभासी दुनिया है, जिसमें कभी-कभी मुझे लगता है जैसे हम सब बस खेल रहे हों, आभासी खेल, केवल आर. के. ही नहीं, मैनाक, जो अब कोलकाता में है, हिमांशु मुम्बई में, जमशेद बंगलौर में। हम बरसों से नहीं मिले हैं। बरसों पहले हम साथ-साथ एक ही नाटक-मंडली में काम किया करते थे, 'इब्तिदा' में। कुछ दिन तक दिल्ली विश्वविद्यालय के एक कॉलेज-हॉस्टल में साथ-साथ रहे भी थे। हम ई-मेल की दुनिया में मिलते रहते थे, मिलते रहते हैं। भले ही हम अलग-अलग शहरों में बिखर गये हों। मुझमें और मेरे मित्रों में इतना ही फर्क है, वे सब मुम्बई-कोलकाता की फिल्मी टेलिविजन की दुनिया की भागमभाग का हिस्सा बन चुके हैं और मैं यहाँ दिल्ली में हिन्दी नाटकों में पी-एच. डी. करने के बाद डॉ. अधीर प्रसाद सिंह के नाम से एक सान्ध्य कॉलेज में नाटक पढ़ाता हूँ, अखबारों में नाटकों पर लिखता हूँ और अक्सर अपने इन्हीं मित्रों के ई-मेल के सहारे फिल्मी-गॉसिप वगैरह भी नाम बदलकर लिख लेता हूँ।

बहरहाल आर. के. यानी रामकिशन के उस ई-मेल का राज खुला हिमांशु से। 'इब्तिदा' के नाटकों से पाँच-छह साल पहले वह निकलकर मुम्बई चला गया। गया तो था एक्टर बनने, कई टेलिविजन धारावाहिकों में एक्टिंग भी कर चुका था। आजकल अलग-अलग चैनलों के लिए धारावाहिक बनाता है, प्रोड्यूसर बन चुका है।

वह अक्सर ई-मेल में पूरी कहानी ही लिख डालता है, ''तुम्हें तो पता ही है न आर. के. 'बन्दिश' नामक एक धारावाहिक का प्रोड्यूसर था। धारावाहिक

दूरदर्शन पर प्रसारित हो रहा था और वह अच्छे पैसे भी बना रहा था। कहने लगा था अब पैसे कमाने के लिए लिख—लिखकर अँगुलियों को नहीं थकाना पड़ता, अब वे नोट गिनकर थक जाते हैं। लेकिन उसने लोगों के पैसे ही नहीं दिये—न एक्टर्स को न टेक्नीशियंस को न स्टूडियो को। सबके नाम वह पोस्ट डेटेड चेक काट देता...और इससे पहले कि उन सबके चैक की तारीख आती,वह मुम्बई से खिसक गया। उसने जिन बैंक एकाउंट के चेक काटे थे उनमें पैसे नहीं थे...सब उसको ढूँढ़ रहे हैं। मुझे नहीं लगता वह अब यहाँ लौटकर आने वाला है। अभी तो उसके लेनदार ढूँढ़ रहे हैं कल पुलिस ढूँढ़ेगी। छुपकर ही अब शायद उसे रहना पड़े...शायद अपने गाँव में। यहाँ कोई नहीं जानता उसका गाँव कहाँ है? मैं भी नहीं। क्या पता तुमको कहीं मिल जाए...ई-मेल ही करे...बचकर रहना।''

मुझे तुरन्त सूझा, मेल मैनाक को फारवर्ड कर दूँ, लेकिन हिमांशु ने इसकी गुंजाइश ही नहीं छोड़ी थी। उसने मैनाक, जमशेद और मुझे एक साथ ही मेल भेजा था। मैंने हिमांशु को संक्षिप्त जवाब दिया, ''मुझे पता है।''

ऐसे मौकों पर हमारी आभासी मित्रता गाढ़ी हो जाती...रामकिशन हमारा दोस्त था या है...उसके साथ इतना सब कुछ घटित हो गया। सच-सच कहूँ मैं कुछ चिन्तित हो चला था, आखिर कहाँ गया होगा? कहाँ-से-कहाँ जा रहा था जो उसने मुझे, सिर्फ मुझे ही ई-मेल कर बताया था, मैं भी जानता था कि अपनी तमाम क्षमताओं के बावजूद मेरे लिए यह सम्भव नहीं था कि उसका पता कर पाता। हम अधिक-से अधिक उसकी ई-मेल-चर्चा कर सकते थे। हमारी अधिकतर ई-मेल चर्चा हॉय! हैलो! हैप्पी बर्थ-डे! हैप्पी न्यू ईयर या तरह-तरह के चुटकुलों तक ही सीमित रहती थी। ऐसी कहानी कभी-कभी ही हमारे हाथ लगती थी।...

संयोग से आर. के. जब पहली बार मुम्बई जा रहा था तो उसका गवाह भी मैं ही बना था। चार-पाँच साल पहले जब मैं पी-एच.डी.करने के सिलसिले में आखिरी बार दिल्ली विश्वविद्यालय के एक छात्रावास में रह रहा था, रामकिशन भी उन दिनों वहीं था। एम.ए. कर चुका था और टेलीविजन के लिए सोप-ऑपेरा लिखने के लिए मुम्बई जाने की तैयारी में था। मैनाक पहले ही कोलकाता का रुख कर चुका था, वहाँ सत्यजित राय इंस्टीट्यूट में फिल्म-निर्देशन पढ़ने चला गया था। जमशेद अपनी आवाज के बल पर मुम्बई में डबिंग के काम में लग गया था।

वह कहता, ''मुम्बई जाना ही है तो खूब सारे आइडिया इकट्ठा कर लेता हूँ। इसीलिए हॉस्टल में रुका हुआ हूँ। मेरा तो बिल्कुल साफ है। नाटक में एक्टिंग-वेक्टिंग तो ठीक है...मुम्बई जाना है...जमकर सोप-ऑपेरा लिखूँगा। सास-बहुओं, व्यापारी-घरानों के ऐसे-ऐसे झगड़े लिखूँगा कि लोग भी याद रखेंगे। साल-दो साल जमकर लिखूँगा...पैसा कमाऊँगा...प्रोड्यूसर बन जाऊँगा...देखना पाँच-सात सालों

में अपना ही चैनल लांच कर दूँगा। तुम लोग भी खुश रहोगे।''

वह उन दिनों काफी जल्दी में लगता था, कहता था, ''खूब पैसे कमाने हैं। अपने गाँव में इतना बड़ा घर बनवाऊँगा, न तो वह बाढ़ में डूबेगा, न ही साँप-बिच्छू ही वहाँ आ पाएँगे। वहीं बाढ़ के महीनों में चला जाऊँगा। खूब मछली खाऊँगा। अपनी उसी विशाल हवेली की छत पर बैठकर एक से एक फिल्में लिखूँगा...''

उन दिनों वह सपने देख रहा था...और अक्सर बड़े-बड़े सपने देखता...वह रातों-रात सब कुछ पा लेना चाहता था, वह सब जो बाजार में दिखाई देता...

एक दिन अचानक मेरे पास आया। बैठकर इधर-उधर की बातें करता रहा, फिर उठते हुए बोला, ''जा रहा हूँ।'' मुझे लगा यूँ ही कहीं गप्पें लड़ाने जा रहा होगा, कहीं चाय पीने जा रहा होगा। दो दिन बाद उसका फोन मुम्बई से आया, अधीर! सुन ''मैं यहाँ मुम्बई से बोल रहा हूँ। ठीक-ठाक पहुँच गया। अब काम की बात सुन, ऐसा है मैं अपने दोस्त पंकज के साथ हॉस्टल में रह रहा था, उससे दो हजार रुपये लेकर मैं आ गया। यार, उसको पैसों की जरूरत होगी। मैंने दो-एक दिन में लौटा देने का वादा किया था। तुम प्लीज दे देना। तेरा-मेरा हिसाब तो चलता रहेगा...अभी रखता हूँ। मेरा तो कोई नम्बर है नहीं। मैं ही फोन कर लिया करूँगा...हाँ! याद से उसे पैसे दे देना।'' उस दिन उसने मुझे अपना ई-मेल पता दिया था।

रामकिशन शायद इसलिए भी मुझे कुछ अपना समझता था क्योंकि उसकी तरह मैं भी बिहार के मिथिला का रहने वाला हूँ। वैसे आपको पहले भी साफ-साफ बता दूँ, मैं, यानी अधीर प्रसाद सिंह, जिसे कॉलेज के जमाने से यार-दोस्त ए.पी. बुलाने लगे थे, ने सचमुच कभी कोई गाँव देखा नहीं है। आज दिल्ली में रहने के बाद दरभंगा कुछ खास शहर भले ही नहीं लगता हो लेकिन वह गाँव तो नहीं ही है। हम गाँव में रहने वाले अपने चचेरे, ममेरे, फुफेरे भाइयों से उनके गाँव में रहने के कारण कुछ अकड़ में ही बात करते आये हैं। आर.के.तो पता नहीं किसी मोहनिया थाने के गाँव चन्दौना का रहने वाला बताता था खुद को।

सबसे बढ़कर दिल्ली विश्वविद्यालय में मिलने से पहले न तो मैं उसको जानता था न उसके गाँव को। बहरहाल, यह तो सच है कि हम दोनों ही मिथिला के रहने वाले थे। एक बार जरूर उसने अपने गाँव की कहानी सुनायी थी, ''ध्यान से सुनो। क्या पता कभी तुमको ही मेरी जीवनी लिखनी पड़ जाए। इसलिए जान लो दिल्ली आने से पहले मैंने कभी टेलीफोन पर बात नहीं की थी औरें पहली बार मैं रेल में चढ़कर दिल्ली ही आया था। मेरे गाँव में नाते-रिश्तेदार जून-जुलाई के महीने में मिलने नहीं आते। पता नहीं कब बाढ़ आ जाए? बाढ़ के दो-तीन

महीने मेरा गाँव बाकी दुनिया को गुडबाई कर देता है। बस रेडियो का सहारा रहता था। रेडियो से दुनिया की खबर तो मिल जाती है। लेकिन गाँव की खबर...पिताजी शहर के स्कूल में पढ़ाते थे, दरभंगा में अक्सर बाढ़ में उधर ही रह जाते। दादी साँप के काटने से मर गयीं। बागमती का पानी ऐसा जोर मार रहा था कि पिताजी तक ख़बर पन्द्रह दिनों बाद पहुँची। किरिया-करम किसी तरह हो गया था। वे भी क्या करते। आने का कोई तरीका नहीं था। समझे! पिताजी दो महीने के बाद ही आ पाये।''

मैं उसकी बातों पर हैरान हो जाया करता, उसका गाँव भी विश्वसनीय लगने लगता। वह कहता, ''जानते हो हमारे मिथिला में शाकाहारी-मांसाहारी सब बड़े चाव से मछली क्यों खाते हैं? आखिर तीन-तीन महीने तक जब गाँव बाढ़ से कट जाता है तो वहाँ उस अपार जल में मछली के सिवा मिल क्या सकता है? वैसे यह बात अलग है कि मछली का वैसा स्वाद कहीं होता भी नहीं है।''

मैं तो बस मुँह बाए उसकी बातें सुनता रहता था।

मुम्बई जाने के बाद ऐसा नहीं है कि उससे सम्पर्क न रहा हो। हाँ, बात पहले जितनी न हो पाती थी। ई-मेल वह अक्सर संक्षिप्त ही करता था और एस. टी. डी. पर ज्यादा बातचीत सम्भव नहीं थी।

इतना जरूर था कि भले ही उसके सपने अभी पूरे नहीं हुए हों, टेलीविजन धारावाहिक लिखकर वह पैसे तो कमा ही रहा था। मैं तो टेलीविजन वग़ैरह देखता नहीं, लेकिन दोस्तों की मानें तो सोप-ऑपेरा लेखक के रूप में उसकी पहचान बनने लगी थी...

इतना अन्दाजा मुझे भी था कि वह खुद पैसे कमा नहीं पा रहा था। उसके बड़े-बड़े सपने थे, उन्हें पूरा भी करना था। मैंने पहले ही बताया न जब वह दिल्ली में था और मुझे विश्वविद्यालय के हॉस्टल में मिला था तो वह काफी जल्दी में लग रहा था। मुझे याद आता है उसने अब तक कुल दो बार मुझे लम्बे-लम्बे ई-मेल किये थे। दोनों ही बार कुछ बड़ी योजनाओं पर काम कर रहा था।

पहली बार उसका ई-मेल काठमांडू से आया। लिखा था वह भारत का पहला भोजपुरी भाषा का म्यूजिक वीडियो बना रहा था। बन जाने के बाद एक साथ उसे मॉरिशस, त्रिनिदाद, सूरीनाम जैसे देशों में भी रिलीज किये जाने की योजना थी। उसका संक्षिप्त-सा फोन भी आया, अरुणाचल प्रदेश का बहुत बड़ा प्रोड्यूसर है। उसकी बड़ी-बड़ी योजनाएँ हैं। जल्दी ही चैनल भी शुरू करने वाला है। वह काफी चहक रहा था। वैसे उसने फोन जल्दी यह कहकर रख दिया था कि आई. एस. डी. पर बात कर रहा हूँ।

म्यूजिक वीडियो की शूटिंग पूरी हो गयी। मैं इन्तजार करता रह गया।

आर. के. फोन करेगा या ई-मेल करके बताएगा मेरी म्यूजिक वीडियो रिलीज हो रही है। जब कोई खबर नहीं मिली तो मैं अखबारों, टी.वी. चैनलों पर निगाहें गड़ाये रहता, आखिर भोजपुरी का पहला म्यूजिक वीडियो है। एक साथ इतने देशों में उसके रिलीज होने की बात है। उसका प्रचार-प्रसार भी कुछ धूमधाम से ही होगा। लेकिन न तो उसका प्रचार-प्रसार ही हुआ न ही उसके बारे में कुछ सुनाई ही दिया। हिमांशु ऐसे मौकों पर ई-मेल पर जरूर सक्रिय हो जाता था। उसी का ई-मेल कुछ दिनों बाद आया।

आर.के. के आजकल रंग-ढंग ठीक नहीं लगते। सुना है अरुणाचल प्रदेश के किसी मन्त्री के लड़के को उसने पकड़ा है। तुम्हें पता ही होगा उसने भोजपुरी में एक म्यूजिक वीडियो बनाया था। उसी के पैसे से बनाया था। सुनने में आया किसी ने प्रोड्यूसर को समझा दिया कि भोजपुरी से शुरुआत नहीं करनी चाहिए। उसने म्यूजिक वाडियो रिलीज करने का फैसला त्याग दिया। लेकिन आर.के.का कुछ खास नुकसान नहीं हुआ। उसने अच्छे पैसे भी बनाये...

अरुणाचल प्रदेश के उस मन्त्री के लड़के की म्यूजिक वीडियो भले ही रिलीज न हो पायी हो, लेकिन उस तरह के लोगों का साथ उसने छोड़ा नहीं। काफी दिनों बाद उसका दूसरा और अन्तिम लम्बा ई-मेल आया। इस बार उसकी सूचना कुछ ऐसी थी कि आसानी से विश्वास करना मुश्किल ही लग रहा था। उसने सूचना दी थी कि वह पटना से पहला प्रादेशिक चैनल लांच करने जा रहा है। विजयादशमी के दिन उसका उद्घाटन होना था। पहली बार उसने आने का निमन्त्रण भी दिया था। बाद में फोन करके भी उसने आने के बारे में कहा था। उसने कहा था टिकट भी भेज रहा हूँ। न टिकट आया,न मैं गया और विजयादशमी का दिन भी बीत गया।

ऐसे अवसरों पर जब वह न होकर कुछ और हो जाता था यानी उसकी योजना सफल नहीं हो पाती थी तो न तो वह ई-मेल करता न संक्षिप्त फोन ही करता। वह अचानक किसी बड़ी योजना के साथ प्रकट हो जाता...

वैसे बहुत दिनों तक न उसका ई-मेल आया न फोन...इसका मतलब यह नहीं था वह कुछ नहीं कर रहा था।

बाद में टुकड़ों-टुकड़ों में हिमांशु ने ही बताया। इस बार उसने बिहार के कुछ नेताओं के लड़कों का साथ पकड़ा था। लेकिन जिस मुनि बाबू शुक्ला के बूते उसने यह सारा जाल फैलाया था वह विजयादशमी क्या, नवरात्र शुरू होने से कुछ पहले ही बलात्कार के एक मामले में धर लिये गये। हिमांशु ने लिखा था कि वह भी चुपचाप पटना से मुम्बई खिसक गया। वहाँ जाकर वह चुपचाप सोप-ऑपेरा की कहानियों के सूत्र जोड़ने में लग गया।

कुछ दिनों बाद अरुणाचल प्रदेश के मन्त्री के पुत्र पासांग सुब्बा से उसका फिर सम्पर्क हुआ। बताते हैं 'बन्दिश' में वही आर.के. के नाम पर अपना पैसा लगा रहा था। उसी ने दूरदर्शन के प्राइम टाइम पर इसका प्रसारण रखवाया था...

मैं उसके इस सारे दौर से कटा ही रहा। वह मोबाइल फोन इतने बदलता था कि उससे फोन पर बात करने के लिए कई और लोगों को एस.टी.डी. करना पड़ता था उसके नम्बर के लिए। ई-मेल पर जवाब देना न देना उसकी मर्जी पर होता...

तभी उसका ई-मेल आया।...सान्ध्य कॉलेज में पढ़ाने के कारण सारा दिन मेरा खाली रह जाता था। सारा समय ई-मेल करके, फिल्मी गॉसिप लिखकर नहीं बिताया जा सकता। उन दिनों कम्प्यूटर के सामने बैठकर कुछ-न-कुछ लिखने की कोशिश करता रहता था। लिखते—लिखते मुझे ध्यान ही नहीं रहा कि मैंने टुकड़ों-टुकड़ों में अपने मित्र रामकिशन यानी आर. के. के जीवन की कहानी ही लिख डाली। मैंने ई-मेल पर आर.के. चर्चा को आगे बढ़ाते हुए अपने दोस्तों हिमांशु, जमशेद और मैनाक को भेज दिया। मेरे अन्दर भी कुछ उम्मीद जागी, शायद कुछ उत्साह बढ़ाये जाने पर मैं भी लिखने लगूँ...वैसे भी यह कहानी कम, एक दोस्त की जीवनी अधिक थी, दोस्तों के अलावा किसके काम की हो सकती थी...

हिमांशु जब से प्रोड्यूसर बना था, आई.बी.एम. का लैपटॉप हमेशा अपने पास रखता था। "मैं दिन में तीन बार नियम से ई-मेल चेक करता हूँ, तुम्हारी तरह नहीं हफ्ते में अधिक से अधिक दो बार। ई-मेल चेक करते रहना चाहिए। क्या पता कहीं क्या छूट जाए।"

मैं मन मसोसकर रह जाता। अभी तक लैपटॉपवाला नहीं बन पाया। वैसे लैपटॉप होता तो मैं करता क्या? घर में कम्प्यूटर है तब तो ई—मेल पर दोस्तों को चुटकुले भेजता रहता हूँ। रसीले किस्से सुनाता रहता हूँ। और अब तो लेखक भी बन गया हूँ। लैपटॉप होता तो मैं क्या करता यह अधिक सोच नहीं पाता।

बहरहाल, सबसे पहले दिन तीन बार मेल चेक करने वाले हिमांशु का ही जवाब आया। जरूर दिन में तीन अलग-अलग बैठकों में जब वह ई-मेल करता होगा, उसने मेरी इतनी लम्बी कहानीनुमा मेल पढ़ ली होगी।

तुम्हारी कहानी तो इतनी सपाट है कि उस पर फिल्म कैसे बन सकती है? असल में, तुम तो जानते हो न हर बात हमारे लिए एक कहानी का आइडिया होती हैं। तुमने जो लिखा है और अगर उसे कहानी कहें तो उसमें ऐसा कुछ नहीं लगता। ऐसा लगता है जैसे तुम आर. के. की असफलताओं की फेहरिस्त ही रखते आये हो, उसकी सफलताओं की नहीं।

तुम तो सिरे से उसे भ्रष्ट नेताओं के पुत्रों, माफिया से साँठ-गाँठ रखने वाला सिद्ध कर देना चाहते हो। एक ऐसा आदमी जो नेताओं के सगे-सम्बन्धियों को

फँसाकर उनके पैसों पर ऐश करता हो। फिर तुमने इतनी बड़ी गाथा लिख दी और उसमें धोखे से भी किसी स्त्री का जिक्र तक नहीं आया। अरे, कम-से-कम यही लिख दिया होता कि उसकी माँ उसे जन्म देते ही मर गयी थी तो तुम्हारी कहानी पुरुष-प्रधान होने से बच जाती और कहानी में ड्रामा भी कुछ पैदा हो जाता।

तुम अपने लखनवी उस्ताद की तरह लिखना तो यथार्थवादी कहानी चाह रहे हो, लेकिन तुम्हारी मुश्किल यह है कि तुमने कहानी से बाहर का यथार्थ देखा नहीं। एक कहानी में कई-कई मोड़ आते हैं। सोप ऑपेरा की तरह जहाँ कहानी समाप्त होती दिखे, वहीं कहानी आगे बढ़ने लगती हैं, उसे सोप ऑपेरा कहते हैं।

असल में आर.के. की असली कहानी ही तब शुरू हुई जब उसका मैथिली चैनल का किस्सा समाप्त हुआ था। उसके बाद वह अरुणाचल प्रदेश की राजधानी ईटानगर चला गया, वहाँ अपने पुराने प्रोड्यूसर मित्र पासांग सुब्बा को सोप-ऑपेरा का एक नायाब आइडिया सुनाया—मुम्बई की बार-गर्ल्स के जीवन पर सोप-ऑपेरा टेलिविजन के लिए। उसने उसे अपनी पुरानी दोस्ती का हवाला दिया। भले ही म्यूजिक वीडियो में पासांग सुब्बा के पच्चीस लाख डूब गये हों लेकिन उसे फिल्मी दुनिया के उस चक्कर में मजा ही आया था। वह एक और दाँव लगाने को तैयार हो गया।

वह उसके साथ मुम्बई आया। रिसर्च के लिए आर. के. उसको गोरेगाँव के 'रुस्तम बार' में लेकर गया। पासांग को वहाँ इतना अच्छा लगा कि वह भी वहाँ एक हफ्ते रुका। उसने जाते हुए आर. के. को बार-गर्ल्स के जीवन पर शोध कर एक बड़ी कहानी लिखने की अनुमति दे दी और एडवांस पैसा भी...'बन्दिश' का काम कुछ दिनों बाद शुरू हुआ।

'रुस्तम बार' की एक लड़की पर आर. के. का दिल आ गया। आर. के. उसका दीवाना हो गया था। रोज शाम के बाद देर रात तक वह वहीं रहता। अक्सर अपनी उस प्रियतमा पर कई—कई हजार रुपये लुटा देता था। जब भी वह अपनी उस रोजी पर प्यार का इजहार करता, वह कहती—"मेरा तो यही काम अच्छा है।"

वह उससे मिलने रोज जाने लगा। बिला नागा। लोग बताते हैं 'बन्दिश' के प्रोडक्शन का सारा रुपया उसने वहीं उड़ा दिया।

हिमांशु के ई-मेल में जिस आर. के. की बात थी उसे तो मैं सचमुच नहीं जानता। इतने बरसों में मैंने उसे देखा भी नहीं। क्या उसका चेहरा भी बदल गया होगा या वैसा ही दिखता होगा बिल्कुल।

सचमुच ई-मेल में हम खेल ही रहे थे। बात एक दोस्त के दिवालियेपन से शुरू हुई और ऐसी उलझनभरी कहानी बन गयी। हिमांशु के ई-मेल का जवाब देने का मेरा मन नहीं हुआ।

...मैनाक ने यह कहते हुए जवाब देने से इनकार कर दिया था कि जब बात अधिक भावनात्मक हो तो वह अँग्रेजी, हिन्दी में नहीं, बँगला में ही बात करना उचित समझता है। जमशेद जरा हटके ही था। इन दिनों बंगलौर में हिन्दी फिल्मों की स्पेनिश भाषा में डबिंग का काम कर रहा था। वह फिल्मों की डबिंग कर उन्हें लैटिन अमेरिकी देशों के वितरकों को बेच देता था। वह काफी व्यस्त हो गया था। लेकिन उसने जवाब दिया, ''अफसोस होता है कि तुम लोग इतनी बारीकियों में जाते हो फिर भी कुछ नहीं निकलता। समय है, उसे नष्ट कर रहे हो। बुरा मत मानना, न तो कहानी बनती है, न कुछ गम्भीर बातें ही कर पाते हो...बस इधर–उधर में उलझकर रह जाते हो।

...और जैसी–जैसी बातें तुम लोग करते हो...मैं तो आज तक तुमको नहीं बता पाया कि आर. के. मेरे भी एक लाख रुपये लेकर चला गया। ठीक है। तुम लोगों को उसकी परेशानी का ख्याल नहीं है। कहते हो दोस्त है। उसकी जिन्दगी में अपनी–अपनी कहानियों का मिर्च-मसाला लगाने में जुटे हो...

हिमांशु की बातों का क्या है? वह किसी की रोजी की बात सुना रहा है, यह तो मुझे समझ में नहीं आया लेकिन दो साल पहले उसने बरखा नाम की एक बार-गर्ल से शादी जरूर कर ली थी। तब मैं भी मुम्बई में ही था। अब तुम लोगों को उसने नहीं बताया तो शायद इसीलिए कि तुम लोगों पर उसे भरोसा नहीं रहा होगा। उसका तो एक लड़का भी है। मैं तो इधर बंगलौर में हूँ, उसका लड़का एक साल का तो जरूर हो गया होगा।

...और मुझे तो पता चला है कि वह सारे पैसे भी उसी के पास जमा रखता था। मुझे तो किसी ने बताया वह उसकी सारी जमा–पूँजी और उसके लड़के को लेकर अपने देश नेपाल चली गयी...शायद आर.के.के पास मुम्बई में वापस रह पाने का कोई चारा ही न बचा हो।''

वैसे जमशेद के बारे में हिमांशु ने पहले ही बता दिया था कि आर.के. ने उससे पैसे लिये ही नहीं थे, उल्टे उसने तो उसकी साली को 'बन्दिश' की लेखिका के रूप में ब्रेक दिया था। अब उसके कुछ पैसे हो सकता है उसने न दिये हों।

रामकिशन या आर. के. पता नहीं कहाँ होगा? ऐसा लगने लगा था हम उसके दोस्त नहीं थे...हम सब अपनी आभासी मित्रता को बनाये रखने के लिए उसकी जिन्दगी पर जैसे आभासी सोप–ऑपेरा लिख रहे थे...

वह और कहीं हो न हो, हमारे ई–मेल के सहारे अपार आभासी संसार में फैल चुका है।

❑

इजी मनी

"इजी मनी!"

जब कल्पान्त ने पहली बार कहा तो वह समझ नहीं पाया। दोनों दोस्त थे और बरसों से एक ही शहर दिल्ली में रह रहे थे। वैसे अक्सर उनका मिलना हो नहीं पाता था। इस बार करीब साल भर बाद उनका मिलना हो रहा था। सितम्बर महीने की एक शाम दोनों कनॉट प्लेस में रीगल बिल्डिंग में ऊपर 'स्टैंडर्ड बार' में बैठे क्वार की गर्मी से निजात पाने की कोशिश कर रहे थे। मानसून के बाद दिन इतने गर्म हो गये थे कि शाम को सूरज ढलने के बाद सड़कों से भाप उठने लगती थी। इस तरह की वातानुकूलित जगहों पर शाम सबसे अच्छा समय होता ऐसे मौसम में बैठने का। रात अलबत्ता ठंडी हो जाती।

बार में काफी भीड़-भाड़ लग रही थी, वैसे कुछ टेबल खाली थे, पर वे नो स्मोकिंग जोन में थे। वैसे न तो कल्पान्त न वह सिगरेट पीता...जब वे बार में बैठते तो अक्सर सिगरेट पीते...कल्पान्त को बियर के साथ सिगरेट पीना अच्छा लगता था। वैसे मिलना ही अक्सर नहीं हो पाता था। वेटर ने दोनों के बैठने का इन्तजाम नो स्मोकिंग जोन से अलग कर दिया था। कुछ बरस पहले तक तो वे वहाँ अक्सर मिलते। वह यानी विशाल—विशाल पांडेय कुछ खास नहीं कर रहा था। पीएच.डी. कर चुका था, हिन्दी मीडिया पर और एक कॉलेज में पढ़ा रहा था। कल्पान्त बंगलौर के किसी फिल्म स्कूल से फिल्म एडिटिंग का तीन साल का डिप्लोमा चार साल में करके आया था...कल्पान्त के पिताजी तब दक्षिण के ही एक अन्य राज्य में राज्यपाल थे। उन दिनों वे अक्सर मिलते और यहीं मिलते।

दोनों की दोस्ती कुछ और पुरानी थी। कल्पान्त और विशाल दोनों ने बी.ए. में एक ही कॉलेज में साथ-साथ दाखिला लिया था। कल्पान्त बी.ए. पास में पढ़ता। अपनी दादी के घर से मम्मी की गाड़ी में चढ़कर कॉलेज आया करता। पिताजी उसके तब भी गवर्नर थे। जैसे कुछ नेता चुनाव जीतने के कारण जाने जाते हैं। कोई चुनाव हारते जाने के लिए, कोई मन्त्री बनते चले जाने के लिए। कल्पान्त के पिताजी गवर्नर बनते चले गये। करीब पन्द्रह सालों तक उत्तर-दक्षिण के कई राज्यों के

महामहिम के रूप में वे शोभा बढ़ाते रहे। बहरहाल, कल्पान्त उस कॉलेज से निकलकर बंगलौर चला गया और सुशान्त पहले कॉलेज में एम.ए. फिर उसी विश्वविद्यालय में एम.फिल, पीएच.डी. वगैरह करता रहा।

बाद में कल्पान्त बंगलौर से फिल्ममेकर का टैग लगाकर आ गया था और फिल्म शो, फिल्मी पार्टियों वगैरह में घूमता रहता...विशाल इस लाइब्रेरी, इस अखबार, उस अखबार भागता, किताबें फोटोस्टेट करवाता रहता। दोनों के रास्ते काफी अलग हो चले थे, पर कल्पान्त को जब भी उसकी जरूरत होती या मिलने का मन करता ढूँढ़ लिया करता। वह अपनी तरफ से कभी कल्पान्त से मिलने की कोशिश नहीं करता था। कल्पान्त कहता दुनिया भर में फैले अपने सारे दोस्तों की खबर उसकी टिप्स पर रहती है और सचमुच वह अपनी अँगुलियों के पोरों से अपने नोकिया के चमकते मोबाइल फोन के बटन दबाता और जिसका भी नाम लीजिए ई-मेल पता, मोबाइल नम्बर हाजिर कर देता। वे बड़े-बड़े अफसर होते, फिल्म या डाक्यूमेंट्री या टेलीविजन के लिए काम करनेवाले प्रोफेशनल्स होते, प्रॉपर्टी डीलर होते...उसे जब जिसकी जरूरत होती उसका नम्बर दबा देता। एसएमएस पर सबको चुटकुले भेजता—पाता, ई-मेल करता, रिसीव करता रहता...सचमुच सब उसकी टिप्स पर होते...

इस बार उसने विशाल का नम्बर दबा दिया था।

आखिर क्या काम होगा जो लगभग एक बरस बाद अचानक आज उसने उससे मिलना तय किया। वह शीशे के पास टेबल पर बैठा बाहर देखता सोच रहा था। बाहर ट्रैफिक जैम में फँसी गाड़ियाँ दिखाई दे रही थीं। धूल, धुआँ, भीड़, गाड़ियाँ सब बढ़ती जा रही हैं। वह सोच रहा था कल्पान्त इतना व्यस्त है कि उस जैसे लाइब्रेरी में घूमने वाले, लिखने-पढ़नेवाले से उसका क्या वास्ता हो सकता है भला!

कल्पान्त ने सिगरेट सुलगा ली थी—क्लासिक माइल्ड। उसका पुराना ब्रांड था। उसे सन्तोष हुआ कम से कम उसने अपने सिगरेट की ब्रांड तो नहीं बदली। उसे तो लग रहा था कल्पान्त मार्लबोरो लाइट्स या कार्रियर या ऐसी ही कोई और ब्रांड पीने लगा होगा। वैसे उसे अच्छा नहीं लगा था। जब उसने स्टैंडर्ड में आने का न्योता दिया था। यहाँ तो वे तब मिला करते थे जब कम से कम विशाल स्टूडेंट था। अब तो वह भी लेखक-पत्रकार के रूप में जाना जाने लगा था। क्या उसकी नजर में उसका स्टेटस अब भी वही था?

हो भी क्यों नहीं उसके पास दिल्ली के दक्षिणी इलाके की थोड़ी शान्त कॉलोनी ग्रेटर कैलाश में अपना घर था, पर वह अपने घर में रहता नहीं था। वहाँ किरायेदार रहते थे। इस शहर में रहते हुए भी अपने घर में रहना उसे नसीब नहीं हो पाया था। उसके दादाजी अविभाजित पंजाब के बहुत बड़े स्वतन्त्रता सेनानी थे,

उनके नाम पर दिल्ली में एक सड़क भी थी जिसका उद्घाटन दिल्लीवालों के अपने प्रधानमन्त्री ने अपने संक्षिप्त शासनकाल के दौरान किया था। उसके पिताजी भी कई दफा सांसद रहे। बाद में प्रशासन में न सही पार्टी के शासन में ऊँचे ओहदों पर रहे। वे अपनी कलम से भी खासा रसूख रखते थे और पार्टी के नेताओं में तो वे विद्वान के रूप में ही जाने जाते थे और इस कारण उनका लोग खासा लिहाज भी करते थे। बाद में वे 'गवर्नर साहब' के नाम से ही जाने जाते थे। इतनी बार वे गवर्नर बन चुके थे कि उनके अन्तिम दिन महामहिम सुनते ही गुजरे। पिछले साल ही उनका देहान्त हुआ था। अखबारों में खबर छपी। विशाल ने भी पढ़ा, जाना चाहता था पर सोचा जब जीते जी मिलने नहीं गया तो अब क्या जाना? उसने सोचा कभी फोन कर दूँगा...

बहरहाल, कल्पान्त की दादी अभी जिन्दा थीं और वरिष्ठ स्वतन्त्रता सेनानी की पत्नी के कोटे में उन्हें भी आजीवन घर मिला हुआ था और उसके पिताजी भी इतने तरह के भूतपूर्व-अभूतपूर्व रह चुके थे कि मरणोपरान्त अपनी पत्नी के लिए घर का यानी मुफ्त के सरकारी घर का जुगाड़ कर गये थे। कल्पान्त अक्सर सैनपाइपर बियर का ठंडा घूँट भरते हुए भावुक हो उठता था और कहने लगता था कि इस शहर में अपना घर होते हुए भी उसकी आधी उमर इसी तरह बेघरों की तरह कभी दादी के घर में, कभी बाप के घर में और अब माँ के घर में रहते ही कट गयी। विशाल को उसके तीनों घरों से ईर्ष्या होने लगती और वह प्रतिहिंसा में और अधिक बियर के घूँट जल्दी-जल्दी भरने लगता। बिल कल्पान्त ही भरता था। कल्पान्त भले ही भावुक हो जाता हो पर वह होश में ही रहता—दो बोतल बियर खत्म होते ही पूछता था—"और पिओगे?"

"भाई, आपसे एक काम था", कल्पान्त सिगरेट सुलगाते हुए बोला। वे दोनों एक-दूसरे को भाई बुलाते थे।

विशाल चुपचाप बियर के घूँट भरते हुए शीशे के पार देखता रहा। वह इन्तजार कर रहा था कल्पान्त आगे कुछ बोले। बाहर दिल्ली मेट्रो के बड़े-बड़े डिवाइडर्स दिखाई दे रहे थे। वह इसकी कल्पना भी नहीं कर पा रहा था कि मेट्रो रेल के चालू होने के बाद दिल्ली कैसी लगेगी? शाम का अँधेरा फैल चुका था और शीशे के पार रोशनियों की झिलमिल और परछाइयाँ दिखाई दे रही थीं। बियर वही सैनपाइपर थी और बेहद ठंडी पीते हुए खासी तरावट महसूस हो रही थी। विशाल ने कनखियों से कल्पान्त की ओर देखा। वह कभी सिगरेट के कश भर लेता था, कभी बियर का घूँट लगा लेता...बीच-बीच में रूमाल से अपनी नाक भी पोंछता जाता। उसे याद आया पहले भी कल्पान्त को अक्सर जुकाम रहता था और वह अक्सर अनजान लोगों से बातें करते हुए हकलाने लगता था।

वह इन्तजार करने लगा कि कल्पान्त कुछ बोले। कल्पान्त कुछ बोलने की बजाय सिगरेट का धुआँ छोड़-छोड़कर वातावरण को रहस्यमय बनाये जा रहा था।

"क्या कोई नयी फिल्म है?" खामोशी विशाल ने ही तोड़ी।

"नहीं भाई! आजकल फिल्म नहीं मिल पा रही है। कॉन फिल्म-फेस्टिवल पर फिल्म बनायी थी। दूरदर्शन के लिए। छह महीने हो गये। तब से कोई फिल्म नहीं मिली। आजकल फिल्म मिलना मुश्किल हो गया है।" कल्पान्त थोड़ा उदास होकर बोल रहा था।

"क्यों भाई? आपको भी फिल्म मिलने में मुश्किल आती है?" विशाल मुस्कुराते हुए बोला। उसे इस बात पर गुस्सा आ रहा था कि कल्पान्त जब फिल्म बनाता है तब तो उसे नहीं पूछता। तब भी जबकि उसे अच्छी तरह पता है कि थोड़ा-बहुत लिखने का शौक विशाल भी रखता है। जब कल्पान्त को उसके बाकी शौक याद हैं तो यह शौक उसका उसे कभी याद क्यों नहीं आता।

"हाँ भाई! सारे पॉलिटिशियन, सारे ब्यूरोक्रेट्स के आसपास के लोग फिल्म ही बनाते हैं। इसमें ईजी मनी है। एक तो फिल्म मेकर का टैग लगा लेने से सोसायटी में अपने बूते भी आदमी बड़े लोगों के बीच उठ-बैठ सकता है। चाहे आप अपने मोतिहारी के म्यूनिसिपैल्टी पर भी फिल्म बनाओ तो भी समाज में आप फिल्म मेकर ही कहलाओगे और आपका अपना अलग ही क्लास रहेगा। इसलिए सब यही करना चाहते हैं।"

"तो फिर आजकल क्या कर रहे हैं आप?" विशाल चौंका कि या तो वह एकदम ही खाली लगता है और उसी खालीपन को काटने के लिए उसने उस जैसे 'खाली' को बुला लिया था। उसे याद आ रहा था कि वैसे तो अपने फिल्म शो, फिल्मी पार्टियों में उसने एक एकाध बार ही बुलाया है। वह उसे अपनी उस जिन्दगी से अलग ही रखता आया था।

"देखिए भाई, इजी मनी के जरिये भी बढ़ते जा रहे हैं। इसलिए मैंने सोचा कि फिल्में तो साल में एकाध ही मिल पाती हैं। घर चलाने के लिए तो और काम भी करने ही पड़ते हैं। इसलिए आजकल मैंने 'कल्पान्त एंड फ्रेंड्स' नाम से एक कम्पनी खोल रखी है। पापा की डेथ के बाद काम का यही एक तरीका मुझे सूझा। फिल्म न सही किसी और दोस्त को कुछ और काम करवाना हो तो फिफ्टी-फिफ्टी में काम करता हूँ।"

कल्पान्त के पिताजी कोई बहुत बड़े सत्ताधारी नेता नहीं रहे थे। कभी मन्त्री तो नहीं बन पाये। जवानी में दो-तीन बार सांसद बने...बीच का सारा जीवन पार्टी के काम में ही लगे रहे। पार्टी में ऊँचे ओहदों पर काम करते रहे। बुढ़ापे के लगभग दो दशक तक वे इतने राज्यों के गवर्नर रहे कि वे महामहिम के नाम से ही जाने

जाते रहे। अपनी पार्टी में भी उनका अच्छा रुतबा था। वैसे पार्टी का ही रुतबा बाकी नहीं बचा था। बेचारे सत्ता में तो रहे नहीं यानी मन्त्री नहीं बने इसलिए अपने बच्चों के लिए कुछ खास नहीं कर पाये। हाँ, दिल्ली में अपने दोनों लड़कों के लिए अलग-अलग घर बनवा गये और महामहिमजी इतना बैंक बैलेंस भी छोड़ ही गये थे कि लड़कों को काम के लिए ज्यादा भागदौड़ न करनी पड़े। विशाल को अच्छी तरह याद था कि जब कल्पान्त बंगलौर से एडिटिंग का डिप्लोमा लेकर दिल्ली लौटा था और अपने-आपको स्ट्रगलर कहता था, तब भी उसके पास सिएलो कार थी जिसमें बैठकर वह उससे मिलने कभी-कभार आता था। उसके पिताजी ईमानदार थे या नहीं पर इतना जरूर है कि उन्होंने अपने बच्चों को अपने नाम का बेजा इस्तेमाल कभी नहीं करने दिया और न ही आगे बढ़-चढ़कर कारोबार जमाने में ही उनकी मदद की। कल्पान्त अक्सर कहता, ''मेरा बाप चाहता ही नहीं, मैं कुछ कर पाऊँ?''

फिर वह दूसरे राजनेताओं के उदाहरण देने लगता था कि फलाँ नेता वैसे तो बड़े समाजवादी रहे पर अपने लड़कों को विदेश में पढ़ाने और बड़े ऊँचे मल्टीनेशनल में काम दिलवाने में नहीं चूके। इसी तरह की कहानियाँ वह सुनाता चला जाता...सबमें यही होता कि बड़े नेताओं ने अपनी सन्तानों को आगे बढ़ाने में कोई कसर नहीं छोड़ी।

बहरहाल, कल्पान्त के पिताजी का निधन हो चुका है। कल्पान्त ने उनके ही नाम पर ईजी मनी के रास्ते ढूँढ़ लिये हैं।

''लेकिन आज क्या है? आपने बताया था कि कुछ काम है!'' विशाल को अब सचमुच लगने लगा था वह अपना खालीपन काटने के सिवाय कुछ नहीं कर रहा है।

''भाई! मैं उसी बात पर आ रहा था। मैंने आपको बताया न आजकल फिल्में बस उतनी ही मिल पाती हैं कि फिल्ममेकर का टैग बचा रहे, तो ईजी मनी के अलग-अलग रास्ते ढूँढ़ने पड़ते हैं। पापा के मरने के बाद उनके दोस्तों से मैं मिलने जाने लगा हूँ। एक अंकल के पास गया तो उन्होंने कहा दवा की फैक्ट्री लगा लो। मैंने कहा कि मैं तो फिल्ममेकर हूँ।''

''पहले दवा की फैक्ट्री लगाओ, फिर उस पर फिल्म भी बना लेना।'' वे हँसते हुए बोले।

''लेकिन भाई मैंने दवा की फैक्ट्री नहीं लगायी। दूसरे अंकल के पास गया। तो उन्होंने कहा कि ऑर्गेनिक फार्मिंग पर एक फिल्म तो बनवानी है, पर उससे पहले एक और काम देता हूँ कर पाओगे। मैंने कहा कि अंकल, काम तो बताइए। इस पर वे उठे और मेरे कन्धे पर हाथ रखकर बोले—आओ। वे मुझे अपनी बेडरूम

में ले गये...'' कल्पान्त अपनी रौ में था।

विशाल ने ध्यान दिया कि वह पहले की ही तरह बियर के साथ मुफ्त आयी मूँगफली की कटोरी से ही काम चला रहा था। अलग से खाने के लिए कुछ न वह पहले मँगवाता था, न ही आज।

''उनके बेडरूम में देश के एक बहुत बड़े नेता का कट-आउट रखा था। नेताजी के दोनों हाथ उठे हुए थे और चारों ओर कुछ लिखा हुआ था। उसकी ओर दिखाकर वे बोले यही बनवाना है। मैंने पूछा कि क्या है? वे कहने लगे, ''इस साल मैं कई जगह दौरे पर गया। गाँवों में गया और वहाँ लोगों से पूछा कि हमारी पार्टी के, हमारे देश के इस सबसे बड़े नेता को वे पहचानते हैं या नहीं...और मुझे बड़ा अफसोस हुआ लोग उनको ज्यादा जानते नहीं है। चुनाव आनेवाला है। अगर लोग हमारे नेता को ही नहीं पहचानेंगे तो कैसे काम चलेगा? मैंने बड़े नेताओं की राय ली और यह तय हुआ कि देशभर की ग्राम पंचायतों में नेताजी की तस्वीर के साथ हमारी सरकार द्वारा किये गये कामों की सूची को लगाया जाए। यह उसी का सैम्पल है...''

''देश में तो गाँव लाखों में होंगे...तो क्या उतने कट आऊट बनवाने का काम है?'' विशाल ने जल्दी से बियर गड़पते हुए कहा। बियर की चौथी बोतल आधी खाली हो चुकी थी।

''भाई आप और बियर तो नहीं लेंगे?'' उसने पहले की ही तरह चौथी बोतल के बीच में टोका। दो लोगों के बियर का कोटा चार बोतल।

''आखिरी है भाई!'' उसने पूछा ही ऐसे कि कहना पड़ा।

''फिर भाई मन्त्रीजी ने जब सैम्पल दिखाया तो मैं भी चौंका। मुझे भी तब लगा कि लाखों गाँवों के लिए कट आउट बनवाने का काम होगा। मन्त्रीजी ने हँसते हुए यह कहकर शंका दूर की, ''सारा काम एक साथ देने के लिए तो टेंडर निकालना पड़ेगा। पहले तीन-चार कांस्टिचुएंसी का काम करके लाओ। दो-ढाई हजार गाँव तो हो ही जाएँगे। खर्चा भी पचास लाख से ऊपर ही बैठेगा।''

''काम मेरी कम्पनी कल्पान्त एंड कम्पनी कर देगी'', कल्पान्त ने बताया।

''चलो देखते हैं कैसे फ्रेंड आप साबित होते हैं। पहला काम अच्छे से करो। ध्यान रखना हिन्दी में लिखना है। पहले भी कई फ्रेंड्स इसमें फेल हो चुके हैं'', मन्त्री जी अक्सर व्यंग्यात्मक ढंग से बोलते थे।

''इसमें मेरा क्या काम है?'' विशाल उसकी कहानियों से ऊब चुका था और नाउम्मीद भी। वह सोच रहा था सचमुच पैसा कमाना कितना आसान होता है। लेकिन उसके लिए तो वह अब तक मुश्किल ही साबित होता आया था।

''वही तो बता रहा था भाई! उस मिनिस्टर ने आगे क्या कहा था ध्यान है

न कि हिन्दी में काम है साफ-साफ होना चाहिए। मैंने सोचा कि आपसे अच्छा कौन होगा? काम बड़ा है ध्यान से कीजिएगा। हिन्दी में एक भी गलती नहीं होनी चाहिए। सैम्पल पास हो जाने पर लाखों का काम मिल जाएगा। आपको भी अच्छा कट दिलवा दूँगा। चाहे आपको एक हफ्ता लग जाए अच्छे से प्रूफ पढ़ दीजिएगा। ईजी मनी है, जिन दोस्तों की मदद से यह आता है उन्हें मैं नहीं भूलता। अच्छा हिस्सा देता हूँ...'' कल्पान्त ने बियर का आखिरी घूँट भरते हुए वेटर को बिल लाने का इशारा किया।

बियर की चौथी बोतल खत्म हो चुकी थी। कल्पान्त इससे आगे की गुंजाइश नहीं छोड़ता था।

कल्पान्त बिल दे रहा था।

''काम जितनी जल्दी हो जाए उतना अच्छा।'' कल्पान्त बोला।

''कल से मैं काम शुरू कर दूँगा।'' कहते हुए विशाल उठा।

कल घर आने का वादा कर वह शिवाजी टर्मिनल की ओर बस पकड़ने के लिए चल पड़ा। सोच रहा था काम हो जाने के बाद उसका इजी मनी कितना बनेगा?

❑

लापता

बात इतनी-सी है कि सूरज जी घर से भाग गये। पर बात सिर्फ इतनी-सी ही होती तो मैं कहानी क्यों लिखता! वह भी ऐसे समय में जब न आपके पास पढ़ने का समय बचा है और न ही मेरे पास लिखने का।

तो बात हो रही थी सूरज जी (जी इसलिए क्योंकि ऐसा रिवाज है) की, बल्कि उनके भागने की। अब चूँकि बात विश्वविद्यालय के शोध-तल से फैली थी इसलिए विश्वास नहीं हो रहा था। वैसे भी इस शहर में विश्वास बचा कहाँ है? पर शोध-तल पर ऐसा ही होता रहा है। बदलने के नाम पर वहाँ सिर्फ अफवाहें बदलती हैं। बरसों के थके-हारे शोधार्थी, विश्व-बाजार में बदल चुकी राजधानी दिल्ली के 'टोले' सरीखे शोध-तल पर अफवाहों से ही अपनी ऊबासी और उदासी तोड़ते रहे हैं। अफवाहें ही रही हैं जो बरसों पहले डॉक्टर की उपाधि प्राप्त कर या किसी अन्य कारण से शोध-तल से विदा ले चुके लोगों को, शिक्षण-पत्रकारिता जैसे पेशों में जा चुके लोगों को वहाँ बासी समोसे और ठंडी चाय पीने के बहाने आने को मजबूर कर देते। अपने-अपने धन्धे की एकरसता तोड़ने लोग वहाँ आते रहते थे।

मैं भी तकनीकी रूप से शोध-तल से विदा ले चुकने के बाद इलेक्ट्रानिक मीडिया के युग में एक तथाकथित राष्ट्रीय अखबार के दफ्तर में बैठकर इलेक्ट्रानिक मीडिया की दुकानों में ताक-झाँक करता, वहाँ जगह बनाने की कोशिश में लगा हूँ। हमेशा की तरह उस दिन भी 'सोशल विजिट' के तहत ताजा अफवाहों का आदान-प्रदान करने शोध-तल पर पहुँचा हुआ था जब खबर मिली कि सूरजजी घर से भाग गये हैं।

विश्वास नहीं हो रहा था। वैसे विश्वास न करने के कई कारण थे। कारण नम्बर एक था इस सूचना का राजेश द्वारा प्रसारित किया जाना। राजेश मेरे जमाने का अन्तिम शोधार्थी था, जो अब तक शोधकार्य में ही लगा था (विषय जानना बेकार है क्योंकि यह मैं दावे के साथ कह सकता हूँ कि उसे खुद भी अपना विषय याद करने में कुछ समय लगता)। यू.जी.सी. की स्कॉलरशिप की पंचवर्षीय योजना

की अन्तिम कुछ किश्तें बाकी थीं। इन बरसों में वह अफवाहों की दुनिया में 'टॉप ऑफ द पॉप' की तरह छाया रहा है। मेरे जमाने में हालाँकि अपनी इस आफत के कारण ज्ञात रूप से कम-से-कम एक बार पिट चुका था जब उसने डॉ. कामेश्वर सिन्हा की प्रेमिका के अंगूर खाते हुए रोते चले जाने का किस्सा सुना-सुनाकर कितनी ही दोपहर को शोधार्थियों को अपनी-अपनी झपकी से निजात दिलवायी थी (किस्सा फिर क्योंकि विषयान्तर हो जाएगा)।

राजेश ने बड़ी दार्शनिकता के साथ कहा, "सूरजजी घर से भाग गये हैं। मोहन राकेश के नाटक के बीज-शब्द का काम फिर अधूरा रह गया। यह हिन्दी-साहित्य की ही क्षति नहीं, बल्कि सम्पूर्ण कला-जगत की क्षति है।"

"ये क्या सूचना एवं प्रसारण मन्त्री के शोक-सन्देश की तरह कहे जा रहे हो? कुछ बात भी बताओगे।" मैंने झुँझलाते हुए पूछा।

"बस इतना ही पता है।" कहकर राजेश उठ गया। उसकी गम्भीरता से मैं भी थोड़ा गम्भीर हुआ। पर फिर भी मुझे गप्प ही लगी उसकी बात। वैसे भी इस तरह गम्भीर बातों में पड़कर मैं न तो वहाँ का माहौल गम्भीर बनाना चाहता था और न ही अपना दिन खराब करना चाहता था।

वैसे एक और कारण था राजेश की बात पर विश्वास न करने का। पिछले लगभग छह महीने से सूरज जी नेपाल की सीमा पर स्थित अपने शहर मोतिहारी गये हुए थे। वैसे भी उनका कोई ऐसा करीबी था ही नहीं, जो इस सूचना का माध्यम बनता, तो फिर यह खबर आयी कैसे?

ज्यादा मगजपच्ची नहीं करनी पड़ी। शाम को घर लौटा तो एक लिफाफा मिला, जिस पर अनजान हाथों से लिखा अपना पता देखकर थोड़ा चौंका। पहले तो इसलिए कि चिट्ठी आयी है। घर से चिट्ठी का आना तो बरसों से लगभग बन्द था। बीमारी-हारी की खबर ही चिट्ठी लाती थी।

आशंकाओं का समाधान लिफाफा फाड़ते ही हो गया। चिट्ठी सूरज जी के पिताजी श्री सत्यनारायण सिन्हा की थी।

लिखा था,

"सूरज की डायरी से आपका पता मिला। सो पत्र डाल रहा हूँ। बात यह है कि वह घर से बिना किसी को कुछ बताये चला गया है। आप उसके मित्र हैं। विशेष क्या कहना? अगर आपको उसके बारे में कुछ पता चले, तो कृपा करके इस पते पर लिखिएगा—सत्य नारायण सिन्हा, सदर बाजार मोतिहारी, बिहार।"

अपने नाम सूरज जी के पिताजी के इस पत्र को देखकर मुझे अपनी जिम्मेदारी का भान हुआ और मित्रता के कर्त्तव्य का भी (हालाँकि बाद में पता चला कि उस डायरी में और भी लोगों के नाम पते थे और उन सबके नाम भी सूरजजी के पिताजी

का ऐसा ही पत्र आया था। शायद राजेश के पास डाक-विभाग की मेहरबानी से थोड़ा पहले ही आ गया हो)। दिल भारी हो गया। इस खबर की पुष्टि होते ही मैं दुख के सूनेपन में डूब गया। वैसे भी अगर देखा जाए तो मैं कर भी क्या सकता हूँ? दिल्ली में दुख प्रकट करने से ज्यादा कुछ भी नहीं किया जा सकता। लगातार असफलताओं के बाद इस तथाकथित राष्ट्रीय दैनिक की नौकरी की व्यस्तताओं के बीच और कुछ भी करना मुश्किल है मेरे लिए। मैं चाहता तो हूँ कि उनके घर जाऊँ और उनके दुखी पिताजी के दुख में अपना भी दर्द मिला दूँ। मदद करूँ उनकी, सूरज को ढूँढ़ने में। पर क्या ऐसा सम्भव है? इस इतने बड़े शहर में रहते हुए यही क्या कम है कि दुख प्रकट करने जितनी संवेदना बाकी है।

सूरजजी से मेरी पहली मुलाकात भी राजेश ने ही करवायी थी। उन दिनों मैं एम.ए. पास करने के कगार पर था। कॉलेज के सीमित परिवेश से निकलकर विश्वविद्यालय के व्यापक परिवेश का लुत्फ उठा रहा था। राजेश जिसमें मेरी मदद कर रहा था। उस सैटेलाइट चैनेलविहीन युग में राजेश विश्वविद्यालय में मेरी सूचना और मनोरंजन का एकमात्र स्रोत था। यही वजह थी कि मैं अपनी व्यस्तताविहीन व्यस्तता का कुछ हिस्सा उसके नाम भी कर चुका था।

तो मैं बात कर रहा था सूरजजी से अपनी पहली मुलाकात का। जुलाई की एक उमसभरी दोपहर थी, जिसमें टप-टप चूते पसीने की तरह मुझे अब भी याद है वह मुलाकात। विश्वविद्यालय की टीन की छतवाली कैंटीन में 'लोहे को लोहा काटता है' वाले अन्दाज में मैं राजेश के साथ चाय पीकर गर्मी भगा रहा था। तभी राजेश ने कहा, ''वह देखो आ रहा है एक ऐसा आदमी जिससे मिले बिना समझो तुम्हारी यूनिवर्सिटी की पढ़ाई अधूरी है।''

देखा एक दुबला-पतला-सा लड़का हमारी ओर बढ़ा आ रहा था। उसका एक पैर सम्भवतः दूसरे पैर से छोटा था इसलिए वह एक पैर पर शरीर का सारा बोझ देकर अपना सन्तुलन बनाये रखने के क्रम में उचक-उचककर चल रहा था। उसकी दाढ़ी हल्की बढ़ी हुई थी और उसने काले मोटे फ्रेम का चश्मा पहन रखा था, जो अनायास ही कला-फिल्मों के गम्भीर नायकों के गेट-अप की याद दिला देता था। वह अब बिल्कुल हमारे करीब आ चुका था। बहुत गम्भीरता से वह राजेश के पास आकर खड़ा हो गया।

राजेश ने उसको गौर से देखा और बैठने का इशारा किया।

फिर धीरे से मुस्कुराते हुए पूछा, ''क्या हुआ तड़प रही है!''

उसने मेरी तरफ देखा। राजेश ने भाँपकर कहा, ''अरे इससे तो मिलवाया ही नहीं। यह अजीत है। इतिहास में एम.ए. कर रहा है। घबराइए नहीं अपना ही आदमी है।''

उसने तपाक से हाथ बढ़ाया और बोला, "सू...सू...सू...रज नाम है मेरा।"

मैंने ध्यान दिया कि किसी पुराने स्कूटर की तरह स्टार्टिंग ट्रबुल था उनकी आवाज में। बाकी का फ्लो एकदम ठीक था। "यही नहीं भारत के सारे विश्वविद्यालयों में एम.ए. में टाप करके आये हैं। कमलेश्वर की कहानियों की भाषा पर एम.फिल. कर रहे हैं।" राजेश ने उनके परिचय में आगे जोड़ा।

वे अपने इस लम्बे परिचय पर थोड़ा शरमा गये।

"अच्छा लगा आपसे मिलकर। भेंट होती रहेगी।" वे थोड़ा झेंपते हुए बोले।

"जी।" मैंने संक्षिप्त-सा उत्तर दिया।

बाद में वाकई काफी मुलाकातें हुईं उनसे। मैं भले ही अँग्रेजी मीडियम में इतिहास पढ़ रहा होऊँ, पर हिन्दी साहित्य का एक कीड़ा मेरे अन्दर भी था। शुरू-शुरू में अवश्य साहित्य-चर्चा ही होती थी, पर उनकी डायरी में मेरा पता होना इस बात का गवाह है कि मैं उनके अन्तरंगों में शामिल हो चुका था। बाद में राजेश ने बताया कि सू-सू करने की इस आदत की वजह से उनका नाम ही सू-सूजी रख दिया गया था और परोक्ष में उनके मित्रगण उन्हें इसी नाम से याद करते थे। वैसे उसमें उनका कोई मित्र था ही नहीं। जो लोग इतनी देर से इस विश्वविद्यालय में पढ़ने आते थे उनके दोस्त बड़ी मुश्किल से बन पाते थे। तब तक पहले से पढ़ रहे लोगों की दोस्ती की लिस्ट भर चुकी होती थी और आसन्न बेकारी से दोस्तों की फेहरिस्त बढ़ाने की इच्छा भी मर चुकी होती थी। वे सबके मित्र थे, पर उनका कोई मित्र नहीं था।

बात पहली मुलाकात की हो रही थी। जब राजेश ने कहा, "तड़प रही है ना।"

तो मेरे अन्दर का रसदार श्रोता जाग्रत हो चुका था। मैं इन्तजार में था कि जल्दी से बातचीत वहीं लौटे। इसलिए मैं चुपचाप ही था ताकि बातचीत का केन्द्र खिसके नहीं।

"क्या हुआ?"

राजेश के इस सवाल के साथ बातचीत अपने केन्द्र पर लौट चुकी थी।

सूरजजी ने सिगरेट निकाली, सुलगायी। एक लम्बा कश खींचा और उसका धुआँ अपनी आँखों में भरते हुए वेटर को एक कप कम दूध की कड़क चाय लाने का ऑर्डर दिया। सूनेपन को निहारा और सुनाना शुरू किया।

"सुनीता ने आज बिल्कुल नहीं देखा मेरी तरफ। मैं सुबह से उसके आस-पास ही भटकता रहा। पर उसने देखा भी तो ऐसे देखा मानो पहचानती ही न हो।"

"जाने दीजिए। ऐसी बहुत मिल जाएँगी। कोई कनुप्रिया वाला फार्मूला ही आजमाइए।" राजेश ने हँसी दबाते हुए आवाज को गम्भीर बनाकर कहा।

शायद कनुप्रिया फॉर्मूला वाली बात उन्हें अच्छी नहीं लगी या सचमुच क्लास रहा हो। वे यह कहते हुए उठकर चले गये कि चलता हूँ क्लास करना है।

उनके जाने के बाद राजेश ने सुनाया कि सुनीता नाम की एक बाला जो दुर्भाग्य से उनके ही शोध-निर्देशक के साथ एम.फिल. कर रही थी, परसों बड़े प्यार से उनके शोध-कार्य की प्रगति और आगे नौकरी की सम्भावनाओं को लेकर बात करने लगी। वह इसका आशय नहीं समझ पाये। सो राजेश से उन्होंने सारा वृत्तान्त सुनाते हुए यह पूछा कि कहीं यह प्यार-व्यार तो नहीं है।

"प्यार-व्यार हो या जो भी अब एक-दो दिन आप कटिए उससे। इतनी आसानी से इन लड़कियों के चंगुल में नहीं फँसना चाहिए। तबाह कर देती हैं दिल्ली की लड़कियाँ। एक-दो दिन तड़पाइए उसे।" राजेश ने उन्हें समझाने के अन्दाज में कहा।

बस क्या था। सूरजजी समझ गये। अगले दिन शोध-निर्देशक का कोई सन्देश देने के लिए सुनीता ने उन्हें एक-दो बार पुकारा भी पर वे तड़पाने के मूड में थे उस दिन। उन्होंने सुना ही नहीं।

"और अब ये हुआ। खैर इसी तरह आँखें तो खुलीं उनकी।" राजेश बोला।

"पर इतने भोले-भाले आदमी के साथ ऐसा नहीं करना चाहिए तुम्हें।" मैंने कहा।

"मैंने तो कुछ भी नहीं किया। सब कुछ तो उन्होंने ही किया। अच्छा चलूँ अब। जरा ये चटपटी कहानी सुनाकर रिसर्च-फ्लोर पर कुछ समोसे खा आऊँ।" कहते हुए राजेश चला गया।

बहरहाल, सूरजजी से इस पहली मुलाकात ने आगे की मुलाकातों का रास्ता खोल दिया। मैं इन्दिरा विहार में रहता था और वे ढक्का में। मुझे याद है अक्सर जाड़ों की रात में कम्बलनुमा शाल ओढ़कर या गर्मियों की रातों में कुर्ते-पायजामे में वे हवा की तरह आ धमकते थे। ऐसी कई मुलाकातें याद हैं मुझे। मुझे अच्छी तरह याद है पहली मुलाकात में मेरे लिए उन्होंने मित्र सम्बोधन का प्रयोग किया था। मित्र के उस पहले सम्बोधन के बाद मित्रता का धर्म खूब निभाया उन्होंने। मैं भी तो मित्र-धर्म ही निभा रहा हूँ। पता नहीं कहाँ होंगे सूरजजी। अगर मेरी क्षमताओं और साधनों के वश में उन्हें ढूँढ़ पाना होता तो क्या चुपचाप बैठकर कहानी लिख रहा होता?

मित्रता को अन्तरंगता बख्शने के क्रम में मैंने एक रात उनसे कनुप्रिया फॉर्मूला के बाबत जिज्ञासा प्रकट की। पहले तो वे थोड़ा झिझके। पर कहीं दोस्ती में दरार न पैदा हो जाए, इस डर से स्टार्टिंग ट्रबुल और फ्लो के साथ वे बोले (बल्कि उस रात तो वे ओवरफ्लो कर रहे थे। जो कुछ उन्होंने बयान किया, उन्हीं की जुबानी

पेश है)

"बात तब की है जब मैं कृष्णा कॉलेज, मोतिहारी में इंटर में पढ़ता था। तब मैं हिन्दी का नहीं मैथ का अच्छा छात्र माना जाता था। एक स्थानीय आँख, नाक, कान, गला विशेषज्ञ की लड़की राधिका से मेरी दोस्ती थी।" सूरजजी ने भूमिका बाँधी।

"राधिका से कनुप्रिया का क्या वास्ता?" मैंने टोका।

"ये दरअसल धर्मवीर भारती की कविता की पुस्तक कनुप्रिया का मामला है। आप शायद कुछ और समझ रहे हैं।" उन्होंने कहानी जारी रखते हुए कहा। थोड़ा रुककर वे आगे शुरू हुए, "एक दिन राधिका ने कॉलेज में मुझसे कहा, 'जरा ज्यामिति पढ़ा देंगे मेरे घर आकर।'

"मैंने हामी भर दी।"

इसके बाद जो कहानी उन्होंने सुनायी उसका सार मैं आपके सामने रखता हूँ। समय तय हुआ अगले दिन दोपहर बारह बजे। अपनी हीरो रॉयल साइकिल से नहीं गये उसकी कई-कई गाड़ियों वाले घर। शर्म आती थी। पाँच रुपये खर्च करके शान से रिक्शे पर बैठकर गये। ऐसा एक बार नहीं हुआ। साल भर तक यह सिलसिला चलता रहा। संयोग ऐसा होता था कि वे जब भी वहाँ पहुँचते, उसके पिताजी अपने क्लिनिक में होते और माता जी गयी होती थीं अपना नया मकान बनवाने साइट पर। हाँ, घर में छोटी बहन होती थी, जो पढ़ाई खत्म होते ही तन्हाई भंग करते हुए चाय का प्याला लेकर हाजिर हो जाती और यह कहती कि दीदी ने बनायी है। इस कारण वे सालभर सिर्फ इसी पंक्ति का उच्चारण करते रहे कि आप बहुत शार्प हैं।

परीक्षाएँ खत्म हुईं। सूरजजी से भी ज्यादा नम्बर आये उनकी शिष्या राधिका के और बात थी कि वहीं-की-वहीं अटकी हुई थी और मिलने के दिन खत्म होने का अन्देशा बढ़ रहा था।

ऐसे में एक दिन सूरजजी ने उसे कुछ साहित्य-वाहित्य पढ़ने की सलाह और उदाहरणस्वरूप धर्मवीर भारती की कनुप्रिया की प्रति पेश कर दी और उठकर चले गये।

हफ्तेभर बाद वे कनुप्रिया में छिपे अपने गुप्त प्यार का प्रकट जानने रिक्शे पर चढ़कर पाँच रुपये खर्च करके दोपहर बारह बजे राधिका के घर पहुँचे। उस दिन राधिका का मूड कुछ ठीक नहीं लगा। उसने संक्षिप्तता के साथ कहा, "आपने जो किताब दी थी, मम्मी ने देख ली। पूछ रही थी किसने दी यह गन्दी किताब। मैं तो पढ़ भी नहीं पायी वापस ले जाइए।"

सूरजजी ने समझाया कि यह एक साहित्यिक कृति है। धर्मयुग जैसे प्रतिष्ठित

पत्रिका के सम्पादक की लिखी। उसे अवश्य पढ़ना चाहिए।

पर जवाब में राधिका ने दो पंक्तियाँ और जोड़ दीं, ''देखिए, आप कल से मत आइएगा। मम्मी को शक हो गया है कि इसमें कोई ऐसी-वैसी बात है।'' कहते-कहते राधिका अन्दर चली गयी।

सूरजजी देखते रहे। अपने चेहरे पर उसके 'मिरर वर्क' के दुपट्टे के 'मिरर' पर सूरज की पड़ती किरणों की परछाईं का सतरंगापन लिये। किताब लेकर लौटी राधिका। सूरजजी के हाथों में किताब रखी और तेजी से अन्दर चली गयी। आगे सूरजजी का यह भी कहना था कि जब वह दरवाजा बन्द कर रही थी, तो एक हाथ से अपनी आँखें भी पोंछ रही थी।

इसके बाद सूरजजी ने छोटे शहर की लड़कियों के सपनों, रतजगों और भीरुता पर अच्छा व्याख्यान दिया। उस रात मुझे अहसास हुआ कि अगर उनके अटकने की आदत को नजरअन्दाज कर दिया जाए, तो वे अच्छे वक्ता भी थे। बाद में कभी गहरे मित्रता के क्षणों में सूरजजी ने कनुप्रिया की एक पुरानी-सी पेपरबैक प्रति निकालकर दिखाते हुए कहा, ''ऐसा संयोग है कि इसी पुस्तक के साथ तीन बार इस कहानी की पुनरावृत्ति हुई।''

अगर मैं यह सब कुछ बयान कर रहा हूँ तो यह सूरजजी के साथ अपनी अन्तरंगता की बदौलत ही। अपनी ही गढ़ी कहानियों के लगभग हास्यास्पद से नायक सूरजजी ने मेरी सच्ची मित्रता के भरोसे अपनी ऐसी-ऐसी बातें भी मेरे साथ शेयर कीं जो जहाँ तक मुझे पता है उन्होंने किसी और के साथ शेयर नहीं कीं। मैंने भी उस अमानत को एक सच्चे दोस्त की तरह अपने अन्दर ही छुपाये रखा। मगर आज राज खोल रहा हूँ। इसे विश्वासघात न समझा जाए, बल्कि यूँ समझ लीजिए अपना बोझ उतार रहा हूँ। अपना दुख आपके साथ बाँटने का कुछ तो हक बनता ही है मेरा।

मोतिहारी से दिल्ली सिर्फ एम.फिल. और पी-एच.डी. करने नहीं आये थे सूरजजी। अपने अन्दर वे कलाकार का दिल रखते थे। कुमार शाहनी की फिल्में कुछ गोविन्द निहलानी स्टाइल में बनाने का सपना था उनके अन्दर। उन्हें हिन्दी पत्रकारिता में फिल्म-समीक्षा के क्षेत्र में अभाव भयंकर रूप से नजर आता था। उन्होंने फिल्म 'लावा' और 'खून-ही-खून' की जो समीक्षाएँ दैनिक 'वीर अर्जुन' के लिए लिखी थीं, उनकी नजर में वे इसी कमी को पूरा करती थीं।

दिल्ली में टेलीविजन क्रान्ति हो गयी थी। दुनिया के इस सबसे बड़े जनतन्त्र की सबसे जनतान्त्रिक क्रान्ति। सूरजजी पर भी इसका प्रभाव पड़ा था। वे अक्सर कहते थे कि इस सशक्त माध्यम का इस्तेमाल अभी होना बाकी है। हम हिन्दी वालों को इससे जुड़ना होगा, नहीं तो ये देशी अँग्रेज इस माध्यम को जनता से काट

देंगे। वगैरह...वगैरह।

इसी बीच उनके साथ एक ऐसी घटना घटी कि इस मीडियम के प्रति वे अपनी तरफ से पूरी तरह समर्पित हो गये।

अब मैं बिना भूमिका के उस घटना पर आता हूँ। वैसे तो उस घटना का प्रस्थान-बिन्दु भी मोतिहारी की स्थानीयता ही था। बात तब की है जब वे बी०ए० में पढ़ते थे और गणित की जगह साहित्य के छात्र हो चुके थे। तो किसी एक महान लेखक की कहानी या पता नहीं उपन्यास पर (क्षमा कीजिएगा साहित्य का छात्र नहीं रहा हूँ सो कहानी और उपन्यास का फर्क भूल गया हूँ।) फिदा हो गये। लेखक तो स्वर्गीय हो चुके थे, पर कहीं से उनकी स्वर्गीय लेखक की पत्नी का, जो दिल्ली में अपनी अधेड़ावस्था बिता रही थी, पता मिल गया। उन्होंने ए-4 साइज के पेपर पर हाशिया छोड़कर बिना टाइप किया हुआ सोलह पृष्ठों का एक पत्र उनके नाम लिखा, जिसमें उन स्वर्गीय महान लेखक की कहानियों/उपन्यासों को लेकर ढेर सारी जिज्ञासाएँ की गयी थीं, साथ ही स्वयं के लिए लेखक बनने का आशीर्वाद भी।

उन महान लेखक की आदरणीया पत्नी का जवाब आया लगभग बारह पृष्ठों का। जिसमें सूरजजी की जिज्ञासाओं का लगभग समाधान कर दिया गया था, सिर्फ कुछ प्रश्नों को 'व्यक्तिगत' खाते में डाल दिया गया था। साथ ही यह आशीर्वचन भी था कि जो आदमी इतनी कम उम्र में ही इतना जिज्ञासु हो, अवश्य एक सफल लेखक बनने की सम्भावना रखता है। फिर तो पत्रों का सिलसिला ही चल पड़ा, जिसमें अब लेखन की मुश्किल से छोटे शहर में रहने की कठिनाइयों आदि-आदि पर चर्चाएँ होने लगीं।

सूरजजी के दिल्ली आने पर खतो-किताबत का यह सिलसिला मिलने-मिलाने के सिलसिले में बदल गया। पर वैसा कुछ नहीं हुआ, जो आप समझ रहे हैं। आप लोग भी तो आदी हैं न ऐसा-ऐसा देख-सुनकर, वैसा-वैसा सोचने के। बात तो सपाट कहानी के घटनाप्रद अन्त की तरह हुई। यहाँ इस कहानी में एक नये पात्र का प्रवेश होता है। उस महान लेखक की पुत्री सलोनी का।

बात हो रही थी सलोनी की। सूरजजी एक दिन अपने 'सोशल विजिट' के तहत उस स्वर्गीय लेखक की पत्नी के घर उनके चरणों में बैठकर दिल्ली में पैदा हुए साहित्यिक शून्य पर चर्चा कर रहे थे, तो एक 'परकटी' सुन्दरी का आगमन हुआ।

सूरजजी ने उसे देखा। आपादमस्तक मुग्ध आँखों से देखा। ऐसी लड़की तो अज्ञेय के उपन्यासों में या मोहन राकेश, निर्मल वर्मा की कहानियों/उपन्यासों में भी उन्होंने नहीं देखी थी।

"यह है मेरी बेटी सलोनी। जामिया मिलिया इस्लामिया से मास कम्यूनिकेशन का कोर्स कर चुकी है। अब एक ऐड एजेंसी में विजुअलाइजर है।"

लेखक-पत्नी की आवाज ने सूरजजी का ध्यान-भंग किया। "और ये सूरज हैं। बिहार से हिन्दी में एम.ए. करके आये हैं। यहाँ एम.फिल. कर रहे हैं।" लेखक-पत्नी ने सूरजजी का परिचय अपनी लड़की को दिया।

"क्या ये सिर्फ यही करने आये हैं बिहार से दिल्ली।"

थोड़े अप्रत्याशित ढंग से टाइट स्लैक्स और कन्धे पर झूलते 'बेनटटन' की टी-शर्ट वाली (तब नाइक, ली आदि ब्रांड भारत में आये नहीं थे) सलोनी ने पूछा। कुछ-कुछ आश्चर्य से कि क्या सिर्फ हिन्दी में एम.फिल. करने कोई एक हजार किलोमीटर दूर आ सकता है अपने घर से।

जाहिर है सूरजजी इस सवाल के लिए तैयार नहीं थे। थोड़ा मानसिक रूप से भी अशान्त पा रहे थे अपने-आपको। एक महान लेखक की पुत्री को इस तरह के वस्त्रों में पाकर। जब कुछ अप्रत्याशित घटता है, तो सामान्य मनुष्य भी हकलाने लगता है। वे तो खैर..."जी...जी...वो...बात ये है कि मीडिया का इंटरेस्ट खींच लाया यहाँ। अपनी भाषा, अपने लोगों के लिए कुछ करने की चाह। आपसे भेंट हो गयी है। तो आपके मार्गदर्शन में मैं भी मास कम्युनिकेशन की परीक्षा में बैठना चाहूँगा।..." पर इससे पहले कि वे अपनी बात पूरी कर पाते, सलोनी मुस्कुरा कर (शायद हँसी भी थी) अन्दर चली गयी यह कहते हुए, "आप मम्मी से बात कीजिए। मैं चाय भिजवाती हूँ।"

हो सकता है कि सलोनी उनके हकलाने पर हँसी हो, या उनके हिन्दी पढ़ने और मास कम्युनिकेशन पढ़ने की बात करने पर या उनकी कद-काठी पर। इस विषय में कुछ भी ठीक-ठाक कह पाना मुश्किल है। अगर सूरजजी कवि होते तो उस हँसी की चुभन पर हँसी-1, हँसी-2, हँसी-3...कविताएँ लिखते। लेकिन ऐसा हुआ नहीं। यद्यपि वे अपने-आपको किसी प्रकार प्रसिद्ध नवगीतकार का शिष्य बताते थे। तो हो सकता है कि उन्होंने ऐसा कोई गीत लिखने की कोशिश की हो पर हँसी की तुक फँसी या अधिक-से-अधिक धँसी से ज्यादा न भिड़ा पाये हों, इसलिए उन्हें बन्द पन्नों के इतिहास के भरोसे छोड़ दिया हो (वैसे मैं उनके तमाम जानने वालों के हवाले से कह सकता हूँ कि ऐसे किसी गीत का वाचन उन्होंने नहीं किया था, इसलिए कल्पना के तहत ही समझे जाने का आग्रह है)।

दिसम्बर की वह शाम अब भी अच्छी तरह याद है मुझे। उस शाम मैं स्वेटर पहनकर शाल ओढ़े कम्बल में घुसने-न घुसने की अनिर्णयता में था तभी आये थे सूरजजी। उस शाम उनके चेहरे पर दुख की रेखाओं को कोई भी पढ़ सकता था। उन्हें देखकर मैं थोड़ा चिढ़ गया कि मेरे एकान्त में खलल पड़ गया। मैंने उसी चिढ़

के साथ कहा, "आइए।"

पर जब बंगाल इम्पोरियम के झोले में कुछ बोतलनुमा चीज का अन्दाजा हुआ तो तपाक से कहा, "आइए-आइए बैठिए। मैं आज आपसे मिलने की ही सोच रहा था। अच्छा हुआ आ गये।"

उस दिन 'ओल्ड गोल्ड' व्हिस्की की घूँटों के साथ जो कुछ भी उन्होंने बयान किया, उसका विस्तार आपकी कल्पना पर छोड़ते हुए मैं उसका सार प्रस्तुत करता हूँ—

"मित्र अब तय ही समझिए।" वे बोले।

"क्या!" मैं थोड़ा चौंका।

"यही कि अब मीडिया में रहना है। राष्ट्रभाषा का सम्मान बचाना है। बहुत हो गया अपमान हिन्दी का इस देश में। अब लड़ना होगा।"

मैं समझ गया कि वे गुस्से में हैं। जब भी वे गुस्से में होते थे अपनी 'बिहारी हिन्दी' पर उतर आते थे।

"यह तो आप किसी भाषण या लेखांश जैसा बोल रहे हैं। सीधे-सीधे बात बताइएगा।" मैंने अधचढ़ी व्हिस्की की खुमारभरी खीझ से कहा।

"नहीं बात कुछ नहीं है। अब सोच लिये हैं कि जामिया मिलिया से मास कम्युनिकेशन करना है। दू लाइन अंग्रेजी क्या बोल लेती है, समझती है राज करेगी मीडिया पर और समूचे देश पर। कला भाषा से नहीं आती है। बल्कि आती है...आती है...मेरा मतलब है किसी-किसी को आती है।"

वे कुछ-कुछ लड़खड़ाते हुए बोलते रहे।

"किससे क्या हो गया!"

मैंने अपने स्वर में थोड़ी आत्मीयता मिलायी। तब उन्होंने वह कहानी सुनायी जिसकी चर्चा ऊपर हो चुकी है। व्हिस्की के आखिरी पेग की घूँट-घूँट कड़ुवाहट के साथ उस धुन्धभरी गहराती शाम को। दुनिया के सबसे प्रदूषित शहर में दिसम्बर की उस शाम।

"अरे आप इतने बढ़िया स्टूडेंट हैं। यू.जी.सी. का स्कॉलरशिप मिलता है आपको। पी-एच.डी. कीजिए। थोड़ा हाथ-पैर मारिए। दिल्ली यूनिवर्सिटी में लेक्चररशिप मिल जाएगी। वैसे भी आप जैसे गम्भीर साहित्यिकों को बाजार से बचना चाहिए। साहित्य में ज्यादा जरूरत है आपकी। अब अगर इस तरह लोगों की हँसी के पीछे भागते रहे तो बेवकूफ आप ही बनिएगा।" मैंने मामले की सीरियसनेस को समझकर थोड़ा सीरियसली कहा।

"नहीं मित्र, अब तो डिसीजन ले लिये हैं।"

वे उठकर जाने लगे।

बेचैन दिख रहे थे सूरजजी। मुझे रोकना चाहिए था उन्हें। थोड़ी देर बातों से उनका हौसला बढ़ाना चाहिए था। साथ-साथ कम-से-कम खाने तक तो रहना ही चाहिए था। मुझे आज तक अफसोस है इस बात का। पर क्या करूँ वह ठंडी रात मैं व्हिस्की के नशे में सोकर काटना चाहता था। मैं उस दिन ढाबे के अपने रजिस्टर में दर्ज करवाना चाहता था—अनुपस्थित।

उस दिन के बाद कुछ बदल-से गये थे, सूरजजी। वे व्यवस्थित रूप से दिन में ब्रिटिश काउंसिल, अमरीकन सेंटर आदि-आदि जगहों पर बैठकर फ़िल्म, थिएटर पर किताबें पढ़ते, उन पर नोट्स बनाते और हर हफ्ते एक बार शाकुन्तलम् थिएटर में शाम को अँग्रेजी सिनेमा देखते। उसी साल उन्होंने दिल्ली में पहली बार फिल्म फेस्टिवल भी देखा। अलौकिक अनुभव था—कमल हासन, गोविन्द निहलानी, अमोल पालेकर के साथ एक ही हॉल में बैठकर फिल्म देखना।

मैं यह नहीं कह रहा हूँ कि सूरजजी से मेरी भेंट ही नहीं हुई उसके बाद। हमारी दोस्ती बदस्तूर जारी थी। पर हाँ, अब बातें कुछ ज्यादा गम्भीर होती थीं। मसलन 'परिन्दा' एक कला फिल्म है, या व्यावसायिक या मनोहर श्याम जोशी के लिखे सोप ऑपेरा 'बुनियाद' को आज के दौर में उपन्यास क्यों नहीं कहा जा सकता! मैं आज भी यह कहता हूँ कि उनके विचार बड़े सुलझे थे। यद्यपि इस क्षेत्र में तब मेरी गति वैसी नहीं थी। मैं यह कह सकता हूँ कि उनकी वजह से मेरी रुचि भी फिल्मों में बढ़ी। श्रीराम सेंटर में कई नाटक भी उनके साथ देखे मैंने, जैसे—जान आती है तो जान जाती है, आदि-आदि।

एक और बदलाव आया था उनमें कि वे कुछ बातें मुझसे छुपाने लगे थे। औरों से भी छुपाते थे या नहीं, कहना मुश्किल है। जब जामिया मिलिया के मास कम्युनिकेशन की परीक्षा उन्होंने पहली बार दी तो फॉर्म भरने के समय से लेकर परीक्षा देने, रिजल्ट आने और यहाँ तक कि इंटरव्यू देने तक वे शोध-तल के लिए 'टी-टाइम' के ब्रिटानिया बिस्कुट बने रहे। हो सकता है कि उस इंट्रेंस परीक्षा में कुछ ऐसे भी लोग बैठते रहे हों, जो उनको जानते रहे हों। उनसे ही वह खबर यहाँ तक फैल जाती होगी। पर यह सच्चाई है कि उन्होंने परीक्षा दी थी। लिखित परीक्षा में उत्तीर्ण हुए थे। उन्होंने यह बात स्वयं मुझे नहीं बतायी। मैंने भी एक सच्चे मित्र की तरह उनकी निजी जिन्दगी में दखल नहीं दिया।

मुझसे उनका इस खबर को छुपाने के पीछे शायद यह कारण रहा हो कि वे चाहते रहे होंगे कि एक बार नामांकन हो जाए तब मुझे सीधे उसकी सूचना दें। पर ऐसा हुआ नहीं। वैसे बतानेवालों का मानना है कि उन्होंने कुल तीन बार मास कम्युनिकेशन की इंट्रेंस परीक्षा दी। हर बार इंटरव्यू भी दिया। पर शायद दुर्भाग्य था उनका। हर बार वही इंटरव्यू बोर्ड बैठता था। जो कुछ उनके हकलाने पर, कुछ

अँग्रेजी में पूछे गये सवाल का हिन्दी में जवाब देने के कारण हर बार माखनलाल चतुर्वेदी पत्रकारिता संस्थान, भोपाल में दाखिला लेने की सलाह देता। मतलब यह कि आखिरकार उस इंस्टीट्यूट में दाखिला नहीं हो पाया उनका।

टूट गये थे सूरजजी उस परीक्षा की तैयारी करते-करते। दिनभर लाइब्रेरी के चक्कर, शाम को नाटक या फिल्म। अखबारों के गप्प-कॉलम, मंडी हाउस के संघर्षशील कलाकारों से दिल्ली में फलते-फूलते टेलीविजन सॉफ्टवेयर उद्योग की पार्टियों की रसीली कहानियाँ सुनते-पढ़ते कट गये थे वे अपने विभाग से, विश्वविद्यालय से। हाँ, कभी-कभी अनुपस्थित सूरजजी की उपस्थिति शोध-तल की गप्प-गोष्ठियों में लगा दी जाती थी। उनका एम.फिल. इस दौरान पूरा हो चुका था और यू.जी.सी. की स्कॉलरशिप के सहारे 'मोहन राकेश के नाटकों के बीज-शब्द' विषय पर पी-एच.डी. की योजना बना रहे थे।

अब जरूर उनसे मिलना-जुलना कम हो गया था। इसका सबसे बड़ा कारण तो यह था कि हम सब अपनी-अपनी जिन्दगी की लड़ाई में उलझ चुके थे। मैंने भी भागते भूत की लँगोटी की तरह पत्रकारिता का पेशा अपना लिया था। सिर्फ राजेश ही था जो पी-एच.डी. के बहाने शोध-तल से फेविकोल के मजबूत जोड़ की तरह चिपका हुआ था।

मैं भी कहाँ अपना रोना ले बैठा और उस मनहूस शोध-तल का, जहाँ बरसों से किलो के भाव से रिसर्च करके लोग अपनी जवानी बर्बाद करने में लगे हैं। खैर, छोड़िए उन बातों को। अब देखिए न, अचानक इस कहानी से नहीं, बल्कि सचमुच हमारे बीच से सूरजजी गायब हो गये थे। हम लोग दुनियावी झमेलों में इस तरह उलझ चुके थे कि अपने आप से भी दोस्ती टूट चुकी थी। ऐसे में किसी और के लापता होने का क्या पता चलता? जब अफवाहों की कमी पड़ने लगी तब उनकी याद आयी। ढूँढ़ने की कोशिश किसी ने नहीं की क्योंकि किसी ने काफी दिनों से उन्हें देखा नहीं था, इसलिए सबने यह मान लिया कि वे अपने घर 'रूटीन विजिट' पर गये होंगे।

बाद में उनके 'रूम मेट' सहित कुछ अन्य लोगों से टुकड़ों में जो बातें मालूम हुईं, वे यकीनन अफवाह-मात्र नहीं थीं। ऐसा नहीं है कि केवल मेरी ही जानकारी में ये बातें आयी हों, विश्वविद्यालय के काफी लोग, जो सूरजजी को नहीं जानते थे, उन तक भी इस बात की खबर पहुँच चुकी थी। क्योंकि एकाएक सूरजजी की चर्चा होने लगी थी। लोग संजीदगी से उनके बारे में बातें करने लगे थे। यहाँ तक कि वे कितने गम्भीर शोधार्थी थे, कितनी गहरी समझ थी फिल्मों और रंगमंच की उनको। बरसों तक ऐसा छात्र न तो इस विश्वविद्यालय के हिन्दी-विभाग में आया था, न आएगा। और भी बहुत कुछ।

मुझे जो पता चला उसके मुताबिक हुआ ये था कि सूरजजी गये तो थे अपने शहर मोतिहारी की 'रूटीन विजिट' पर ही। पर वहाँ वे कुछ इस तरह की बीमारी की चपेट में आ गये थे, जिसे डॉक्टरों की भाषा में 'डिप्रेसिव फीवर' कहा जाता है और वे ट्रांक्विलाइजर के लगातार डोज पर थे। डॉक्टरों का यहाँ तक कहना था कि उनकी एक ही बीमारी है 'डिप्रेशन', जो दिल्ली शहर की बेवफाई ने उन्हें दी और इसका सिर्फ एक ही इलाज है कि वे सब भूल जाएँ। उस शहर को, उस शहर के सपनों को भूल जाएँ। अगर एक लम्बे अरसे तक वे सबकुछ भूले रहे तो एक दिन वे सचमुच अपना अतीत भूल जाएँगे। पर तब तक ट्रांक्विलाइजर का डोज जरूरी था।

ढक्का गाँव में उनके आस-पास किराये के कमरों में रहनेवाले लड़कों का एक गुट और था, जिसकी कहानी कुछ और ही थी। उनका मानना था कि सूरजजी जब यहाँ थे तो घर जाने से पहले पाँच रुपये प्रति पुड़िया मजनूँ का टीला से गाँजा खरीदकर लाने लगे थे और तीन सिगरेट के औसत से उसका सेवन करने लगे थे। हालाँकि उन बदमाशों ने उसमें यह भी जोड़ दिया था कि इसके पीछे वानगॉग से लेकर नसीरुद्दीन शाह तक के बारे में फैली गाँजा-चरस सेवन करने की कहानियों का हाथ था। दरअसल, वे गाँजा पीकर अपने कलानुभवों को कविता में अभिव्यक्त करने लगे थे। लेकिन इसके प्रमाण स्वरूप वे कोई कविता प्रस्तुत नहीं कर पाये। यही नहीं वे तो यहाँ तक कह रहे थे कि सूरजजी को गाँजे की लत लग गयी थी और बीमारी और इसका इलाज और कुछ नहीं 'डि-एडिक्शन' का प्रयास था। उनका दावे के साथ कहना था कि अब सूरजजी गाँजे के प्रभाव से मुक्त हो चुके थे। मोतिहारी में उन्होंने 'सिने गोअर्स सोसायटी' की स्थापना कर ली थी और फिलहाल वे बधाई गाने वाले समुदाय 'पामरियाओं' की लुप्त होती संस्कृति और कला पर फिल्म बनाने का एक प्रस्ताव भी तैयार कर चुके थे जिसके लिए उन्होंने बिहार सरकार से लेकर एन.एफ.डी.सी. तक को पत्र लिखे थे।

एक और गुट था, जिसमें राजेश जैसे कुछ शोहदे शामिल थे। उनका मानना था कि उनको 'डिप्रेशन' तो सचमुच हो गया था, पर उसका गहरा सम्बन्ध सलोनी से था। सलोनी इस बीच मुम्बई चली गयी थी। पिछले तीन सालों में मुम्बई में कला और व्यावसायिक फिल्मों के तीन बड़े दिग्दर्शकों के साथ उसके सम्बन्धों की चर्चा विभिन्न पत्र-पत्रिकाओं में लगातार होती रही थी। लेकिन जब पच्चीस वर्षीया सलोनी ने एक अधेड़ दिग्दर्शक से विवाह की घोषणा कर दी, तो वे कुछ डगमगा-से गये। हालाँकि इस कहानी में यह गुट यह जोड़ना भी नहीं भूलता था कि इस डगमगाने का कारण उस महान लेखक के प्रति उनका सम्मान था, जिनको उनकी लड़की ही धूल में मिला रही थी।

जो भी हो, पर थीं तो ये सब कहानियाँ ही जिनके पीछे सूरजजी छुप चुके थे। एक और बात थी वह यह कि उन्हें पटना में व्याख्याता पद के लिए साक्षात्कार देते देखा गया था। वहाँ राजेश उनसे मिला था। उन्होंने राजेश से स्वयं बताया था कि वे अब अध्ययन-अध्यापन को ही अपना जीवन बनाना चाहते हैं। इस क्रम में वे पिछले छह महीनों से प्रयासरत हैं और इसलिए वे मध्य प्रदेश, उत्तर प्रदेश, हिमाचल प्रदेश जैसे राज्यों के कई शहरों में व्याख्याता-पद के साक्षात्कार में उपस्थित हो चुके थे। दिल्ली के बारे में उनका यही जवाब था कि 'हम दिल्ली नहीं जाएँगे।' मीडिया को अब वे प्रतिभाओं का वधस्थल मानने लगे थे और बता रहे थे कि अब तो वे टी.वी. भी नहीं देखते हैं। इस सांस्कृतिक प्रदूषण से दूर रहने का संकल्प ले चुके थे सूरजजी।

अगर आप एक लेखक के सच में यकीन रखते हैं तो मैं आपको यह बता दूँ कि मुझे ये बातें राजेश ने अकेले में बतायी थीं।

अब सवाल है कि अगर उनके भागने को पटना के इंटरव्यू से जोड़ें तो उसमें ऐसा क्या हो गया कि उन्होंने बहिर्गमन का फैसला ले लिया। वास्तव में मेरे लिए यह रहस्यपूर्ण हो गया था।

कुछ खोजी पत्रकारनुमा निष्कर्ष मैंने भी निकाले। यद्यपि यह एक संयोग हो सकता है। सूरजजी के पिताजी के पत्र के आधार पर व्याख्याता-पद के रिजल्ट आने की तिथि ठहरती है अठारह अगस्त। संयोग से उसी दिन अखबारों में यह खबर भी छपी थी कि सलोनी का उसके अधेड़ पति से तलाक हो गया था और 26 साल की सलोनी को एक बड़े निर्माता ने एक मल्टी-स्टार फिल्म के निर्देशन का जिम्मा भी सौंपा था। चर्चा थी कि दोनों गुपचुप शादी भी कर चुके हैं। जाहिर है अखबारों में छपी इस खबर को उन्होंने भी अवश्य पढ़ा होगा।

अब क्या करूँ पत्रकार हूँ ऐसी ही दूर की कौड़ी ढूँढ़ने की आदत पड़ चुकी है। लेखक होता तो...

इसी बीच मेरी भेंट उनके भतीजे रजनीश से हुई, जो दिल्ली मैनेजमेंट की परीक्षा देने आया था। उसने बताया कि वह पिछले दो सालों से मामा से मिलता रहता था। उसकी कहानी कुछ और ही थी।

सूरजजी बिल्कुल ठीक हो चुके थे और रचनात्मक ऊर्जा से भर चुके थे। लेकिन उस छोटे शहर मोतिहारी में अपने रचनात्मक सन्तोष का कोई जरिया नहीं तलाश कर पा रहे थे। ऐसे में उनकी भेंट अपने ही मुहल्ले के रमाशंकर से हुई। शहर में तो नहीं हाँ मुहल्ले में उसकी दहशत जरूर थी। हाँ, शहर के दादाओं से उसका याराना था। अपनी इस कला का परिचय वह बी.ए. और एम.ए. की परीक्षाओं में प्रथम श्रेणी में उत्तीर्ण होने से लेकर सत्तारूढ़ दल के स्थानीय चुनाव

तक में दिखा चुका था।

तो इन्हीं रमाशंकर को कुछ इश्क-विश्क हो गया था अपने पड़ोस के मुहल्ले की सोना नाम की एक लड़की से। छोटे शहर का प्यार था। मिलने-जुलने का मौका खतो-किताबत का सिलसिला जरूर चल सकता था। लेकिन रमाशंकर की मुश्किल यह थी कि बी.ए., एम.ए. करने के बावजूद उस भाषा से वाकिफ नहीं था जिसमें प्यार जैसी कोमल भावना का बयान कर सके। संयोग ही था कि उसकी मुलाकात सूरजजी से हो गयी। बकौल रजनीश रमाशंकर की व्यथा से पिघलकर उसके लिए पहला खत सूरजजी ने ही लिखा। सोना का जवाब आया कि अब तक तो आपके बन्दूक की जोर के ही किस्से सुनती आयी थी, अब मालूम हुआ, आपकी कलम में कितना जोर है। मैं प्यार नहीं पूजा करती हूँ आपकी। बड़े सन्तुष्ट थे सूरजजी कि उनके कलम में कुछ ऐसा जोर है जो दो चाहनेवालों को एक बना सकता है। फिर तो उन्होंने अँधाधुन्ध खत लिखे। सिर्फ रमाशंकर ही नहीं। मुहल्ले के तमाम प्रेमियों की वे कलम हो गये।

यह बात सही थी कि पटना के व्याख्याता-पद के लिए परीक्षा उन्होंने दी थी। लिखित परीक्षा में तो सूरजजी उत्तीर्ण हुए ही, रमाशंकर भी पास हो गया। चर्चा यह हुई कि वह स्थानीय विधायक, जो तब तक मन्त्री बन चुका था, का इसके पीछे कुछ हाथ था। यानी रमाशंकर के पीछे। एक चर्चा यह भी थी कि सूरजजी का भी इसमें कुछ योगदान रहा होगा। परीक्षा तो दोनों ने साथ-साथ दी थी।

इंटरव्यू में तो कमाल ही हो गया। रमाशंकर टॉप कर गया था। स्थानीय मन्त्री ने कर्ज चुका दिया था। अपने प्यारे शिष्य का। सूरजजी का नाम उस पूरी लिस्ट में कहीं नहीं था। आखिर में भी नहीं। रजनीश ने बताया कि रमाशंकर ने मामाजी के सामने यह प्रस्ताव भी रखा था कि अगर वे एक लाख रुपये खर्च करें तो मन्त्रीजी से कहकर वे उन्हें व्याख्याता बनवा देंगे। सूरजजी ने इनकार कर दिया था।

उस रिजल्ट ने उन्हें बेचैन कर दिया होगा। वे घर में, मुहल्ले में मुँह दिखाने लायक नहीं पा रहे होंगे अपने-आपको। रजनीश ने बताया कि रमाशंकर का रिजल्ट तो परीक्षा और साक्षात्कार के पूर्व ही मुहल्लेभर को पता था। सूरजजी बस यही कहते थे—

''ऐसा नहीं हो सकता। सब झूठ सामने आ जाएगा।'' हो सकता है वे इस झूठ का सच तलाशने चल पड़े हों।

मैं सब कुछ भूलने लगा था। 'न्यूज' का यथार्थ ज्यादा हैरतअंगेज था। उन दिनों मेरे एक सहकर्मी ने जो ऋषिकेश से लौटकर आया था, यह सूचना दी कि ऋषिकेश में उसे एक युवा साधु मिला जो गंगा के किनारे धूप में चट्टान पर रोटियाँ सेंककर प्रसाद में मिली मिठाई के साथ खाकर समाधि की अवस्था में बैठ गया और निराला

की कविता 'राम की शक्ति-पूजा' का पाठ करने लगा—

'रावण अधर्मरत भी अपना, मैं हुआ अपर।'

यही नहीं मेरे सहकर्मी ने बताया कि वह साधु हकला भी रहा था मुँह खोलते वक्त बोलने से पहले।

नोट—इस कहानी में कितना पत्रकार का 'झूठ' है और कितना लेखक का 'सच', इसका निर्णय मैं पाठकों पर छोड़ता हूँ। वैसे सूरजजी अब तक लापता हैं।

❑

लाइटर

उस दिन के बाद सब उसे बबलू लाइटर के नाम से बुलाने लगे।

नाम तो उसका बबलू सिंह था। जब से वह राधाकृष्ण गोयनका महाविद्यालय में पढ़ने आया था तब से उसके इसी नाम की शोहरत फैली थी। इंटर में दाखिला लेते ही उसने अपने नाम का डंका बेलसंड प्रखंड ही नहीं, पूरे सीतामढ़ी जिले में बजवाया था। उस साल उसके विधानसभा क्षेत्र से उसके सजातीय ठाकुर रिपुदमन सिंह ने पहली बार विधानसभा का चुनाव लड़ा था। उसने कॉलेज के हॉस्टल में रहने वाले बीस समर्पित नौजवानों का ऐसा दल बनाया कि कहते हैं उस दल ने अपने दम पर पैंतालीस—जी! चालीस और पाँच पैंतालीस—बूथ छापकर ठाकुर साहब को बाईस हजार मतों से विजयी बनवाने में अहम भूमिका निभाकर जिले की राजनीति में दशकों से दखल रखनेवाले नेताओं को भी एक बार अपने नाम के बारे में सोचने को मजबूर कर दिया था।

जब भी अलग-अलग पार्टियों के छोटे-बड़े नेताओं का जमघट नहीं लगता तो उनमें इस बात को भी लेकर चर्चा छिड़ जाती थी कि आखिर इंटर फर्स्ट ईयर में पढ़नेवाले इस बबलुआ ने कमाल कर दिया। खुद ठाकुर साहब ने चुनावी जीत के अपने जलसे में उसके माथे पर लाल पगड़ी बाँधते हुए यह घोषणा भी कर दी कि असल में बबलू सिंह उस जिले का भावी युवा हृदय सम्राट है।

कोई और होता तो उसकी राजनीति चमक गयी होती, मगर लगता है जैसे बबलू की किस्मत कुछ खास अच्छी नहीं थी। एक तो कारण यह कि ठाकुर रिपुदमन सिंह झोंक-झोंक में अपने पीढ़ियों पुराने दुश्मन राम अजायब सिंह को सत्तारूढ़ पार्टी द्वारा टिकट दे दिये जाने के कारण निर्दलीय ही चुनाव में खड़े हो गये थे। पटना पहुँचने के बाद भी सरकार में अपनी कुछ खास साख नहीं बना पाये, क्योंकि सत्तारूढ़ पार्टी को अपनी बदौलत सदन में पूर्ण बहुमत मिल गया था। इसके कारण निर्दलियों की कुछ खास दरकार सरकार को रह नहीं गयी थी। दूसरा कारण यह भी था कि अपने अक्खड़ स्वभाव के कारण ठाकुर रिपुदमन सिंह की कोई साख भी नहीं बन पायी। वे निर्दलीय के निर्दलीय बने रहे। बस, बबलू और उसके

कुछेक साथियों को जी-जान से की गयी मेहनत के बदले यही लाभ मिल पाया कि एमएलए बनने पर ठाकुर साहब को जो यात्रा-कूपन मिले थे उसका उपयोग करते हुए वे दो-चार दफा दिल्ली की यात्रा कर आये, वह भी एसी कोच में बैठकर।

यात्रा में ठाकुर रिपुदमन सिंह की कोई खास दिलचस्पी नहीं थी। वे चाहे बेलसंड के अपने पैतृक गाँव में रहते हों या पटना के विधायक निवास में, हर शाम एक ही स्थान की यात्रा करते थे—मुजफ्फरपुर के चतुर्भुज स्थान में रेशमा खानम के कोठे की। वे वहाँ पर गजल सुनने जाया करते थे। इस यात्रा के लिए उनकी गाड़ी ही पर्याप्त थी। इसलिए रेलयात्रा का कूपन वे अपने लगुओं-भगुओं में बाँट दिया करते।

बहरहाल, ठाकुर साहब अगला चुनाव हार गये और अपने उस स्वायत्त संसार में लौट गये जिसमें अब उनके और रेशमा खानम के गायन के दरम्यान कोई बाधा नहीं रह गयी थी। राजनीति के पाँच सालों के प्रवास से ठाकुर साहब की बरसों पुरानी नियमित दिनचर्या में बाधा ही आ गयी थी। वे नियमित तौर पर गजल सुनने नहीं जा पाते थे। जल्दी ही ठाकुर रिपुदमन सिंह राजनीति के संसार के लिए गुमनाम हो गये और बबलू सिंह की राजनीति दिशाहीन हो गयी।

शिक्षा में भी इन पाँच सालों में उसने कुछ खास प्रगति नहीं की थी। इन पाँच सालों में वह शिक्षा के महज तीन पायदानों को ही पार कर पाया था। अभी वह बीए फाइनल ईयर का छात्र था। कुछ तो सेशन लेट होने के कारण वह पिछड़ गया था और एक साल मौज में आकर उसने परीक्षा भी नहीं दी थी। उसका सारा ध्यान कॉलेज-विश्वविद्यालय के चुनाव लड़ने और जीतने पर था।

ठाकुर साहब विधानसभा का चुनाव क्या हार गये बबलू सिंह के लिए तो जैसे दुनिया ही बदल गयी। जिस लॉज में रहते थे, जिस मेस में खाना खाते थे उसकी ओर से बकाये का तकाजा आने लगा। एक दिन पुलिस वाले ने बिना हेल्मेट स्कूटर चलाने पर मेहसौल चौक के व्यस्ततम चौराहे पर शाम के छह बजे उस समय रोक लिया था जब अमूमन पान खाने के लिए शहर के बड़े-बड़े नक्शेबाज वहाँ रोशन पान भंडार के सामने जुटते थे। पुलिसवाले ने डंडे से उसके स्कूटर को कई बार खटखटाया भी। वह तो भला हो चुनचुन यादव का कि उसने आगे बढ़कर पुलिस वाले से कहा कि ये बड़े सीनियर कार्यकर्ता है, जरा सँभलकर बात करे। खैर...तब बात आयी गयी हो गयी।

लेकिन एक बात बबलू सिंह के समझ में आ गयी कि शहर में पहचान इससे नहीं बनती कि आप किस आदमी का झंडा उठाते हैं। पहचान इससे बनती है कि भले आप चलते बजाज सुपर के स्कूटर से ही हों, मगर उस पर झंडा किस पार्टी

का लगा है। आखिरकार मायने यही रखता है।

ठाकुर साहब की निर्दलीय राजनीति गुमनाम हो गयी और बबलू सिंह को कोई प्रश्रय देने वाला नेता ही नहीं रहा। ऐसे में कॉलेज में चुनाव जीतकर युवा हृदय सम्राट का सपना खटाई में पड़ता दिखने लगा था।

ऐसा नहीं है कि बबलू भी गुमनामी के गर्त में चला गया हो, वह पढ़ाई-लड़ाई साथ-साथ के नारे में यकीन रखता था। जिले के एकमात्र प्रतिष्ठित कॉलेज में पढ़ने उसके प्रखंड से आने वाले लड़कों की तादाद में कोई कमी नहीं आयी थी। उनके बीच उसका अच्छा जोर भी था। बताते हैं कि उनके ही बूते उसने एक बार ऐसा कारनामा कर दिखाया कि उसका नाम शहर के बच्चे-बच्चे की जुबान पर चढ़ गया। उसने दुर्गा-पूजा के चन्दे के सवाल पर शहर के प्रतिष्ठित श्याम स्टोर्स के मालिक पर चाकू चला दिया था। मालिक लाला रामनाथ को थोड़ी-बहुत खरोंच ही आयी। मगर यह घटना उसे अपनी प्रतिष्ठा पर इतना बड़ा आघात लगी कि उसने अगले दिन से दुकान पर बैठना ही छोड़ दिया। सारा कामकाज अपने बच्चों के हाथ में छोड़कर वह बाबा वैद्यनाथ धाम रहने चला गया।

बबलू सिंह पर कोई खास कार्रवाई नहीं हुई। वह गिरफ्तार तक नहीं हुआ। कहते हैं सत्तारूढ़ पार्टी के एक रसूख वाले नेता ने उसके साहस को देखते हुए उसके ऊपर अपना हाथ रख दिया था। सेठ के परिवार वाले इस घटना से इतने आतंकित हो गये कि उन्होंने भी इस मामले को आगे बढ़ाना उचित नहीं समझा। इस घटना से जैसे बबलू सिंह का कद शहर के रंगबाजों में चढ़ गया। लोग कहने लगे, यही हाल रहा तो यह कॉलेज से निकलते ही विधानसभा का चुनाव तक लड़ जाएगा। लड़के उसकी दोस्ती में अपनी शान समझते। देखने-सुनने में वह इतना गोरा-चिट्टा, लम्बा था कि देखकर कोई नहीं कह सकता था कि उसने इतने बड़े-बड़े कारनामे किये हैं। उन दिनों शहर में गिने-चुने लड़के ही जींस और नाईके या रीबॉक के स्पोर्ट्स शूज पहनते...बबलू उनमें से एक था। चुनाव में अब उसे इस बात की उम्मीद ज्यादा दिखाई देने लगी थी कि सत्तारूढ़ पार्टी के छात्र संगठन का समर्थन उसे मिल जाएगा। वह छात्र संगठन के जिलाध्यक्ष विमल सिंह तूफानी की दुकान पर अक्सर शाम को उठने-बैठने भी लगा था।

उसकी गाड़ी पटरी पर अच्छी तरह दौड़ रही थी कि कॉलेज छात्र संघ के चुनाव से यह घटना घट गयी। उसके बढ़ते राजनीतिक कैरियर पर विराम लग गया। उसका नाम बबलू लाइटर पड़ गया...

घटना कुछ ऐसी है कि उसे मामूली भी कह सकते हैं और चाहें तो यह भी कह सकते हैं कि यह तो बड़ी बात है। आजकल तो इसकी कोई परवाह भी नहीं करता। मगर कौन जानता था कि बात इतनी बड़ी बन जाएगी। लेकिन बात इतनी

बढ़ गयी कि शहर में जो भी उसे जानता था बबलू लाइटर कहकर बुलाने लगा।

मुझे अच्छी तरह याद है सरस्वती-पूजा का दिन था। गोयनका महाविद्यालय सरस्वती पूजा समिति की ओर से कॉलेज की तब पैंतीस साल की परम्परा का निर्वाह करते हुए हर साल की तरह उस साल भी सरस्वती-पूजा का आयोजन किया गया था। शहर का शायद ही कोई नवयुवक या नवयुवती हो जो उस जगह सरस्वती माँ को माथा नवाने न आता हो। उस साल आयोजकों में बबलू सिंह भी था और जैसी उसकी प्रतिष्ठा थी कोई यह मान भी नहीं सकता था कि वहाँ कुछ गड़बड़ हो जाए।

मगर गड़बड़ हो गयी...

बतानेवाले बताते हैं कि सब कुछ ठीक-ठाक चल रहा था, शाम हो चुकी थी और आरती की तैयारी चल रही थी। उस समय डुमरा प्रखंड के बीडीओ साहब गणेशी मंडल की लड़की रोजी सरस्वती माता की वन्दना करने आयी। वह माता की पूजा करके जाने के लिए पीछे मुड़ी ही थी कि प्रसाद का ठोंगा लेकर बबलू उसकी ओर बढ़ता दिखाई दिया। अब वह पूजा की थकान का बोझ था या भांग का नशा वह रोजी के सामने ऐसा लड़खड़ाया कि उसके हाथ में रोजी के दुपट्टे का पल्लू आ गया है। मंडप में ज्यादा लड़के थे नहीं, जो थे भी उनमें से ज्यादातर बबलू के अपने ही इलाके के थे। सब सन्न होकर देखते रह गये।

रोजी रोती हुई वहाँ से तीर की तरह निकल गयी। हल्ला हो गया कि बबलू ने एक लड़की का दुपट्टा खींच लिया। बबलू लाइटर हो गया है...

आप कहेंगे लाइटर माने?

तो साहब उन दिनों हमारे उस छोटे से शहर में जो भी स्कूलिया-कॉलेजिया विद्यार्थी शर्ट को पैंट के अन्दर खोंसकर पहनता, पैंट की पिछले जेब में कंघा रखता, तेल या जेल लगाकर बाल को सेट करके रखता, लड़कियों के कॉमन रूम के सामने से निकलते हुए बार-बार अपने बाल ठीक करते हुए चोर निगाहों से उधर देखता, तो लोग उसे लाइटर बुलाने लगते।

सत्तारूढ़ पार्टी के छात्र संगठन के जिलाध्यक्ष विमलसिंह तूफानी कहते, ''पढ़ने-लिखने वाले लड़कों का ई सब काम थोड़े होता है। ऊ त लाइटर लोग गँड़सटक पहनकर, जुलफी बढ़ाकर शहर का माहौल खराब करता है।''

एक बार तो उन्होंने शहर के लाइटर लड़कों को सुधारने का अभियान भी चलाया था। नगर थाना के जमादार रामबरन सिंह का भी उनको इस अभियान में सहयोग मिला था। उन दिनों बड़ी मोहरी की पैंट पहनने का चलन था। विमल सिंह तूफानी जमादार साहब के साथ स्कूल-कॉलेजों के चक्कर लगाता। जो भी लड़का बड़ी मोहरी की पैंट पहने मिलता उसके पैंट की मोहरी काट दी जाती या

किसी लड़के के बाल बढ़े हुए पाये जाते तो उसका तत्काल मुंडन कर दिया जाता। जमादार रामबरन सिंह लड़के के बालों को हाथों से पकड़कर घोषणा करते हुए कहते, ''बच्चा लोग ध्यान से सुनो, जिसका भी बाबड़ी मेरे हाथ में आ गया उसका सिर मूँड दिया जाएगा। तुम लोग कॉलेज में पढ़ने आते हो, बाबड़ी बढ़ाकर लाइटर बनने नहीं।'' इस घोषणा के बाद उस लड़के को मुंडन करनेवाले के हवाले कर दिया जाता।

विमल सिंह तूफानी और जमादार रामबरन सिंह का यह अभियान सफलता पूर्वक चल रहा था कि अचानक इस पर विराम लगाना पड़ा। हुआ यह कि एक दिन उनके दल ने एक ऐसे लड़के का लाइटर समझकर मुंडन कर दिया जिसके पिता पास के जिले में बड़े अधिकारी थे। इस घटना के बाद जमादार साहब का ट्रांसफर तस्करी रोक अभियान के तहत मोहनिया बॉर्डर पर कर दिया गया। विमलसिंह तूफानी ने पटना दौड़-भाग कर पार्टी के बड़े नेताओं से कह-सुनकर मामला शान्त करवाया। वह अधिकारी तो तूफानी को मानहानि के मुकदमे में फँसाकर उसे गिरफ्तार करवाने की तैयारी में था। लेकिन ऊपर से कहने-सुनने पर वह शान्त हुआ। खैर, लाइटरों के खिलाफ इसी अभियान के बाद तूफानी पार्टी की छात्र इकाई का जिलाध्यक्ष बन गया।

बबलू सिंह के लाइटर निकल जाने की खबर आग की तरह फैल गयी। शहर भर में यह बात खुसफुसाहटों के सहारे फैल गयी कि उसने बीडीओ साहब की लड़की का दुपट्टा खींच लिया और वह दनदनाती हुई पूजा के मंडप से बिना प्रसाद लिये ही निकल गयी।

विमल सिंह तूफानी ने बयान जारी कर दिया, ''जो आदमी लाइटर हो वह कॉलेज में पढ़ने वाली बहनों की क्या रक्षा कर पाएगा। ऐसे लाइटर का सामाजिक बहिष्कार कर देना चाहिए।''

अगले दिन मूर्ति के भसान में भी बबलू सिंह नहीं दिखा। लड़के कानाफूसी कर रहे थे कि रात को हॉस्टल से उसे पुलिस उठाकर ले गयी थी। आखिर एक अफसर की बेटी को छेड़ा था उसने।

बाद में लौटकर वह आ गया। लेकिन अपने ही गाँव, प्रखंड के लड़के उसका साथ छोड़ने लगे। कम से कम सार्वजनिक तौर पर तो वे यही कहते कि भइया कोई देख़ ले तो हमारी भी बदनामी होगी। पार्टी नेता ने भी अपने हाथ सिर के ऊपर से हटा लिये।

जिधर से भी गुजरता लोग कहते—देखो, बबलू लाइटर जा रहा है।

इसके बाद की कहानी के बारे में मैं केवल इतना ही बता सकता हूँ कि बबलूसिंह ने हॉस्टल छोड़ दिया और किराये पर एक कमरा लेकर रहने लगा।

चुनाव में भी उसने कोई सरगर्मी नहीं दिखायी। बीए की परीक्षा देकर वह उस शहर के सीन से सदा के लिए गायब हो गया। वैसे भी शहर के नौजवान पढ़ाई-नौकरी के लिए दिल्ली-मुम्बई जैसे बड़े-बड़े शहरों का रुख कर रहे थे।

जल्दी ही बबलू लाइटर को हम भी भूल गये...

आप कहेंगे कि मैं भी बौड़म की तरह क्यों बिना किसी सन्दर्भ के यह कहानी सुनाये जा रहा हूँ। तो अब इसका सन्दर्भ भी बता देता हूँ।

पिछले साल जब बिहार में पंचायत चुनाव हो रहे थे तब मैं सीतामढ़ी में अपने गाँव गया हुआ था। रोज चुनावों को लेकर तरह-तरह की उत्साहवर्धक खबरें छपती रहती थीं कि किस तरह पंचायत चुनावों में महिलाओं के लिए आरक्षण लागू कर दिये जाने से गाँवों में सत्ता-परिवर्तनों तथा सामाजिक रूपान्तरण की प्रक्रिया शुरू हो गयी है। इसी दौरान हिंसक घटनाओं की खबरें भी अखबारों में छप रही थीं। बेलसंड प्रखंड के एक पंचायत के उम्मीदवार के मरने की खबर भी छपी थी। खबर थी कि उसके प्रतिद्वन्द्वी उम्मीदवार ने उसकी हत्या रात में सोते समय करवा दी थी। उम्मीदवार का नाम सीतामढ़ी समाचार में बबलू सिंह लिखा हुआ था। तस्वीर तो नहीं छपी थी कि मैं कुछ और अनुमान लगा पाता। लेकिन बबलू लाइटर की इस कहानी का मुझे ध्यान आ गया।

❑

हिडेन फैक्ट

अर्नेस्ट हेमिंग्वे ने लिखा है कि लेखन के आरम्भिक दौर में उन्हें यह सूझा कि कहानी लिखते हुए मुख्य घटना का वर्णन छोड़ देना चाहिए। उसे लिखना नहीं चाहिए। बाद में आलोचकों ने उनकी इस तकनीक को हिडेन फैक्ट के नाम से जाना।

नटराज ने पढ़ा, एक आलोचक ने लिखा था हेमिंग्वे की सर्वश्रेष्ठ कहानियाँ वे हैं जिनमें मानीखेज चुप्पियाँ हैं।

इस वाक्य का कोई मतलब नटराज को समझ में नहीं आया।

जब पुराने किताबों की गन्ध, धूल के अदृश्य अम्बार के बीच वह थक जाता तो किताबें उलटने-पलटने लगता। इस तरह वह अपने काम की एकरसता से भी मुक्त हो जाता।

इस बार काम जरा अलग तरह का था। पत्र-पत्रिकाओं में लेखन, प्रकाशन-गृहों के लिए प्रूफ पढ़ना, गैर-सरकारी संगठनों के लिए अनुवाद-रपट लेखन, फिल्म-टीवी के पटकथाकारों के लिए घोस्ट राइटिंग तरह-तरह के काम वह करता रहता था।

लेकिन इस बार काम जरा अलग तरह का था...

बरसों पहले जब वह अपने शहर मुजफ्फरपुर में इंटर का विद्यार्थी था तो राजनीति विज्ञान के प्राध्यापक प्रो. रघुवर झा ने उसे एक दिन मृतसंजीवनी सुरा के सुरूर में यह बताया था कि कैसे उनको एक बार भारत के गृहमन्त्री का भाषण लिखने का मौका मिल गया था। किस्सा यों हुआ कि एक बार प्रोफेसर साहब दिल्ली अपने स्थानीय सजातीय सांसद से मिलने गये। सांसद महोदय का सत्ता के गलियारों में बड़ा रसूख था। तत्कालीन गृहमन्त्री के वे खासमखास समझे जाते थे। सांसद महोदय विदेश में पढ़कर आये थे और अक्सर गृहमन्त्री का भाषण वे स्वयं लिखा करते थे।

लेकिन उस दिन गृहमन्त्री के यहाँ से यह फरमान आया कि उत्तर-पूर्व के राजनीतिक हालात पर 2-3 घंटे में भाषण तैयार कर दें। मन्त्री महोदय को अचानक

रात की फ्लाइट से गुवाहाटी जाना है। वहाँ किसी सेमिनार का उद्घाटन करना है। पहले प्रधानमन्त्री को करना था। लेकिन अन्तिम समय में यही तय पाया गया कि गृहमन्त्री का जाना ही ठीक रहेगा। सांसद महोदय ने बिना समय गँवाये भाषण लिखने का जिम्मा प्रोफेसर साहब को सौंप दिया।

"जानते हो, एक घंटे में मैंने बिना कोई रेफरेंस देखे ही भाषण तैयार कर दिया। मजाल कि कोई कामा-फुलस्टॉप भी काट दे। उस सस्ती के जमाने में भाषण लिखने के 500 रुपये मिले थे", प्रोफेसर झा बताते-बताते उत्तेजित हो जाते थे। उनके जीवन का यह ऐसा अविस्मरणीय संस्मरण था जो अक्सर वे सुनाते रहते थे।

नटराज ने जब प्रोफेसर झा के मुँह से पहली बार यह कहानी सुनी तो उसके मन में भी यह अरमान जगा—एक दिन मैं भी बड़े-बड़े मन्त्रियों के भाषण लिखूँगा।

नटराज आनन्द की उम्र 40 को छूने को थी। मगर उसकी यह ख्वाहिश अधूरी ही थी...लगता है इस जन्म में यह ख्वाहिश अधूरी रह जाएगी—जब भी वह शराब पीता यही गम उसे सालने लगता...

इस बार काम जरा अलग तरह का था। एक जाने-माने पेंटर ने उसे अपनी निजी पुस्तकालय के साज-सँभार का काम सौंप दिया था। नहीं! नहीं! उस पेंटर महोदय के पुस्तकालय का वह पुस्तकालयाध्यक्ष नहीं बन गया था।

पेंटर महोदय ने उससे कहा, "हजारों पुस्तकें जमा हो गयी हैं। आप जरा विषयवार इनकी सूची बना दें। फिर उसी तरह क्रम से लगा दें, तो बड़ी मेहरबानी होगी...कोई जल्दी नहीं है...आप महीने-दो महीने चाहे जितना समय लीजिए..."

फिर पेंटर महोदय ने कुछ रुककर पूछा, "पैसा कितना लेंगे आप?"

"इस तरह का काम तो मैंने किया नहीं है। न ही लगता है कि आगे कभी मिले। इसलिए इस तरह के कामों के लिए मित्रता-खाता ही ठीक रहता है"—नटराज ने जवाब दिया।

"मित्रता-खाता?" पेंटर महोदय को जैसे कुछ समझ में नहीं आया।

"मित्रता-खाता यानी जो आपको उचित लगे"—नटराज ने अपनी बात स्पष्ट की।

पेंटर महोदय फालतू बातें जरा कम ही करते थे। सारा समय वे या तो पेंटिंग बनाने में लगे रहते थे या उसे बेचने में। वे कहते भी थे—मैं अपना समय फालतू बरबाद नहीं करता। सीधे मेन प्वाइंट पर आते हुए बोले, "मैंने सारी किताबों को अच्छी तरह से पैक करवाकर फरीदाबाद रोड के अपने नये बँगले में भिजवा दिया। आप एक बार उसकी कैटलॉगिंग कर दें, तो सोचता हूँ कुछ घंटे वहाँ बैठकर पढ़ने का प्रोग्राम बनाऊँ। मेरे उस्ताद कहा करते थे, साहित्य के अध्ययन से पेंटिंग की

नयी-नयी प्रेरणाएँ मिलती हैं। इसलिए सोचा आपसे अनुरोध करूँ। यह काम भी ऐसा है कि किसी भी आदमी से नहीं कहा जा सकता है। आपके जैसा पढ़ा-लिखा काबिल आदमी ही यह काम कर सकता है। आप इन पुस्तकों के प्रति मेरे प्यार को समझ सकते हैं...राइटर आदमी हैं। ये पुस्तकें नहीं, समझ लीजिए, मेरी बरसों की संचित पूँजी है..." पेंटर साहब थोड़ा भावुक हो चले थे।

"आपके उस नये बँगले का पता" नटराज ने सवालिया निगाहों से पूछा।

"पता ही नहीं चाभी भी ले जाइए। इत्मीनान से जब वक्त मिले कीजिएगा। जब काम पूरा हो जाए तो वापस कर जाइएगा।"

नटराज नमस्कार करके वहाँ से चल पड़ा।

पेंटर से उसका पुराना सम्बन्ध था। पहली बार दस साल पहले उसने दैनिक पर्वत शिखर के लिए पेंटर महोदय का इंटरव्यू लिया था। इस दौरान वह उनके ऊपर अखबारों में बड़े-बड़े फीचर करता रहता था। पेंटर महोदय समय-समय पर उसे कुछ दे-दिलाया करते थे। कभी कहीं की यात्रा करवा दी। अपने जीवन में वह केवल एक बार विदेश गया है। वह भी पेंटर महोदय के कारण। उन्होंने जुगाड़ से सरकारी दल का हिस्सा बनवाकर सात दिन उसके फ्रांस भ्रमण का इन्तजाम करवाया था। इस काम के भी अच्छे पैसे मिल जाएँगे, वह जानता था।

फरीदाबाद रोड के उस नये-नये आबाद हुए इलाके तक पहुँचने में उसे शुरू-शुरू में कुछ मुश्किल भी हुई और झुँझलाहट भी। फिर धीरे-धीरे उसे इस काम में आनन्द आने लगा। उस विशाल बँगले के एकान्त में थक जाने पर वह बीच-बीच में पुस्तकों को पढ़ने बैठ जाता।

पढ़ते-पढ़ते उसकी नजर हेमिंग्वे की इन पंक्तियों पर पड़ी।

न तो कभी उसने पुस्तकालय में काम करने के बारे में सोचा था, न ही उसने उसकी आवश्यक अर्हता ही अर्जित की थी। लेकिन उसे लगने लगा कि यह काम वह बड़ी अच्छी तरह कर सकता है। पुस्तकों की कैटलागिंग का काम। वह यह अपनी विधि से कर रहा था। जैसा उसने पुस्तकालयों में देखा था। अकारादि क्रम से पुस्तकों को क्रम देना। शुरू में उसे यह परेशानी हुई कि वह लेखकों के नाम के अकारादि क्रम से पुस्तकों को तरतीब दे या पुस्तकों के नाम के अकारादि क्रम से लेखकों को तरतीब दे। उसने फैसला लेखकों के पक्ष में लिया।

दर्शन, सिनेमा, कला सम्बन्धी पुस्तकों की वहाँ कोई कमी नहीं थी। पेंटिंग के वहाँ बहुत सारे कैटलॉग्स थे। लेकिन पेंटर महोदय के संग्रह में सबसे अधिक उपन्यास थे। अंग्रेजी में प्रकाशित नये-पुराने उपन्यास।

पुस्तकों के अम्बार को उलटते-पलटते वह इस नतीजे पर पहुँचा कि हो सकता है अर्नेस्ट हेमिंग्वे पेंटर महोदय का प्रिय लेखक हो। हेमिंग्वे के सारे उपन्यास—

ओल्ड मैन एंड सी, द सन ऑल्सो राइजेज, फेयरवेल टु आर्म्स, आदि-आदि वहाँ मौजूद थे। सिर्फ मौजूद ही नहीं थे, जगह-जगह उन पर पेंसिल से निशान भी लगे हुए थे। हेमिंग्वे की लिखी गयी विभिन्न जीवनियाँ, आलोचनात्मक पुस्तकें वहाँ मौजूद थीं। जिनको देखकर कोई भी कह सकता था कि संग्रहकर्ता हेमिंग्वे का बहुत बड़ा प्रशंसक है।

उसने एक साथ इतने उपन्यास किसी पुस्तकालय में भी नहीं देखे थे...

काम करते-करते 20 दिन गुजर गये कि जैसे उसके एकरस जीवन में भूचाल ही आ गया। हुआ यह कि हेमिंग्वे की पुस्तकों के ढेर के बीच में ही नटराज को उन्हीं किताबों के आकार-प्रकार की एक डायरी मिली। वहाँ हजारों किताबें थीं। लेकिन डायरी...इतने दिनों में उसे पुस्तकों से अलग पहली चीज मिली थी।

कौतूहलवश वह उसे उलटने-पलटने लगा। उसके कोरे पन्नों को पलटते हुए उसे आभास हुआ जैसे कहीं किसी पन्ने पर कुछ लिखा हुआ है। पहले उसने सोचा कि हो सकता है पेंटर महोदय लिखने में भी हाथ आजमाते हों। कुछ दिन पहले टाइम्स ऑफ इंडिया में प्रकाशित एक इंटरव्यू में उन्होंने कहा था कि वे अपनी आत्मकथा जरूर लिखना चाहते हैं। क्या इसीलिए इस बँगले को यह नया रूप दे रहे हैं पेंटर महोदय।

मगर मजमून कुछ और ही था। उस डायरी के सारे पन्ने खाली थे। बस दो पन्नों पर कुछ पंक्तियाँ दर्ज थीं। एक जगह लिखा था—

तुम्हारा यह रूप देखने को मिलेगा, मैंने सोचा भी नहीं था। मैंने कला के साधक से विवाह करने के लिए घर-बार छोड़ा था। लेकिन अब तुम पूरी तरह व्यापारी हो चुके हो। ऊपर से रेहाना। ठीक है, उसके कारण कला के बाजार में तुमको लाखों रुपये मिलने लगे हैं। मैं घर में चुपचाप बैठकर तमाशा नहीं देखने वाली। लेकिन क्या करूँ, बच्चे बड़े हो रहे हैं...

दूसरे स्थान पर लिखा था—अब तुम पूरी तरह आजाद हो चुके हो। जमकर रेहाना के साथ पार्टियों में घूमो, अखबारों में तस्वीरें छपवाओ। चाहो तो उसे अपने साथ रख लो। बच्चे तो पहले ही बोर्डिंग स्कूल में पढ़ रहे हैं। एक मैं ही काँटे की तरह खटक रही थी। तो आपको बता दूँ साहब, मेरा इंग्लैंड के मैनचेस्टर विश्वविद्यालय में पीएच.डी. कार्यक्रम में दाखिला हो गया है। मशहूर कला-विशेषज्ञ प्रो. बॉन के साथ काम करने का मौका भी मिल गया है। तुम्हारी कमाई में भी कोई खलल नहीं पड़नेवाला। दो साल का वजीफा भी मिल गया है...गुड बाई एंड टेक केयर...क्या पता वापस लौटूँ या नहीं।

जैसे-जैसे इन पंक्तियों को नटराज पढ़ता जा रहा था, उसके दिल की धुकधुकी बढ़ रही थी। वहाँ कोई भी नहीं था, फिर भी वह उन पंक्तियों को पढ़ने के क्रम

में इधर-उधर देखता भी जाता था कि कहीं कोई उसे देख तो नहीं रहा।

यह डायरी किसकी थी? कहीं ऐसा तो नहीं कि पुस्तकों के सप्लायर के यहाँ से गलती से पुस्तकों के साथ डायरी भी आ गयी हो। लेकिन इसमें सन्दर्भ तो पेंटर महोदय का ही था।

दस सालों से वह पेंटर महोदय को जानता था। उनके दर्जनों इंटरव्यू ले चुका था। उन्होंने नटराज से यह वादा किया था कि जल्दी ही वे उसे अपनी जीवनी लिखने का मौका देंगे। लेकिन सचाई यह थी कि वह उनके निजी जीवन के बारे में कुछ खास नहीं जानता था। वह वास्तव में उतना ही जानता था जितना कि पेंटर महोदय उसे बताते थे...

तभी उसे ध्यान आया बरसों पहले एक इंटरव्यू में पेंटर महोदय ने उसके एक सवाल के जवाब में कहा था कि वे अकेले रहते हैं।

उसके सामने सब कुछ साफ होने लगा। इन बीस दिनों में वह हजार से अधिक किताबों से गुजरा था। इनमें केवल हेमिंग्वे की किताबों में पढ़ने के निशान लगे थे और उन्हीं पुस्तकों के साथ उसे वह काली डायरी भी मिली। इसका मतलब यह हुआ, उसने सोचा, पुस्तकों का यह बंडल पेंटर महोदय की पत्नी का हो और गलती से उनकी यह डायरी भी उसी में रह गयी हो।

पेंटर महोदय के जीवन का एक ऐसा अध्याय उसके लिए खुल चुका था। वह इतना बेचैन हो उठा कि कमरे में ही इधर से उधर टहलने लगा।

अन्दर ही अन्दर वह इस उधेड़बुन में था कि अगर यह डायरी वह अभी छिपाकर रख ले और बाद में किसी संग्रहकर्ता को बेच दे या किसी नीलाम वाली संस्था को बेच दे तो पैसों का उसके घर अम्बार लग जाएगा। वह चाहे तो अपनी पहचान गुप्त भी रख सकता था। उसने पढ़ा था कि मरने के बाद किस तरह एक-एक पेंटर के हस्ताक्षर भी लाखों में बिक जाते हैं। जुराबें और रुमाल भी नीलामी में अच्छे पैसे दे जाते हैं। क्या यह उसके लिए खजाना साबित होनेवाला है।

वह जो पिछले कुछ दिनों से समाचारपत्रों में छपनेवाले राशिफल के कॉलम में अपनी राशि में भाग्योदय के संकेत बार-बार पढ़ रहा है, क्या इसी भाग्योदय का संकेत मेरी राशिफल में था...कुछ वर्ष पहले उसने एक दिवगत पेंटर से बातचीत का टेप कुछ हजार में ही सही, लेकिन एक बायर हाउस को बेचा भी था।

लेकिन इस खयाल पर यह खयाल हावी हो गया कि पेंटर महोदय ने उसे कितने अच्छे-अच्छे असाइनमेंट दिलवाये...कितनी हवाई यात्राएँ करवायीं, देश-विदेश की सैर करवायी...अभी आगे भी मौके मिलने ही वाले थे...और यह काम भी तो उन्हीं का है, जिसके लिए वह मोटी रकम देनेवाले हैं।

यह सोचते ही उसे कुछ अपराधबोध-सा होने लगा। उसने यह तय किया कि

जाकर कल ही यह डायरी वह पेंटर महोदय को वापस कर देगा।

लेकिन इस सोच के भी खतरे हैं। डायरी न लौटाने पर तो हो सकता है कि उनको इस प्रसंग के बारे में कुछ भी पता न चल पाए। लेकिन डायरी लौटाने पर तो उनको यह भी पता चल जाता कि मैंने उसका मजमून पढ़ लिया है। पेंटर महोदय बड़े प्राइवेट किस्म के आदमी थे। उनके जीवन का इतना बड़ा राज किसी व्यक्ति पर खुल जाए, इससे वे असहज हो सकते थे। हो सकता है कि उसके बाद पेंटर महोदय दूरी बरतने लगें।

वह तय नहीं कर पा रहा था कि आखिर उस डायरी के कारण अपने जीवन में आये तूफान से कैसे मुक्ति पाई जाए।

इसके लिए पहला आवश्यक काम यह था कि जल्दी से जल्दी इस काम को निपटाया जाए। इस बँगले से निकला जाए।

उसके काम करने की रफ्तार में परिवर्तन आ गया। पहले वह किताबें अधिक पढ़ता, कैटलॉगिंग कम करता। अब वह कुतुब एंक्लेव के उस बँगले में दिन-रात कैटलॉगिंग के काम में जुट गया। लेकिन एक कुलबुलाहट-सी उसके अन्दर बनी रहने लगी। अक्सर उसे काम करते-करते घबराहट महसूस होने लगती। एक ऐसा राज था उसके पास जिसे वह किसी को बता भी नहीं सकता था।

उसे उस हजाम की कहानी याद आयी जिसने बाल काटते वक्त राजा के सिर में सींग देख लिया था। उसकी ऐसी ही हालत हो गयी थी, बल्कि और भी बुरी...ऐसी कि किसी को न बताता तो उसकी जान ही चली जाती...वैसे बताने पर भी जान का जाना पक्का था। आखिरकार, उसने एक पेड़ को यह कहानी सुनाकर इस कुलबुलाहट से मुक्ति पायी थी।

दिन-रात वह कैटलॉगिंग के काम में जुट गया। पाँच हजार किताबें थीं। कितना भी जल्दी करने पर समय तो लगना ही था।

उसने तय कर लिया था कि जिस तरह पेंटर महोदय की पत्नी गलती से डायरी वहाँ रखकर भूल गयी थी, उसी तरह जाते समय वह भी इस डायरी को अपने घर में रख लेगा और भूल जाएगा। पेंटर महोदय के गुजर जाने के बाद वह उसे फिक्स डिपॉजिट की तरह भुनवाएगा। न सही जवानी, बुढ़ापा तो अच्छी तरह कट जाएगा। वह भी अपने बुढ़ापे में ऐसा ही एक बँगला खरीदकर उसमें रहेगा। एक पुस्तकालय बनवाएगा, और घर में अलग से एक स्टडी भी। जहाँ बैठकर वह सुबह कम से कम पाँच अखबार पढ़ेगा...तीन हिन्दी के दो अँग्रेजी के। फिर दिन भर वह वहीं बैठकर दुनिया भर की किताबें पढ़ा करेगा...तब कमाने की चिन्ता से वह मुक्त हो जाएगा। उसे अपनी दादी की बात याद आयी—पढ़ना-लिखना तो रईसों के शौक होते हैं।

आखिरी दिन महज 20 किताबें रह गयी थीं। इसने दोपहर तक अपना काम पूरा कर लिया। अब उसे फिर से डायरी का ध्यान आया। आज डायरी ले जाने का दिन था। वह डायरी उठाने लगा कि उसे लगा कि हो न हो पेंटर महोदय को इस डायरी का पता हो, उन्होंने जान-बूझकर इसे उन किताबों के बीच रखवाया हो शायद...उसकी परीक्षा लेना चाहता हो।

उसने एक बार बँगले का अच्छी तरह चक्कर लगाया। एक-एक कमरे को अच्छी तरह लॉक कर दिया। बाहर हॉल में आकर थोड़ी देर सोफे पर बैठ गया। फिर उठकर उसने एसी बन्द कर दिया। उसने एक बार फिर उस हॉल, उन किताबों को देखा और बाहर निकल आया...बाहर दरवाजे को बन्द करके वह गेट के बाहर निकल आया और फिर उसने गेट में ताला बन्द कर दिया...

उसने गिनकर याद किया, पिछले एक महीने का अतीत वह ताले में बन्द कर आया था। उसने टैक्सी रोकी और उसमें बैठकर पेंटर महोदय के यहाँ पहुँच गया। उनको उसने रजिस्टर देते हुए कहा, "इसमें हर पुस्तक के नाम के आगे उसका नम्बर लिखा है। आपको जो भी पुस्तक मँगवानी हो, नम्बर लिखकर किसी को भेज देंगे, शर्तिया वही पुस्तक लेकर आएगा।"

उसे याद आया कि उस डायरी को उसने कोई नम्बर नहीं दिया था। उसे वह वहीं हेमिंग्वे की किताबों के बीच छोड़ आया था। उस पूरी उम्मीद थी कि वहाँ उस पर किसी की नजर नहीं पड़नेवाली थी। उसने सोचा बाद में कभी इस प्रसंग के पुराने पड़ जाने के बाद वह पेंटर महोदय से चाबी माँगकर उस बँगले में जाएगा। जाएगा तो किताब लेने, मगर डायरी लेकर आ जाएगा...

पेंटर महोदय ने रजिस्टर को उलटते-पलटते हुए कहा, "थैंक यू, वेरी मच!" और अन्दर चले गये। वह समझ गया कि चेक लाने गये होंगे। वह सचमुच चेक लेकर लौटे और उसने भी बिना देखे उसे अपनी पेंट की जेब में रख लिया।

"एक बार देख तो लीजिए"—पेंटर महोदय ने कहा।

"कोई आवश्यकता नहीं"—नटराज ने कहा।

उसने विदा लेकर वह सीढ़ियाँ उतर ही रहा था कि पीछे से पेंटर महोदय की आवाज आयी, "सुनिए, नटराज जी, आपकी डायरी छूट गयी है।"

"डायरी...नटराज के चेहरे पर पसीना छलक आया था।"

लौटकर देखा, उसी की डायरी थी, जो मेज पर रह गयी थी।

"धन्यवाद!" कहकर वह तेजी से सीढ़ियाँ उतरने लगा।

वह हेमिंग्वे और हिडेन फैक्ट के बारे में सोच रहा था।

❑

पर्दा गिरता है

कुल जमा दस लोग इकट्ठे हैं, निठल्ले दस लोग। ये लोग ड्रामा ग्रुप बना रहे हैं— 'दरवेश'। यूनिवर्सिटी की जड़ता को तोड़ने के लिए मीटिंग पूरे शबाब पर है। शालीन यानी प्रेसीडेंट बोल रहा है अपनी सपनीली आवाज में, "नाटक का मतलब होता है इंसानी जिन्दगी का खाका शब्दों और चित्रों में खींचना जो जिन्दगी आदमी जीना चाहता है, जो जिन्दगी आदमी जी नहीं सका। कला महज एक खोयी हुई लड़ाई नहीं होती, कला लड़ाई को जीतने के संकल्प का नाम है। तभी अभिषेक बोलता है, इसीलिए हमने तय किया है कि हमारा पहला नाटक होगा 'आदमी'।" तमाम बहस के बाद कास्ट तय हो जाती है। नायक के लिए खुद शालीन और नायिका शीरीन।

जैसा कि होता है नाटक के चयन के बाद रिहर्सल भी शुरू हो गया। पहले दिन की रिहर्सल के बाद सबको निराशा हुई और ग्रुप में तनाव भी बढ़ा। आखिर शिखा जैसी प्रोफेशनल आर्टिस्ट की जगह शीरीन को रोल देने का क्या मतलब है?

आखिर शिखा ने पब्लिक शो किये हैं। और शीरीन ने...सुन्दरता के अलावा क्या है उसके पास। सबकी आँखों में यही सवाल था। रिहर्सल के बाद शालीन और शीरीन बैठे हैं। यूनिवर्सिटी के पुराने कॉफी हाउस में। शीरीन अपने उदास चेहरे से शायद शालीन के चेहरे की तमतमाहट को कम करना चाह रही है।

"बताओ शीरीन, आखिर तुमने क्यों किया ऐसा? डॉयलाग बोलते समय इतना शरमाने की क्या जरूरत थी। जानती हो तुम्हारे कारण मुझे क्या कुछ सुनना पड़ रहा है?"

"तो फिर मुझे हटा दो न शालीन, मैं ऐक्टिंग नहीं कर सकती।"

"नहीं शीरीन, कोई बार्न ऐक्टर नहीं होता है, मौका मिलने पर मेहनत करने पर कोई भी अच्छा ऐक्टर बन सकता है और तुम ऐसे भी मुझे नहीं छोड़ सकती हो क्योंकि तुम एक 'चैलेंज' हो मेरे लिए।"

फिर अक्सर दोनों रिहर्सल के बाद फुरसत के क्षणों में वहीं कॉफी हाउस में आकर बैठने लगे। इसी तरह एक दिन थकी दोपहर को दोनों कॉफी हाउस की

छाँव में सुकून की तलाश में बैठे थे। ''अच्छा शीरीन, यह बतलाओ, क्या कभी किसी ने मेरा मतलब है किसी से तुमने प्यार किया है? मैं इसीलिए यह पूछ रहा हूँ कि नाटक में तुम्हारा रोल भी कुछ इसी तरह का है यानी प्यार में बिल्कुल खोया-सा। यानी रोल में दर्द ऐक्टर की जिन्दगी से उतरता है।''

''मैंने तो किसी के प्रति ऐसा कुछ महसूस नहीं किया। हाँ...कुछ लोगों ने मुझे 'प्रोपोज' किया लेकिन शायद मैं तैयार नहीं थी, इसलिए मैंने 'रिफ्यूज' कर दिया।''

''बाई द वे मैं आपको कैसा लगता हूँ।''

''आई लाईक यू। और...''

''और क्या?''

''आई एम स्केयर्ड आफ यू।''

आखिरकार 'दरवेश' के नाटक 'आदमी' का शो भी हुआ। और नाटक ने यूनिवर्सिटी के इतिहास को बदल दिया। 'दरवेश' के पाँव जम चुके थे।

अब शालीन और शीरीन और भी करीब आ चुके थे। उस कॉफी हाउस में बैठना जारी था। ''शालीन, तुमने तो मुझे एक ही नाटक में क्या-से-क्या बना दिया। मुझे लगता है अब तक मैं कुछ भी नहीं थी। तुम्हारे साथ मेरा वर्तमान कितना महान हो गया है।''

लेकिन शायद जिन्दगी के रास्ते नाटकों की तरह नहीं होते हैं। 'दरवेश' के नाटकों की धूम ने शालीन और शीरीन की भी धूम मचा दी थी। साथ ही हवाओं में उड़ रहे थे उनके सम्बन्धों के किस्से। इसी तरह एक उदास शाम को दोनों कॉफी हाउस में बैठे थे। ''जानते हो शालीन, मुझे पहली बार इतनी शिद्दत से अहसास हुआ कि मेरा धर्म तुम्हारे धर्म से जुदा है। मैंने आज तक कभी नमाज अता नहीं की, इसका यह मतलब नहीं कि मुझे खुदा में विश्वास नहीं है। लेकिन कभी ऐसा माहौल ही नहीं मिला जहाँ रिलिजन की बन्दिश हो। मुझे एक बात समझ में नहीं आती कि जब हम साथ-साथ पढ़ सकते हैं, काम कर सकते हैं, लेकिन प्यार या कुछ और सिर्फ इसलिए नहीं कर सकते कि हमारे धर्म जुदा हैं। अगर रिलीजन का मतलब लोगों को जोड़ना नहीं, तोड़ना है तो मैं आज ही उसे छोड़ती हूँ।''

''लेकिन तुम क्या समझती हो कि तुम्हारे छोड़ने से सब कुछ छूट जाएगा। यहाँ न तुम आने के लिए आजाद हो न जाने के लिए।''

''लेकिन हमारे प्यार के रास्ते धर्म के रास्तों की तरह संकीर्ण नहीं हैं। यह निर्णय तो शायद शताब्दियों पूर्व हो चुका था कि एक दिन मैं तुमसे मिलूँगी और प्यार करने लगूँगी। इस निर्णय में कहीं भी धर्म मौजूद नहीं था शालीन।''

लेकिन शायद भावनाओं का उबाल ही प्यार होता है, जिन्दगी से कहीं भी

मेल नहीं होता प्यार में। प्यार में दो समानान्तर दुनिया एक साथ चलती हैं, एक हकीकत की ठोस जमीन पर, दूसरी सपनों की मोमबत्ती जलाकर आदमी जीता है।

शालीन ने धीरे-धीरे एक कविता पढ़नी शुरू कर दी—

''जार्जेट के पीले पल्ले-सी यह दोपहर नवम्बर की
आलिंगन में घायल फूलों की माला-सी
सोने के हंसों-सी धूप यह नवम्बर की
साँझ हुए हंसों-सी दोपहर पाँखें फैला
नीले कोहरे की झीलों में उड़ जाएगी।''

और बिना किसी कारण के शीरीन फफक-फफक रोने लगी।

''रोओ मत शीरीन, कविताएँ रोने के लिए नहीं होती हैं। अभी तो हमें नाटक की दुनिया में काफी आगे जाना है, इस तरह रो-रोकर अपने विश्वास को कमजोर मत करो। विश्वास रखने पर हर नाटक एक-न-एक दिन सफल होता है।''

''नहीं शालीन, लेकिन अब न जाने क्यों मुझे लगने लगा है कि जिन्दगी सचमुच नाटक नहीं होती है। जिन्दगी...पता नहीं...सिर्फ जिन्दगी होती है।''

शालीन धीरे-धीरे गजल की पंक्तियाँ गुनगुना रहा था—

''तेज भी इतनी कि सारा शहर सूना कर गयी,
रात भर बैठा रहा मैं उस हवा के सामने।''

एक दोपहर क्लास की थकान तोड़ने के लिए शीरीन और शालीन पार्क में बैठे हुए थे। शीरीन ने कहा, ''जानते हो कल मेरी ममा ने क्या कहा? ममा कह रही थीं कि नाटक के रिश्ते सिर्फ नाटकों तक ही रखने चाहिए। यह दुनिया तुम्हारा थियेटर नहीं है कि लोग वहाँ तुम्हारे रिहर्सल को नाटक की तरह भूल जाएँ। यह दुनिया नाटक से ज्यादा गम्भीर है। यहाँ तुम्हारी एक-एक हरकत को देखनेवाले क्रिटिक बैठे हुए हैं, उनसे बचो।''

''शायद उनका इशारा हमारी ओर था। तुमने क्या कहा?''

''मैंने कह दिया कि माँ, मुझे पता है कि मुझे क्या करना है। माँ ने फिर धर्म और अपनी इज्जत का वास्ता दिया। मुझे समझ में नहीं आता कि मैं क्या करूँ?''

''क्या तुम 'क्राउड' को नाटक की तरह 'फेस' करने के लिए तैयार हो! अगर हाँ तो ये बन्दिशें भी एक दिन नाटक की रूढ़ियों की तरह टूट जाएँगी। लेकिन शायद...

मंच, गुलदस्ते, फड़कती रोशनी रंगीन झालर, गर्मजोशी-

कुछ नहीं माकूल है इस व्यवस्था में
खुदकुशी या सरफरोशी।''

''तुम्हारे ये दुनिया को बदल देने के वलवले एक दिन हमें ही बर्बाद कर डालेंगे। शालीन, कभी तो कविताओं की दुनिया से बाहर निकलो। तुम्हारी इन कविताओं से मैं और भी ज्यादा टूट जाती हूँ।''

''जानती हो शीरीन, मैंने कविता पढ़ना ही उसी दिन शुरू किया था, जिस दिन मुझे लगा था कि मैं टूट चुका हूँ। टूटने के कगार पर ही निर्माण की नींव डाली जाती है। तुम भी मेरे लिए एक कविता हो जहाँ मैं अपना खोया विश्वास तलाशता हूँ। अगर तुम ही अपना विश्वास खो दोगी तो मैं कहाँ ढूँढूँगा अपनी नींव।''

''लेकिन तुम्हारे इस विश्वास की तरह यह समाज अटल नहीं है, दरअसल तुम जिसे विश्वास समझ रहे हो उसे समाज की कमजोरी समझा जाता है। प्यार करना भी अपने-आप में एक कमजोरी है।''

बीच में उनका मिलना कम हो गया क्योंकि एक तो परीक्षाएँ थीं, दूसरी 'दरवेश' को भी कुछ दिन आराम की मोहलत दी गयी थी। समय लू-बहती हवाओं की तरह गुजरता रहा।

एक दिन फिर दोनों मिले। शीरीन ने पूछा, ''क्या तुमने यह सोचा है कि अगर हम जुदा हो जाएँगे तो...''

''तो क्या, मैं फिर भी रहूँगा, तुम भी रहोगी। अच्छी कविताओं की तरह कुछ लोग हमारे बारे में कभी-कभी याद कर लिया करेंगे। शायद हेनरी मिलर ने कहा है कि एक दिन सारे आर्ट खत्म हो जाएँगे, लेकिन आर्टिस्ट फिर बचे रहेंगे और जिन्दगी 'एक आर्ट' नहीं होगी, तब जिन्दगी 'आर्ट' होगी।''

''तुम्हारी ये बातें मुझे समझ में नहीं आती हैं, शालीन। कभी तो कविताओं की दुनिया से निकलकर भी बात करो। जैसे एक थका-हारा पति घर लौटकर अपनी पत्नी से बातें करता है।''

''लेकिन वह हमारा सच नहीं है, शीरीन।''

''हमारा सच तो तुम्हारी कविताएँ भी नहीं है।''

''मैं टूट चुका हूँ शीरीन प्यार के इस मुकाम पर न जाने क्यों मुझे लग रहा है कि इन जंग लगे लोहे के किवाड़ों को तोड़ते-तोड़ते हमने सिर्फ अपने-आपको जख्मी किया है, इन किवाड़ों का कुछ नहीं बिगड़ा।''

''लेकिन तुम यह क्यों नहीं सोचते हो शालीन, इन दस्तकों की आवाज से पूरी बस्ती की नींद तो टूटी। यही क्या कम है। जागे हुए लोगों के बीच हम जी रहे हैं, जागे हुए लोगों से हम लड़ रहे हैं, सोये हुए मुर्दा लोगों से नहीं।

''मेरे पापा अपना ट्रांसफर करवाना चाहते हैं। क्योंकि उन्हें लगता है मैं कहीं

घर से भाग न जाऊँ। लेकिन मैं जानती हूँ और शायद तुम भी जानते हो कि मैं भागूँगी नहीं। क्योंकि अगर हम एक बार भागे तो फिर उम्र भर भागना पड़ेगा। और आखिर हम कब तक भागेंगे, कहाँ तक भागेंगे।''

''क्या हम सचमुच जुदा हो जाएँगे, शीरीन कोई और रास्ता नहीं है।''

''रास्ते हैं और अगर तुम्हारे अन्दर विश्वास अब भी बाकी है तो सरहदें कहीं नहीं होती हैं।''

''दुख नहीं कोई कि अब उपलब्धियों के नाम पर।
और कुछ हो या न हो, आकाश-सी छाती तो है॥
एक चादर साँझ ने सारे नगर पर डाल दी।
यह अँधेरे की सड़क उस भोर तक जाती तो है॥''

शीरीन, इन कविताओं के विश्वास की तरह मेरे अन्दर कुछ है जो अब भी झील के पानी की तरह ठहरा हुआ है।''

शालीन कुछ दिनों के लिए बाहर चला गया नाटकों के सिलसिले में एक वर्कशॉप में भाग लेने। वहाँ से लौटने के बाद अपने कमरे का दरवाजा खोलते ही उसे एक लिफाफा मिला। उसने खोला। पत्र शीरीन का था—

'डियर शालीन,

आखिरकार मेरे पापा ने अपना ट्रांसफर करवा ही लिया। मेरे अन्दर तुमसे मिलने का साहस बाकी नहीं था और तुम यहाँ हो भी नहीं। हम जो चाहते थे, वह हमें नहीं मिला। लेकिन यह इन्तिहा नहीं है।

अब मुझे धीरे-धीरे यह महसूस होने लगा था कि जिन्दगी में 'तटस्थता' भी एक चीज होती है और शायद मैंने उस तटस्थता को स्वीकार कर लिया। यह मत समझना कि मेरे अन्दर लड़ने का जोश खत्म हो गया है, लेकिन मैं शायद लड़ नहीं पायी। इसे मेरी मजबूरी समझकर माफ कर देना। जिन्दगी 'एक आर्ट' है। यह तुम्हारे ऊपर है कि तुम मुझे एक अच्छे नाटक की तरह याद रखो या भूल जाओ, लेकिन मैं तुम्हें हमेशा याद रखूँगी। अगर तुम्हारी कविताओं का विश्वास तुम्हारे अन्दर बाकी है तो सरहदों को तोड़ने की कोशिश करना। स्टिल...आय एम स्केयर्ड ऑफ यू।

तुम्हारी
शीरीन।'

❑

बदनाम बस्ती

नगर निगम के कागजात में उसका पता दर्ज है—वार्ड नम्बर सोलह।

1980 के आम चुनावों के ठीक पहले की बात रही होगी जब मैं मेथाडिस्ट चर्च, जिला स्कूल और उसके ऐन पीछे चैपमैन गर्ल्स स्कूल की लाल दीवारों के पार की दुनिया की ओर पहली बार बढ़ा था। स्कूल की कक्षाओं से ऊबकर स्कूल के बाहर दिन बिताने के क्रम में 'उस तरफ' की सड़कें पहली बार नापी गयीं। आगे शहर के लगभग 'पैट्रियार्क' (अब स्वर्गीय) रघुनाथ पांडे का 'अमर टाकीज' एक ठिकाना होता था दिन का कुछ हिस्सा काटने का, पर अक्सर फिल्म इतनी अधिक चल जाती थी कि वहाँ जाकर उन्हीं-उन्हीं पोस्टरो को देखते ऊब होती थी। मैं उस शहर में उसका विकल्प ढूँढ़ रहा था।

मुजफ्फरपुर के जिला स्कूल, पानी टंकी से अगर सीधा अमर टाकीज जानेवाली सड़क से आगे अमर टाकीज की ओर न मुड़कर आगे ही बढ़ते जाएँ तो आता है रामबाग...और अगर उसके भी आगे आपके कदम सीधे बढ़ते चले गये तो अनगिन आँखें घूरकर मानो पूछने लगेंगी—उधर किधर?

उसके आगे की सड़क को चतुर्भुज स्थान कहा जाता है—शहर की एक निषिद्ध सड़क—बदनाम बस्ती।

उस दिन जैसे मैंने विकल्प ढूँढ़ लिया था। उस शहर के भीतर एक और शहर मैंने ढूँढ़ लिया था। उस दिन एक ऐसी दुनिया मैंने देखी जो मानो मैंने ही ईजाद की हो। सब कुछ जैसे जादुई—दीवारों पर तख्तियाँ टँगी थीं—'जूली बाई : यहाँ नाच एवं गाने के लिए पधारें' या 'सोना देवी : नृत्य संगीत (समय सायं छह से नौ)'। सड़क के दोनों ओर ऐसी असंख्य तख्तियाँ लगभग हर दरवाजे पर टँगी थीं। अन्दर कमरों से कहीं-कहीं तबलों की थापों के संग घुंघरुओं की संगत की आवाज आ रही थी तो कहीं हारमोनियम के संग आलाप की गूँज। कहीं-कहीं घर के ओसारे पर टँगी-पुती सवालिया निगाहों से आने-जानेवालों को घूरती या कभी-कभी फिकरे कसती बैठी लड़कियाँ दिखाई दे जातीं। चलते-चलते कुछ घबराहट-सी होने लगी थी। उन दिनों किशोरों के लिए जासूसी उपन्यास लिखने वाले एस.

सी. बेदी के 'राजन इकबाल सीरीज' का घनघोर अध्ययन चल रहा था, चेहरा छुपाये आता-जाता हर आदमी सन्दिग्ध लगने लगा था, और वह इलाका अवैध धन्धों की एक ऐसी बस्ती राजन इकबाल के आते ही जिसका भंडाफोड़ होनेवाला हो। यह भी कि मानो वह 'अड्डा' राजन इकबाल से भी पहले मैंने देख लिया हो। औरतों की इतनी खुली-खुली दुनिया पहली बार देखी थी मैंने। एक ऐसी बस्ती जिसकी सारी मिल्कियत औरतों के नाम थी। वहाँ किसी घर के बाहर मैंने किसी पुरुष के नाम की तख्ती (नेमप्लेट) नहीं देखी।

तब इस बात की कुछ खास समझ नहीं बन पायी थी कि आखिर क्यों उस जगह को शहर भर के लोग तरह-तरह के 'कोड' से ही याद करना बेहतर समझते थे। मसलन, 'कम्बल शाह की दरगाह के पास', 'चन्दवारा के रास्ते में', 'रामबाग के आगे' या केवल 'उस तरफ'। सारे 'कोड', 'डिकोड' होने लगे थे। कुछ। कुछ 'खास' समझ में न आया हो ऐसा तो नहीं कहा जा सकता, पर नाचने-गाने के उस अड्डे को देखते हुए अपने पुराने 'क्लास छोड़' दोस्तों के किस्सों को साफ-साफ मैं नहीं समझ पा रहा था। उससे भी कुछ पहले पटना से प्रकाशित होनेवाले अखबार 'प्रदीप' में मैंने पहली बार चतुर्भुज स्थान का नाम पढ़ा था। खबर छपी थी कि शहर के कुछ प्रमुख ठेकेदार, इंजीनियर, डॉक्टर आदि वहाँ देर रात पड़े छापे में पकड़े गये। मैं सचमुच चतुर्भुज स्थान से पहली बार गुजरते हुए इस बात को ठीक-ठीक नहीं समझ पाया था कि नाच देखने, गाना सुनने वालों को पुलिस छापा मारकर पकड़ क्यों लेती है? कई बार हमारे घर में 'बड़े' आपस में बातचीत करते थे कि अलाँ मदनानी या फलाँ टहलानी पिछली रात पुलिस छापे में पकड़े गये। बात कुछ समझ नहीं आती थी। घूमते-घूमते इतना जरूर लगने लगा था कि यही या इस जैसी ही कोई दुनिया होगी जो इस वक्त दिखाई नहीं दे रही।

उस पहली यात्रा का कौतूहल और भय बाद की यात्राओं में भी बाकी रहा।

अपनी उस यात्रा में 'बेनजीर बाई की हवेली' पर गेरू से लिखे नारे की कुछ याद है, ''देखो जार्ज चरण का खेल, खा गया चीनी, पी गया तेल।'' बगल की एक उखड़े पलस्तर वाली दीवार पर धुँधली पड़ती इबारत पढ़ने में कुछ मुश्किल दरपेश आयी थी, ''सम्पूर्ण क्रान्ति अब नारा है भावी इतिहास हमारा है।''

गली के दूसरे सिरे से मैं लौट आया था वही सब पिछला दुबारा देखता हुआ। इतना तो अच्छी तरह समझ गया था कि साहिर लुधयानवी के गीत—'ये कूचे, ये नीलामघर दिलकशी के' के 'कूचे' भी यही हैं। उस दिन 'सर' की खजूर की छड़ी के डर से कक्षा छोड़कर जो संसार मैंने अपने लिए ढूँढ़ा था उस पर मैं सन्तोष कर सकता था। उस दिन मैंने अपने उस 'छोटे' शहर में, जहाँ पूरा शहर ही जाना-पहचाना लगता है, एक ऐसी दुनिया ढूँढ़ ली थी जहाँ न मैं किसी को जानता था

न कोई मुझे। एक ऐसी दुनिया जिसके होने को सब जानते थे, पर मानता कोई नहीं था। बाद में मैं कई बार 'अतिपरिचय' के अपने शहरी संसार में 'अपरिचय' के संसार में गुम होने लगा... उस अपरिचित संसार से कुछ-कुछ परिचित होने लगा।

बाद में वहाँ का स्कूल क्या शहर भी छूट गया। वह जिला स्कूल—जिसके बाद पुराने और ऊँचे इमली के पेड़ से मैं अपनी प्रेमिका सुरभि के लिए इमली तोड़ा करता था। जहाँ इमली तोड़ते-तोड़ते मेरा हाथ कन्धे से 'झटका' खा गया था और बाद में मैं कुछ भी बहुत दूर सीधे हाथ से नहीं फेंक पाया। सुरभि के पापा बैंक में काम करते थे। उनका तबादला इन्दौर हो गया और मैं फिर सुरभि को कभी देख नहीं पाया। जब भी कभी कुछ दूर फेंकना होता है तो अपने 'असमर्थ' कन्धों को देखते हुए मुझे सुरभि और उस विशाल इमली के पेड़ की बेहद याद आती है।

उन्हीं दिनों चतुर्भुज से एक और परिचय की हल्की याद आ रही है। उत्तर बिहार के कस्बाई, ग्रामीण इलाकों में शादी-ब्याह के अवसर पर 'बाई जी' के 'नाच' का जबर्दस्त चलन था। 'नाच' की क्या महिमा थी, उसका अन्दाजा कुछ इस बात से लग सकता है कि पड़ोसी देश नेपाल के सीमावर्ती शहरों जनकपुर, जलेश्वर, बीरगंज आदि के शहरी एवं ग्रामीण इलाकों में शादियों में 'नाच' करवाना प्रतिष्ठा की बात मानी जाती थी। उत्तर बिहार के सीमावर्ती गाँवों शहरों के लड़कों-लड़कियों की शादी नेपाल के सीमावर्ती गाँवों शहरों में आज भी खूब होती है। वैसी ही एक शादी में मैं बचपन में नेपाल गया था और वहाँ जीवन में पहली बार 'नाच' देखा था। सीमावर्ती नेपाल में 'नाच' 'प्रतिष्ठा' की बात इसलिए मानी जाती थी क्योंकि राजतन्त्र के उस दौर में नेपाल में इस तरह के आयोजनों पर पाबन्दी थी। वहाँ सख्ती के उस दौर में नाच को 'मैनेज' करवा लेता था। उसका रुतबा अपने इलाके में भी कुछ बढ़ जाता रहा होगा।

बचपन के उस 'नाच' की इतनी याद मुझे और आ रही है कि अपने परिवार के 'बड़ों' को नाचने वाली पर रुपये लुटाते देखकर मैंने भी नाचने वाली पर रुपये लुटाने की जिद ठान ली थी जो पूरी भी की गयी। मैंने अपने दाँत में दो रुपये का 'भारु' (भारतीय) नोट फँसाया और जिसे उस बाई ने बड़ी अदा से आकर निकाला था। बचपन की उस नेपाल-यात्रा की इतनी याद मुझे आ रही है कि बीच-बीच में यह खुसफुसाहट फैलती थी—वहाँ जासूस घूम रहे हैं। अफरातफरी मच जाती थी। नेपाल में महाराजा वीरेन्द्र वीर विक्रम शाह देव की राजशाही में कहा जाता है कि कदम-कदम पर जासूस घूमते थे। इस सारे प्रसंग में मैं शायद यह बताना भूल गया कि वह नाचने वाली 'बाईजी' चतुर्भुज स्थान मुजफ्फरपुर की थी।

चतुर्भुज स्थान की नाचने वाली बाइयों का हवाला आता है प्रकाश झा निर्देशित फिल्म 'मृत्युदंड' में। फिल्म में 'नाच' के प्रसंग में एक व्यक्ति जमींदार प्यारे मोहन

सहाय से नाचने वाली को दिखाकर पूछता है, ''कहाँ से बुलवाये? बनारस से?'' प्यारे मोहन सहाय कुछ दबी आवाज में जवाब देते हैं, ''नहीं। मुजफ्फरपुर से।'' बनारस उस जमाने का अगर 'हाई कल्चर' था तो कह सकते हैं चतुर्भुज स्थान, मुजफ्फरपुर 'लोकप्रिय कल्चर'। जो बनारस नहीं जाते थे, चतुर्भुज स्थान, मुजफ्फरपुर आते थे। चतुर्भुज स्थान उनके लिए बनारस से कम नहीं था।

अपने बचपन की खोजी गयी उस दुनिया से 'अपरिचय' भले ही 'अतिपरिचय' न बन पाया हो पर धीरे-धीरे वहाँ आते-जाते चतुर्भुज स्थान चौक और उससे लगे शुक्ला रोड, चतुर्भुज स्थान की उन गलियों, दरीचों, परदों से परिचय बढ़ता गया। झेंप मिट चली थी पर जब शहर से दूर रहने लगते हैं तो सिर्फ 'अतिपरिचय' से बचने के लिए ऐसे इलाकों में जाने की बात सोची भी नहीं जा सकती। बाद में बरसों में कुछेक बार आचार्य जानकी वल्लभ शास्त्री जी के 'दर्शन' करने के बहाने उधर से गुजरना हो जाता है, कुछ ताकझाँक हो जाती है। वहाँ आते-जाते बरसों पहले किसी बुजुर्ग ने सलाह दी थी कि अगर वहाँ आते-जाते कोई तंग करे तो कह दीजिएगा कि शास्त्री जी के यहाँ जा रहे हैं तो कोई तंग नहीं करेगा। वैसे कभी कहने की जरूरत नहीं पड़ी।

चतुर्भुज स्थान का 'गायकी' की दुनिया में नाम था। जैसे ऊपर 'नाच' के एक प्रसंग की चर्चा मैंने की थी, 'गायकी' के भी एक प्रसंग को मैं बताने का लोभ रोक नहीं पा रहा हूँ। उस दौर में कुछ ज्यादा शहराती एलीट हो चुके समाजों में नाच को फूहड़ माना जाता था। ऐसे घरों में शादी-ब्याह के अवसर पर न नाच करवाये जाते थे और न ही वे ऐसे शादी-ब्याहों में जाना पसन्द करते थे जहाँ 'नाच' होता हो। ऐसे घरों में अपने आसपास के रिश्तेदारों के अपेक्षाकृत कम समूह में गायकी की महफिलें सजती थीं। शादी-ब्याह के मौकों पर हमारा सारा परिवार जब एक साथ आ जुटता था तो इस तरह के आयोजन अक्सर होते थे। वैसी ही एक शादी का संस्मरण है। शादी मेरी 'मधु दी' की थी। शादी मुजफ्फरपुर शहर से दो-ढाई घंटे की दूरी पर समस्तीपुर में सम्पन्न हुई थी और उसमें ब्रजबाला देवी के गायन की महफिल सजी थी। मेरे एक इंजीनियर चाचा ने अपने सोनी टेपरिकार्डर (जो तब मैंने पहली बार देखा था) में उसे रिकार्ड किया था। अच्छी तरह याद है कि उन्होंने गजलें गायी थी। बाद में जब जगजीत सिंह-चित्रा सिंह आदि गजल गायकों का दौर आया तो कभी-कभी हम भाई-बहन जब जुटते तो ब्रजबाला देवी की गजल गायकी को याद करते और चित्रा सिंह, पीनाज मसानी आदि गजल गायिकाओं से उस ब्रजबाला देवी को कहीं बेहतर ठहराते थे और अक्सर बेगम अख्तर की परम्परा में उसे पाते थे। हम यह सोच-सोचकर रोमांचित होते थे कि परिवार में गजल सुनने की परम्परा कितनी पुरानी थी। हम बड़े-बड़े शहरों में अपने दोस्तों को बताते थे—

हम इतने रईस थे कि हमारे घरों में गायकी की महफिल सजती थी। हमारे दोस्त रश्क करते।

उस बचपन की गजल महफिल की इतनी याद मुझे और है कि हम बच्चों को, महफिल में बैठकर गजल सुनने की इजाजत कतई नहीं थी। अन्दर एम्प्लीफायर लगाकर महिला मंडल के सुनने की व्यवस्था की गयी थी। हम भी वहीं इधर से उधर डोलते रहे। उस महफिल में हम बच्चों को एक और जिम्मेदारी सौंपी गयी थी—'गायिका महोदया' की चाय में 'जमालगोटा' मिलाने की। इस प्रसंग में इतना और कि पता नहीं क्यों 'गायिका महोदया' ने उस रात हमारे यहाँ चाय पीने से भी इनकार कर दिया था। वे सिर्फ पानी पीती रहीं और 'बिस्लेरी पूर्व' के उस दौर में पता नहीं वह कौन-सा बोतल बन्द पानी लेकर आयी थीं। बाद में हम भाई-बहन उस 'जमालगोटा' प्रसंग' की चर्चा करते-थे। उस रात न तो गजल समझ आयी, न गायकी। हम इस बात से बेहद रोमांचित थे कि हमारे घर भी चतुर्भुज स्थान यानी 'बदनाम बस्ती' की औरत गाने आयी थी।

ब्रजबाला देवी अपने समय की बड़ी 'प्रसिद्ध' गायिका थी। हालाँकि 'प्रसिद्धि' के प्रसंग में बता दूँ कि जब की मैं चर्चा कर रहा हूँ तब, न तो गली-गली रेकार्ड, कैसेट तैयार करने का धन्धा चला था और न ही टेपरेकार्डर, रेकार्ड प्लेयर, एलपी आदि का पुरजोर समय आया था। छोटे-छोटे रजवाड़ों, जमींदारियों के टूटने का आखिरी दौर चल रहा था। तो उस वक्त 'प्रसिद्धि' मापने का कोई ऐसा पैमाना तो था नहीं कि फलाँ गायिका के कार्यक्रम में इतने लोग शामिल हुए या उनके गायन के रेकार्ड या कैसेट तैयार हुए। उस दौर में 'प्रसिद्धि' का अन्दाजा इस बात से ही लगता था कि किन-किन बड़े रजवाड़ों, जमींदारियों में किन-किन गायिकाओं, नर्तकियों को बुलाया जाता था। वैशाली जिले के धरहटा स्टेट से लेकर सीतामढ़ी जिले के रीगा स्टेट तक न जाने कितने बड़े राजाओं-जमींदारों के यहाँ ब्रजबाला देवी ने 'ससम्मान' गायन किया होगा।

उसी तरह छोटी बाई, कुमारी बाई की गायकी की चर्चा से चतुर्भुज स्थान की रौनक बढ़ी। कुमारी बाई का गाना सुनने तो दरभंगा महाराजा भी यहाँ आते थे। उसी तरह बेनजीर बाई का किस्सा है कि बरसों दरभंगा महाराज के यहाँ उसे गायन की महफिल चली। इतनी चली कि चतुर्भुज स्थान में वह 'मिथ' बन गयी। चतुर्भुज स्थान में महाराज ने उसके लिए शानदार कोठी बनवायी। चतुर्भुज स्थान का बच्चा-बच्चा 'बेनजीर बाई की हवेली' को जानता है। जाहिर है, महाराजा दरभंगा सबसे बड़े संरक्षक थे यहाँ के 'फनकारों' के। संगीत नृत्य की उस स्थानीय परम्परा, जिसकी मैं चर्चा कर रहा हूँ, के फैलने-फूलने में महाराज कुमार ने खूब योगदान किया। अब दरभंगा महाराज किस्से-कहानियों, हवालों के लिए ही बच गये हैं।

दरभंगा में महाराज की दीवारें ही दीवारें दिखाई देती हैं राज कहीं नहीं बचा है। जबकि उस दौर में चतुर्भुज स्थान में जिस पर महाराज की नजर पड़ जाती थी वह रातोंरात 'स्टार' हो जाती थी।

ब्रजबाला देवी अपने समय की 'स्टार' गायिका भले न बन पायी हो ('स्टार' बनाने वाले दरभंगा महाराज का सूर्य अस्त हो चुका था), पर खासी 'महँगी' और 'बड़ी' गायिका थी वह। भले ही व्यावसायिक रूप से उसके रेकार्ड, कैसेट, सीडी न निकल पाये और लोग उस रूप में उन्हें न जान पाये हों, पर वे एक बहुत बड़ी 'स्थानीय' परम्परा का हिस्सा थीं जिसको जानने-समझने की परम्परा भी अब शायद समाप्त होती जा रही है। आज भी हो सकता है सैकड़ों घरों में उनकी प्राइवेट रेकार्डिंग मिल जाए और हजारों स्मृतियों में उनकी आवाज। 'प्रसिद्धि' से मेरा कुछ-कुछ ऐसा ही तात्पर्य था।

बाद में मैंने जाना कि उस तरह के आयोजनों के लिए, जिसमें मैंने उन्हें सुना था, ब्रजबाला देवी को उस जमाने में भी लाख-लाख रुपये तक दिये जाते थे और सो भी बिना ज्यादा मोल-भाव के। ऊपर जिस महफिल का जिक्र मैंने किया उसमें कितने पैसे दिये गये थे, यह तो मुझे पता नहीं पर रकम अच्छी-खासी हो रही होगी क्योंकि उसकी चर्चा हमारी बिरादरी में काफी दिनों तक रही। हमारी बिरादरी में गायकी की वैसी महफिल कभी सजी भी नहीं। मैं ऊपर भी बयान कर चुका हूँ कि ब्रजबाला देवी को जानने वाले शुक्ला रोड, चतुर्भुज स्थान चौक पर ही नहीं मिलेंगे। वे पता नहीं मुजफ्फरपुर और आसपास के कितने शहरों में बिखरे होंगे। ठुमरी, टप्पा, दादरा, चैती या गजल की गायिका के रूप में अलग-अलग या एक साथ उन्हें याद करने वाले कितने ही होंगे। न जाने कितने घरों में उनकी घंटों-घंटों की दुर्लभ रेकार्डिंग होंगी। बची भी होंगी या नहीं।

बरसों बाद मैंने सोचा कि अपने पविार में हुई ऑडियो रेकॉर्डिंग को तो कम से कम जुटाया जाए। न सही व्यावसायिक रूप से, कुछ कला रसिकों के व्यक्तिगत रूप से उसकी कुछ प्रतियाँ करवाकर सुनने को देता। पर मैंने पाया कि मेरा वह परिवार विस्थापित होकर अब दुनिया भर के इतने शहरों में फैल चुका है कि ब्रजबाला देवी के कैसेटों की सुध किसे होगी। अब अगर लगभग पचीस सालों बाद मैं एक-एक कर अपने चाचाओं (कुछ तो स्वर्गवासी भी हो चुके हैं), चाचियों, बुआओं एवं देश-विदेश में फैले अपने भाई-बहनों (कजिन्स) से पत्र, फोन या ई-मेल के माध्यम से सम्पर्क भी करूँ तो कैसे, क्योंकि अव्वल तो हमारे परिवार में यह रिवाज ही नहीं रहा है कि बच्चे बड़ों से ज्यादा बात करें, वह भी इस तरह की बात। वैसे अगर लिहाज छोड़कर बात छेड़ूँ भी तो मेरी बूढ़ी चाचियाँ, मामियाँ, बुआएँ भी पता नहीं क्या सोचेंगी कि इस निकम्मे ने याद भी किया तो किस बात

के लिए। अपने परिवार के भाई-बहनों से तो कुछ वर्षों से ई-मेल पर ही हैप्पी न्यू ईयर, हैप्पी होली, हैप्पी दीवाली और अक्सर हैप्पी बर्थडे का ही सम्बन्ध रह गया है। परिवार के कई भतीजे, भतीजियों, भांजे, भांजियों से ई-मेल में ही मिलना हुआ और कई भाभियों से ई-मेल पर ही बिना मिले बातचीत चलती रहती है।

वह सारा हमारा परिवार जो मेरे बचपन के दिनों तक एक-दूसरे के घर शादी-ब्याह, पूजा-पाठ, आदि के बहाने जुटता रहता था और जिनकी सोहबत में मैंने 'चतुर्भज स्थान' की ब्रजबाला देवी का गायन सुना था, मेरे लिए 'वर्चुअल' संसार में बदल चुका है। हम उस परिवार के 'विस्थापित' वारिस ई-मेल, एसएमएस के जरिये ही उस परिवार के रिश्तों को चला रहे हैं। हम शायद ही कभी फोन पर बात करते हैं। 'वर्चुअल' विश्व में मिलने की सम्भावना नहीं मिलने का आभास रहता है। उस 'वर्चुअल' परिवार में मैं किससे पूछूँ कि ब्रजबाला देवी के गायन की रेकार्डिंग के वे कैसेट कहाँ हैं? एक-एक घंटे के वे तीन थे। मेरे उस रईस चाचा ने उस जमाने में टीडीके के तीन कैसेटों में उन्हें रिकार्ड किया था। अब ये तो पता नहीं कि और किस-किस स्मृति में वह सब बचा है पर मेरी स्मृति में तो वह अब भी है। धुँधला ही सही। उस रात ब्रजबाला देवी ने एक गजल गायी थी—"वो न आएँगे पलटकर उन्हें लाख हम बुलाएँ..."। सुनते ही मेरे रईस चाचा के मुँह से निकला था—'इस्स'। हम सबने, जो महफिल से दूर स्पीकर पर गायन का आनन्द ले रहे थे, तब यही समझा था कि यह भी दाद देने का ही एक ढंग होता होगा।

ब्रजबाला देवी को ऐसे ही न जाने कितने घरों में भूलने का दौर चल रहा है। वैसे उनकी कीर्ति अपनी 'कला' के कारण दूर-दूर के देशों तक फैली है। अभी हाल ही में बर्लिन के एक विश्वविद्यालय की शोध पत्रिंका 'द वर्ल्ड आफ म्यूजिक', जिसकी संगीत के अध्येताओं की दुनिया में खासी प्रतिष्ठा रही है, में संगीत विदुषी अमेलिया मेसिज्व्यस्की ने अपने निबन्ध में ब्रजबाला देवी और उसकी 'कला' पर विस्तार से लिखा है। उसे पढ़कर यह सन्तोष हुआ कि चलिए कहीं तो कोई है जो उस महान गायिका, गायकी की उस महान परम्परा की सुध ले रहा है।

पिछले बरस आचार्य जानकी बल्लभ शास्त्री के घर की ओर जाते हुए चतुर्भुज स्थान से गुजरना हुआ था तो यह जानकर मेरे शरीर में झुरझुरी दौड़ गयी कि ब्रजबाला देवी जिन्दा है। मैंने अपने स्थानीय मित्र राजा चौधरी से आग्रह किया कि वह मुझे ब्रजबाला देवी से मिलवा दे। उसने इसमें सहयोग देने से साफ इनकार कर दिया था। उसने बताया कि वे आजकल बीमार रहती हैं और वैसे भी बिना समय लिये वे किसी से मिलती नहीं हैं। मैंने उसे बताया कि मैं एक बहुत बड़ी

पत्रिका में उन पर मय तस्वीर 'स्टोरी' लिखूँगा तो उसने कहा कि कई देशों के लोग उनसे मिलने आते रहते हैं। सबको उनके बारे में कुछ न कुछ लिखना होता है, किसी को फिल्म बनानी होती है। बिना समय लिये आने पर वे सबको लौटा देती हैं। तब मुझे अहसास हुआ कि मैं ब्रजबाला देवी के मुहल्ले में ही था और यह जानना सुखकर ही रहा कि कम से कम वहाँ उनकी प्रतिष्ठा की गूँज बाकी है।

चतुर्भुज स्थान इसलिए कहा जाता है क्योंकि वहाँ भगवान चतुर्भुज का 'स्थान' है। वह काफी पुराना है और एक तरह से वह इस 'स्थानीय' परम्परा और शास्त्रीय संगीत की 'बड़ी' परम्परा के संगम का भी बरसों साक्षी रहा है। यह कौन मानेगा कि शास्त्रीय संगीत के बड़े-बड़े उस्ताद वहाँ हर साल होनेवाले संगीत उत्सव में आकर गाते-बजाते थे, वहाँ के 'स्थानीय' उस्तादों के साथ। उस सालाना उत्सव का भी रिवाज कब का समाप्त हो चुका है। 'स्थानीय' परम्परा सिमटती जा रही है।

चतुर्भुज स्थान में तख्तियों (नेमप्लेट) वाले घरों के बीच-बीच में कुछ घर ऐसे भी हैं जिन पर तख्तियाँ नहीं हैं। वे वहाँ के पुराने बाशिन्दों के घर हैं। कुछ ऐसे परिवार जो अपना पुश्तैनी घर छोड़ नहीं पाये, उसी 'बदनाम बस्ती' में रह गये। मेरे 'स्थानीय' मित्र राजा चौधरी का सम्बन्ध भी ऐसे ही एक परिवार से है। पिछले बरसों में वहाँ आते-जाते, दुकानों में चाय-पान करते मेरा उससे परिचय हुआ था। आजकल वहाँ की हवा बदल चुकी है और उसी बदली हुई हवा के मुताबिक वे अपना परिचय समाजसेवी के रूप में ही देना पसन्द करते हैं। सुधार कार्य में लगी संस्था 'डगर' से लेकर स्थानीय प्रशासन के सुधार कार्यक्रम भी उनकी मदद के बिना पूरे नहीं हो पाते। वे इलाके का माजी भी जानते हैं और हाल भी। कमलेश्वरी बाई, हसीना बाई, मैना (जिसके बारे में उनका कहना था कि जब वे पान का पीक गटकती थीं तो उनकी महीन नसों में वह उतरता दिखाई देता था) जैसी न जाने कितनी 'प्रसिद्ध' गायिकाओं के किस्से वे सुनाते रहते हैं। दरभंगा महाराज के किस्से वहाँ तो क्या उत्तर बिहार में हर जगह आपको सुनानेवाले मिल जाएँगे। राजा चौधरी, बच्चा बाबू, उमाशंकर बाबू, श्रीनारायण मेहता, हैदर नवाब जैसे कितने ही जमींदारों, नवाबों, महन्तों के किस्से वे सुनाते हैं—'स्थानीय' परम्परा के न जाने कितने किस्से, जिसमें चतुर्भुज स्थान का अतीत किसी स्वप्न-कथा जैसा ही लगने लगता है।

धीरे-धीरे जमींदारी घर में सजाकर रखने वाली 'जमींदारी बांड' (सरकार की ओर से पूर्व जमींदारों को दी जानेवाली) में बदल चुकी है। वह ग्रामीण समाज जो जमीन, पशु, पोखर, आम, लीची के बगीचों के आधार पर आदमी की हैसियत देखता था, नफे-नुकसान पर आधारित, उपभोक्तावादी होड़ का हिस्सा बन चुका

है या उसमें शामिल न हो पाने के कारण 'पिछड़ा' ठहराया जा चुका है। धीरे-धीरे वह सब कुछ पिछड़ा होता चला गया है जिसके तार किसी भी रूप में गाँव से जुड़ते हों। प्रगति, विकास आदि की मोटामोटी पहचान यही बनती गयी है शहर माने विकास, गाँव माने विनाश।

चतुर्भुज स्थान के 'मौखिक' इतिहास को अगर दर्ज करने का प्रयास करें तो बताते हैं कि उन्नीसवीं शताब्दी और बीसवीं शताब्दी के शुरुआती कुछ वर्षों तक चतुर्भुज स्थान शहर में गल्ले की खास मंडी थी और मोतीझील जो आजकल शहर का सबसे प्रमुख बाजार है, तवायफों की बस्ती थी? बाद में उन्हें गल्ले की इस मंडी की जगह बसा दिया गया। गल्ले की मंडी तो उजड़ गयी, तवायफों की बस्ती बस गयी। यही नहीं अगर अपने 'मौखिक इतिहासकार' राजा चौधरी की मानें तो शहर के सबसे चमकदमक वाले बाजार मोतीझील का नाम पिछली शताब्दी की मशहूर तवायफ मोतीबाई के नाम पर है। किसी रईस ने उसे तोहफे में झील दे दी थी। मोतीबाई की उस झील की जगह आज यह सजा-धजा भीड़ भरा बाजार है, जिसके विशाल रेमंड्स के शोरूम की तस्वीर बड़ी-बड़ी पत्रिकाओं में रेमंड्स के विज्ञापनों में छपती है। बीसवीं शताब्दी के शुरुआती दशकों में नाच गाने के एक बड़े 'स्टेशन' (माने शहर) के रूप में चतुर्भुज स्थान की पहचान बनने लगी। उस समय बताते हैं कि चतुर्भुज स्थान का नम्बर लखनऊ, बनारस के बाद आता था। उसके बाद गया 'स्टेशन' का नाम आता था।

बरसों बाद रिक्शे में बैठकर उधर से गुजरते हुए शुक्ला रोड के दोनों ओर थोड़ी ताक-झाँक में वहाँ की बदली रंगत का कुछ आभास हुआ। दरवाजों पर तख्तियाँ (नेमप्लेट) तो बराबर लगी थीं पर लिखत जरा अलग थी। लिखा था 'जूही, डांसिंग गर्ल एंड पार्टी', 'रोशन जहाँ डांसिंग गर्ल एंड पार्टी'। आजकल नाम के आगे 'बाई-वाई' का चलन जरा कम हो गया है। 'देवी-वेवी' तो अब बिल्कुल नहीं चलता। शहराती समाज के मुताबिक 'डांसिंग गर्ल' का दौर चल रहा है। बाई लिखने वाली को जरा पुराने ढंग का माना जाता है। नेपाल, बाराबंकी, आजमगढ़, गोरखपुर से लड़कियाँ भगा-भगाकर या भाग-भागकर यहाँ आती हैं और उन्हें डांसिंग गर्ल बनने के हुनर सिखाकर बाजार में पेश कर दिया जाता है। जमींदारी के बाद का जो 'रसिक वर्ग' तैयार हुआ वह थोड़ा मुजरा, थोड़ा फिल्मी या थोड़ी-बहुत गजल सुनने वाला ठेकेदार, इंजीनियर, दुकानदार आदि से मिलकर बना है। नये बनते शहरों के ये फलते-फूलते वर्ग रहे हैं। 'बाबू साहेब' या 'हुजूर' जैसे सम्बोधन 'कस्टमर' में बदल चुके हैं। यहाँ की डांसिंग गर्ल के लिए सभी कस्टमर

हैं। मेरा ध्यान गया कि पीछे कई घरों से और किसी-किसी चाय की दुकान या पनवाड़ी के यहाँ इसी गाने के बोल बज रहे थे 'मैं आयी हूँ यू० पी०-बिहार लूटने, न सोने की तिजोरी, न चाँदी का खजाना, न बरछी, गँड़ासा, कटार लूटने...' प्रसंगवश 'शूल' फिल्म में इस गाने में 'डांसिंग गर्ल' ही फिल्म के खलनायक के यहाँ एक उत्सव में नाच रही है। 'डांसिंग गर्ल' का यह नया बाजार है। नव दौलतियों के यहाँ की चमक-दमक से 'डांसिंग गर्ल' का डांस मेल खाता है। आजकल जूही की डिमांड बहुत ज्यादा है, वह इस नये दौर की एक 'बड़ी' डांसिंग गर्ल है।

"मुजफ्फरपुर के डांसिंग गर्ल की डिमांड बढ़ी है। काफी बढ़ी है।" एक बार राजा चौधरी ने बताया था, "बम्बई, दिल्ली से लेकर कई शहरों में आरकेस्ट्रा के साथ डांसिंग गर्ल की माँग बढ़ी है। बड़े पैमाने पर प्राइवेट पार्टियाँ आयोजित होने लगी हैं जिनमें डांसिंग गर्ल को बुलाया जाता है।" यह सारा व्यवसाय राजा चौधरी के सामने ही परवान चढ़ा। इस व्यवसाय में पैसा भी ज्यादा है और इसमें 'साइड बिजनेस' खूब चलता है। 'साइड बिजनेस' के प्रसंग में चर्चा आगे होगी। वैसे यह सूझ मुझे नेपाल के पास के एक कस्बे सोनबरसा से यहाँ आकर रिक्शा चलाने वाले गरीबदास ने दी थी। प्रसंगवश, यहाँ यह भी बता दूँ कि गरीबदास जैसे यहाँ अनेक रिक्शेवाले हैं जो इन गलियों में ही रिक्शा चलाते हैं और काफी तो उसके अलावा कहीं रिक्शा चलाने में दिलचस्पी भी नहीं दिखाते। वे 'कस्टमर एक्सपर्ट' होते हैं। वे 'कस्टमर' तो पहचान ही लेते हैं, कौन-सा कस्टमर क्या पसन्द करेगा भाँप भी लेते हैं। कस्टमर अक्सर झिझकवश इन्हीं रिक्शेवालों की शरण लेते हैं। बाकायदा लाइसेंस लेकर नाचने-गाने का पेशा करने वाली स्त्रियों की यह दुनिया इतनी इकहरी भी नहीं है। समय के साथ उसकी पहचान बदलती गयी है, उसके चेहरे बदलते गये हैं।

चतुर्भुज स्थान की वह दुनिया जिसके होने को अपनी बचपन की यात्राओं में मैं नहीं पढ़ पाया था जब मुझ पर खुली तो चतुर्भुज स्थान के दूसरे चेहरे से पहचान हुई। बचपन में दैनिक 'प्रदीप' में पढ़ी खबर का तर्क समझ में आया था। चतुर्भुज स्थान की नामों, तख्तियों वाली 'खुलेआम' बस्ती के पीछे एक और बस्ती है जिसके घरों पर बाहर पहचान नहीं लटकी रहती है, नाच-गान का कोई दावा नहीं रहता है। चतुर्भुज स्थान का शुक्ला रोड अगर शाम छह से नौ के प्रसंगों का केन्द्र है तो लालटेन पट्टी छह से नौ के बाद के प्रसंगों का केन्द्र है। न वहाँ रहनेवालियों को लाइसेंस मिलता है न उनके पेशे को सरकार वैध मानती है। वह जिस्म-व्यापार का एक ऐसा केन्द्र है जहाँ गुमनाम रहने में ही बेहतरी समझी जाती है। न वहाँ रहनेवालियों की कभी किसी कारण 'प्रसिद्धि' रही है न उसकी कोई रवायत रही

है। गुमनामी ही वहाँ का अतीत रहा है। वहाँ 'पेशा' भी गुमनामी में ही चलता है। कभी-कभी अखबारों में खबर छपती है कि पुलिस के छापे में बाराबंकी, जौनपुर, विराटनगर, कटिहार और न जाने कहाँ-कहाँ से भगाकर लायी गयी दर्जनों युवतियाँ पकड़ी गयीं जिनसे 'अवैध' जिस्म का व्यापार करवाया जाता था। फिर पता नहीं वे कहाँ गुम हो जाती हैं। केवल शहरों के नाम याद रह जाते हैं जहाँ से वे लायी गयी थीं और शहर के उन सम्भ्रान्तों को लेकर अटकलें जिनके पकड़े जाने की खबर की चर्चा भर होती है। आखिर शहर के वे 'महत्त्वपूर्ण' लोग कौन थे वहाँ जो छह से नौ के बाद के 'कार्यक्रम' में पकड़े गये।

लालटेन पट्टी ही वह गली है जहाँ चतुर्भुज स्थान का 'साइड बिजनेस' (बगल में है इसलिए) चलता है। पिछले बीस-पचीस वर्षों में लालटेनपट्टी की पहचान चतुर्भुज स्थान की पहचान के साथ मिलती गयी है। एक होती गयी है। पता चला कि सारा इलाका ही अब इसी साइड बिजनेस के कारण जाना जाता है। रिक्शेवाले गरीबदास ने बताया था कि शुक्ला रोड, चतुर्भुज स्थान की छह से नौ का वैध पेशा करने वाली 'डांसिंग गर्ल्स' भी 'साइड बिजनेस' करती हैं। "आजकल सब यहाँ लड़की के लिए ही आता है, नाच-गान समझने-देखने वाले कहाँ आते हैं?" एक बार राजा चौधरी ने चौक पर चाय पिलाते हुए कहा था।

पिछले बरसों में स्वयंसेवी संगठनों एवं जिला प्रशासन के 'सुधार' और 'उद्धार' कार्यक्रमों ने भी चतुर्भुज स्थान की पहचान जिस्म व्यापार के 'अड्डे' के रूप में ही बनायी है। एड्स अवेयरनेस कैम्पेन, बच्चों की शिक्षा, पुनर्वास जैसे मुद्दे जो समय-समय पर 'स्थानीय' प्रशासन द्वारा उठाये जाते रहे हैं उसमें संगीत परम्परा, कथक परम्परा, वाद्य वादन, तहजीब, अदब की परम्परा, उसके महत्त्व आदि की कोई चर्चा नहीं होती। 'अफसरों' को अतीत की क्या परवाह? वे आज को देखते हैं। सरकारी भाषा में भी वह एक निषिद्ध बस्ती है, वहाँ रहनेवाले सारे 'गलत' हैं और उनके पेशे 'अवैध'। वे स्वस्थ समाज के निर्माण में बाधक हैं इसलिए पहले उनका पुनर्वास हो, फिर 'उद्धार' होगा, सुधारने की कोशिश होगी। हर घर के बच्चे को काम दिया जाएगा। उन्हें इतना सुधारा जाएगा कि उनकी पहचान बदल जाएगी।

इस सबमें और कुछ बदला हो या न बदला हो चतुर्भुज स्थान की पहचान जरूर बदल गयी। जिस दौर में हिन्दी सिनेमा में 'तवायफ' युग चल रहा था जिसमें नायिकाएँ 'मेरे मुजरे की रात आखिरी' गाते हुए अपने प्रेमी 'बाबुओं' के संग तवायफ के पेशे को अलविदा कर रही थीं। चतुर्भुज स्थान की तवायफों की पहचान गुम हो रही थी। वैसे यहाँ की तवायफें स्वयं इस पेशे, इस संसार से भले ही न निकल पायी हों, पर उनके बच्चे अक्सर विदेश में ही बसे। कुमारी बाई के बच्चों

का परिवार इंग्लैंड में बस गया तो बेनजीर बाई के परिवार के लोग यूरोप में ही कहीं और बस गये। हो सकता है शायद भविष्य में फिल्म विधा के अध्येता इस विषय पर शोध करें—'हिन्दी सिनेमा के तवायफ युग के उत्थान एवं पतन में चतुर्भुज स्थान का योगदान'। बहरहाल, यह एक-सी पहचानों का युग है। जब सारी दुनिया में इस तरह की बस्तियों में जिस्म-व्यापार होता है तो यहाँ भी वही माना जाएगा। ठीक है, नाच-गान होता रहा होगा पर उसे भी इस धन्धे का हिस्सा बना लेना चाहिए। विशिष्टताओं नहीं, सामान्यों का दौर चल रहा है।

इस 'बदनाम बस्ती' में सुधार कार्यक्रम जोरों पर है। स्वयं को 'सच्चा सुधारक' घोषित करवाने के लिए अफसरों में होड़ मची रहती है। पिछली बार एक दिलचस्प खबर का पता चला। वहाँ पदस्थापित एक महिला आई.ए.एस. प्रोबेशनर ने इस 'बुराई' को जड़ से ही समाप्त करने की ठानी और इसका उसने एक नायाब तरीका ढूँढ़ निकाला। उसने गली लालटेनपट्टी को रातोंरात सब्जी बाजार में बदलवा दिया। पास के ही नया बाजार सब्जी मंडी से दो सौ सब्जी बेचने वालों को पुलिस पकड़कर इस 'नया' बाजार में ले आयी। आदेश दिया गया कि उन्हें वहीं सब्जी बेचनी होगी। इस सारे प्रसंग में यह दिलचस्प रहा कि सब्जी बाजार बना देने के बावजूद ग्राहक वहाँ कम ही आते थे क्योंकि बदनाम बस्ती के रूप में उसकी इतनी पुरानी पहचान रही है कि जाहिर है एक 'सरकारी' फैसले से नहीं बदल सकती। सब्जी बाजार बनाने के क्रम में वहाँ काम करनेवाली सैकड़ों यौनकर्मियों को या तो पुलिस ने पकड़ लिया तो वे किसी और गुमनाम ठिकाने को चल दीं। उनके कारण ही वहाँ की चहल-पहल थी। धीरे-धीरे बाकी धन्धे वाली भी 'अपनी दुकान आगे बढ़ा गयी'। कुल मिलाकर वह सब्जी बाजार वीराने के ही नाम हुआ। बहरहाल चतुर्भुज का 'साइड बिजनेस' लगातार चर्चा में रहा है।

पिछली बार मेरे 'मौखिक इतिहासकार' ने यह प्रस्ताव रखा कि आइए आपको औरतों के इस संसार में एक बहुत बड़े उस्ताद से मिलवाता हूँ। चतुर्भुज स्थान की एक गली है जिसमें 'आबिदा हाई स्कूल' है और दूसरी तरफ है एक बेरौनक-सा मकान। 'उस्ताद' वहीं रहते हैं—उस्ताद वजन खाँ। वजन खाँ साबरी। मेरी जिज्ञासा हुई कि साबरी उपनाम वाले तो हिन्दुस्तान-पाकिस्तान के प्रसिद्ध कव्वाल हुए हैं, तो पता चला साबरी उनके पीर हैं। उनका ताल्लुक पंजाब के मियाँ शोरी घराने से रहा है। तालीम लौहार में पायी, वहाँ से अलवर आये। अलवर से बनारस और फिर चतुर्भुज स्थान, मुजफ्फरपुर। उन दिनों गवैयों के लिए यह कहा जाता था कि बनारस गये कि नहीं? वहाँ के कद्रदानों से दाद कि की नहीं? अगर वहाँ दाद नहीं ली, समझिए गाना नहीं आया। बनारस में ठहरकर दाद लेकर वजन खाँ मुजफ्फरपुर आ गये। 52-53 के वर्ष में एक बार यहाँ आ गये तो लौटकर जाना

नहीं हो पाया। धीरे-धीरे यहाँ लोगों ने उनको 'उस्ताद' के बतौर जाना।

वजन खाँ का थोड़ा और परिचय दे दूँ। वजन खाँ खयाल, टप्पा, तराना, ठुमरी के गायक रहे हैं। जिस दौर की ब्रजबाला देवी को ऊपर मैं याद कर रहा था, वजन खाँ भी उसी दौर के 'उस्ताद' रहे हैं। आकाशवाणी पर नियमित कार्यक्रम पेश करनेवाले वजन खाँ का नाम मुजफ्फरपुर में बिहार का पहला टी.वी. केन्द्र खुलने के मौके पर सबसे पहले कार्यक्रम पेश करने वाले कुछ लोगों में शामिल था। मैं यह जानकर थोड़ा चौंका था कि कलकत्ता के किसी इंडिया कैसेट्स से उनके एक -दो नहीं तकरीबन पचीस कैसेट निकले थे। जैसे गायकी की 'स्थानीय' परम्परा रही है वैसे ही उसके व्यवसाय की भी 'स्थानीय' परम्परा रही होगी। यह मेरा उस परम्परा से पहला परिचय था—शास्त्रीय संगीत की 'दूसरी परम्परा' से।

वजन खाँ ऐसे बोलते हैं मानो कोई मर्सिया सुना रहा हो, "जो-जो राज आते गये उन्होंने गाने-बजाने को गारत किया। जमींदार और दरभंगा महाराज सब खतम हो गये। हमें कोई पूछनेवाला ही नहीं बचा। असल में बिहार के सारे 'स्टेशन' (माने शहर) पर दो-चार आला फनकार हैं। बस। मगर उनकी भी कदर करने वाले नहीं बचे।" मेरी जिज्ञासा थी कि यहाँ रहने वाले 'फनकारों' को लाइसेंस लेना पड़ता है तो क्या वे भी लाइसेंसशुदा हैं।

पता चला कि लाइसेंस तो पेशा करने के लिए लेना पड़ता है और चतुर्भुज स्थान में 'पेशा' केवल औरतें ही कर सकती हैं। देखते-देखते ही वह 'फन' जो उन्हें यहाँ खींच लाया था उनके सामने ही महज 'पेशा' बन चुका था। ऐसा पेशा जिससे जुड़नेवालों के लिए समाज के बाकी रास्ते बन्द हो जाते हैं, बस 'अपना' ही समाज बच जाता है। वजन खाँ अपने 'समाज' के उस्ताद रहे हैं। उसे थोड़ा यूँ समझें कि उन्होंने ब्रजबाला देवी जैसी गायिकाओं (ब्रजबाला देवी को नहीं) को तालीम दी है। वजन खाँ कोई अकेले उस्ताद नहीं हुए वहाँ के। उस 'स्टेशन' ने एक से एक आला उस्ताद दिये—सगीर खाँ साहब, अबुल खाँ साहब, फैयाज खाँ साहब, शफी खाँ साहब...वैसे सच बताऊँ राजा चौधरी से मेरी 'मित्रता' न हुई होती तो मैं वजन खाँ तक न पहुँच पाता, न जान पाता कि 'उस्तादों' की दुनिया कैसी होती है। शुक्ला रोड, चतुर्भुज स्थान में जब भी गया उसकी कुछ नयी गलियों, कुछ नये कूचों से मेरा परिचय हुआ। वहाँ आते-जाते ही यह जान पाया कि एक-एक शहर, उसका संसार कितनी तहों में जीता है। चतुर्भुज स्थान में जितनी गलियाँ हैं, परम्पंरा के उतने 'मोड़' हैं वहाँ।

वजन खाँ से मिलते हुए मैं सोच रहा था कि जूही, रोशनजहाँ जैसी 'डांसिंग गर्ल' की परम्परा को भी कल याद किया जाएगा। सोचता रहा उनके उस्ताद कौन होते होंगे? अपने नृत्य में उत्तेजना, भड़काऊपन कहाँ से लाना सीखती होंगी? कौन

उन्हें इस 'बाजार' के कायदे सिखाता होगा। वजन खाँ तो नहीं...। नहीं-नहीं। वजन खाँ तो यही कोशिश करते हैं कि उधर जाना ही न पड़े। समय बदल गया है, पर वे शायद उसे देखना नहीं चाहते। कह उठेंगे, "पहले अदब, तहजीब ऐसी थी कि अगर किसी बाई के यहाँ आप धोखे से भी पहुँच गये तो पान खिलाने के बाद ही पूछती थींनाच-गान और मियाँ? अब तो ये है कि आपकी नजर भी उधर गयी नहीं कि कह उठेंगी नाच-गान मियाँ पान मँगवाइए? लगता है मानो रवायत ही कहीं चली गयी। पहले की बाइयों के चेहरे से नूर टपकता था। अब देखिए तो जी मितलाए। बगल से गुजर जाएँ तो बदबू का ऐसा झोंका कि लगे लालटेन पट्टी से उठकर आ गयी हैं।" वैसे स्वयं वजन खाँ जिस गली में रहते थे मुझे लगा उससे बाहर न निकलकर वे अच्छा ही करते थे। बाहर बदबू भी थी और खतरनाक मोरियाँ।

इन 'उस्तादों' के शास्त्रीय गायन की महफिलें भी सजती रहती थीं। वजन खाँ ऐसी कई गायन महफिलों को याद करते हैं। बेलसंड (जिला-सीतामढ़ी) की 'रानी साहिबा' को वे बड़े अदब से याद करते हैं। हमेशा मर्दानी पोशाक में रहती थीं—घुड़सवारी की बेहद शौकीन। वजन खाँ की गायकी की बड़ी कायल थीं। उनके दरबार में खाँ साहब का ही गायन हुआ। वैसे उस्तादों को सार्वजनिक कार्यक्रमों में ही बुलाया जाता था। 'प्राइवेट महफिलों' में उस्तादों को बुलाने का चलन जरा कम था। उसी तरह ऐसा नहीं था कि केवल पेशेवर लड़कियाँ ही उनसे फन का हुनर सीखने आती थीं। कई बड़े-बड़े जमींदार अपने परिवार के बच्चों को सिखाने का इसरार करते रहते थे, पर 'स्टेशन' छोड़कर जाना 'उस्ताद' को गवारा नहीं होता हो शायद। "अपनी दुनिया छोड़कर राजा-महाराजाओं की दुनिया में जाकर क्या करता।" उस्ताद ने उदासी से कहा।

वजन खाँ की उम्र अस्सी से ऊपर हो चुकी है। पर नये लोगों को तालीम देने का काम आज भी जारी है। दोपहर तीन बजे वे बिला नागा हारमोनियम लेकर बैठ जाते हैं। आज भी शागिर्द आते रहते हैं उनसे फन की बारीकियाँ जानने। मुहल्ले के कुछ लड़के-लड़कियाँ आ जाते हैं। शहर के भी कुछ सम्भ्रान्त घरों के बच्चे आ जाते हैं। पहले तो कुछ घरों में ट्यूशन देने भी जाते थे यानी गायन सिखाने। मुजफ्फरपुर के सम्भ्रान्त घरों में लड़कियों को थोड़ा-बहुत शास्त्रीय संगीत की बारीकियाँ सिखाने का चलन रहा है। यहाँ के उस्तादों की कमाई इस तरह के ट्यूशन के सहारे भी हो जाती रही है। अब उस्ताद बाहर ज्यादा आते-जाते नहीं। थोड़े बहुत लड़के-लड़कियाँ यहीं उनसे सीखने आ जाते हैं। दोपहर तीन बजे से तीन-चार घंटे वे रोज ही तालीम देने का काम करते हैं। वजन खाँ ने बाहर की दुनिया से लगभग नाता तोड़ ही रखा है। उनकी 'अपनी' दुनिया है। संगीत की दुनिया।

जो भी बदबू है सब बाहर है, वजन खाँ अपनी हवेली के अन्दर ही रहते हैं। टूटी-फूटी ही सही, है तो हवेली।

राजा चौधरी के साथ वजन खाँ से मिलकर जब निकल रहा था तो गली के मुहाने पर राजा की मुलाकात स्थानीय पुलिस स्टेशन के 'साहब' से हुई। उसने तुरन्त सलाम बजाया और मेरा परिचय कराया। बताया कि बस्ती पर 'रिसर्च' कर रहे हैं। साहब ने जोश में आते हुए कहा, ''इनको जूही का नाच जरूर दिखाना।'' फिर मुझसे मुखातिब होकर 'साहब' बोले, ''नहीं देखा तो समझिए कुछ नहीं देखा।'' 'साहब' आगे बढ़ गये।

शाम हो चुकी थी। मैं पहली बार शाम के वक्त उस इलाके से गुजर रहा था। 'शाम छह से नौ' मुझे याद आया धन्धे का टाइम। सड़क पर काफी भीड़भाड़ थी। क्या वे 'कस्टमर' थे—डांसिंग गर्ल के दीवाने या 'साइड बिजनेस' के शौकीन। मुझे एक महिला पत्रकार की सूझ का स्मरण हो आया। 'टाइम्स आफ इंडिया' के पटना संस्करण में उसने लिखा था कि शाम होते ही घर के सारे मर्द बाहर निकल आते हैं। घरों में अपनी बहनों, माँओं, बेटियों को सजाकर वे बाहर निकल आते हैं। नुक्कड़ों पर, ढाबों में, चाय के अड्डों पर वे ताश, कैरम, शतरंज की बाजियों में उलझे रहते हैं या होटलों, दुकानों में बैठकर सिर्फ टी० वी० देखते रहते हैं। शाम छह से नौ के बीच। मैंने देखा बाहर पुरुष ही पुरुष थे सड़कों पर, दुकानों में, होटलों में...। रिक्शे पर सवार मर्द न जाने कहाँ आ-जा रहे थे। ''यहाँ कस्टमर रिक्शे में लदकर अपने-अपने 'अड्डों पर पहुँचते हैं। सब कुछ पहले से तय होता है। माल भी दाम भी।'' गरीबदास रिक्शेवाले ने बताया था। लालटेन पट्टी तो सब्जी बाजार बन गया, अब 'साइड बिजनेस' कहाँ चलता होगा? मैंने सोचा, कभी किसी रिक्शे पर बैठकर कहूँगा, ''माल चाहिए!'' और वह मुझे 'माल' के नये 'अड्डे' पर ले जाएगा। पर अभी तो छह से नौ का समय है चतुर्भुज स्थान, शुक्ला रोड की औरतों के धन्धे का टाइम।

चतुर्भुज स्थान चौक आ चुका था। वहाँ से एक सड़क जानकी वल्लभ शास्त्री के घर की ओर जाती है, दूसरी अँधेरी सड़क की ओर। मैंने एक रिक्शेवाले को इशारा किया और रुकते ही उस पर बैठ गया।

''जूही का डांस नहीं देखेंगे!'' राजा चौधरी की आवाज थी। ''मैं फिर आऊँगा! मैंने राजा से कहा और रिक्शे वाले से कहा, ''मोतीझील''।

मैं शहर के सबसे बड़े 'बाजार' की ओर जा रहा था। सब कुछ पीछे छोड़ता। चतुर्भुज स्थान और उसकी वैध-अवैध गलियाँ, उसकी तख्तियाँ, ओसारों में फैले

न जाने कितने किस्से...रिक्शा चौक से आगे निकल चुका था। मैं सोच रहा था अगली बार आया तो ब्रजबाला देवी से मिलकर बातचीत करूँगा...लम्बी...। पर मैं उनसे क्या बात करूँगा? मैं क्या जानता हूँ उनके बारे में...उस परम्परा के बारे में। उस 'बड़ी' स्थानीय परम्परा के बारे में।

सुखी है आम्रपाली कि हरेक
उसे जानता है
दुखी है आम्रपाली कि कोई
उसे नहीं जानता

(वैशाली-9, मगध : श्रीकान्त वर्मा)

❐

मिस लिली

उस घटना ने जैसे लिली ठाकुर की जिन्दगी बदल दी।

नवरात्र का समय था। नवमी की भीड़... रिक्शे पर बैठकर 'नाज टेलर' जा **रही** थी। कल यानी विजयादशमी के दिन उसे नेहरू भवन में आयोजित सांस्कृतिक कार्यक्रम में जिला के कलेक्टर, एस.पी., सांसद और इसी तरह के शहर के अन्य गणमान्य लोगों के सामने सुगम संगीत प्रस्तुत करना था। उसी मौके के लिए उसने लखनवी चिकन का कुर्ता खासतौर पर सिलवाया था।

लाने जा रही थी।

उसने पहले तो गौर नहीं किया। मगर साइकिल की घंटी और सीटियों की आवाजें बढ़ती गयीं तो उसने ध्यान दिया कि एक लड़का रिक्शे के दोनों ओर कलाबाजियाँ करता हुआ साइकिल चला रहा था। उसके देखने से साइकिल वाले लड़के से आँखें मिल गयीं। जवाब में उस लड़के ने साइकिल की हैंडल से दोनों हाथ हटाये, बालों पर हाथ फिराते हुए उसने आँखों से कुछ इशारा भी किया। लिली ने घबराकर आँखें नीची कर लीं और रिक्शेवाले से तेजी से रिक्शा चलाने के लिए कहा।

सीतामढ़ी के बीच बाजार में महन्त साह चौक पर जब वह नाज टेलर के सामने रिक्शे से उतरने लगी तब तो हद ही हो गयी। उस लड़के ने पीछे से आकर उसका दुपट्टा खींचते हुए कोई फब्ती कसी। उसकी आँखों में आँसू आ गये। वह कुछ प्रतिक्रिया व्यक्त कर पाती कि इससे पहले ही सामने के 'प्रिन्स पान भंडार' से एक आकृति तेजी से उस भागते साइकिल सवार के पीछे दौड़ी। उसको पकड़कर उसने खूब, धुनाई की। आगे से किसी लड़की के साथ दुर्व्यवहार न करने की कसम खिलवाई, सड़क पर थूक फेंक कर चटवाया और फिर अब तक यह तमाशा देखते-देखते टेलर की सीढ़ियों तक पहुँच चुकी लिली के पास पहुँचते हुए नजरें झुकाये हुए बोला, "कभी कोई जरूरत हो तो अरुण चौधरी को याद कर लीजिएगा।" उसने स्वयं यह दृश्य कई बार सिनेमा के परदे पर देखा था। मगर यह दृश्य भी उस अरुण चौधरी द्वारा सिनेमा की तरह प्रायोजित किया गया था— ऐसा मानने का

लिली का दिल नहीं हुआ।

अगले दिन नेहरू भवन में जब सरस्वती वन्दना के बाद उसने गाना शुरू किया, 'अपनी अटरिया पर आवऽओ साँवरिया, देखादेखी तनिक होइ जाए!' तो बार-बार उसकी आँखों के सामने अरुण चौधरी की छवि उभरकर आती रही।

कार्यक्रम के बाद जब स्थानीय जिलाधिकारी महोदय के हाथों वह पुरस्कार प्राप्त कर रही थी, तो न जाने क्यों उसे लगा कि हॉल में पीछे भीड़ में ताली बजाने वालों में अरुण चौधरी की लम्बी-छरहरी आकृति भी है।

उस रात लिली ने अपनी छोटी बहन मिली से कहा, "लगता है उसे कोई ऐसा मिल गया है जो उसके सपनों की मंजिल तक ले जाने में हर तरह से उसका साथ देगा।"

"कौन है वह, दीदी?" मिली ने पूछा।

"कोई नहीं, सो जा!" लिली ने उसे जोर से कलेजे भींचते हुए कहा।

स्नेहसुधा ठाकुर : हाईस्कूल शिक्षिका— लिली के घर के बाहर यह तख्ती टँगी थी।

उसकी माँ घर में आजीविका कमाने वाली एकमात्र प्राणी थी। पिताजी जटाशंकर ठाकुर पुराने जमींदारों के वंशज थे। डाक विभाग में बाबू थे। एक बार अफसर ने उनसे बिना उचित सम्मान दिए बातचीत करना आरम्भ कर दिया। जवाब में उन्होंने उस अफसर की पिटाई कर दी। यह घटना दस साल पहले की है। तब से वह सस्पेंड चल रहे हैं। उनका ज्यादातर समय या तो कोर्ट में कटता है या स्थानीय स्तर पर फैले भ्रष्टाचार को लेकर राष्ट्रपति से लेकर राज्यपाल तक को पत्र लिखते रहने में, जिसे देश के एक नागरिक के रूप में वे अपना कर्तव्य समझते हैं। वैसे उनके किसी पत्र पर किसी तरह की कोई कार्रवाई हुई हो यह सुनने में नहीं आया। लिली अपने घर की सबसे बड़ी आशा है। दो लड़कियों के बाद माता-पिता ने लड़के की आस छोड़ दी। माँ अपनी लड़कियों को लेकर ही बड़े-बड़े सपने देखती थीं। बड़ी लड़की बी.ए. में पढ़ती थी। सीतामढ़ी के पंडित रविशंकर ओझा के पास बचपन से ही माँ उसे शास्त्रीय गायन सीखने भेजती रहीं। सीतामढ़ी शहर का शायद ही कोई सांस्कृतिक कार्यक्रम ऐसा होता हो जिसमें लिली ठाकुर का गायन प्रमुखता से न हुआ हो।

सब कहते वह एक दिन टीवी की 'इंडियन आइडल' बन सकती है। वह स्वयं भी देश-विदेश में गायिका के रूप में अपना नाम कमाना चाहती थी। पढ़ने में भी कोई खराब नहीं थी।

शहर में सब यही चर्चा करते, "बड़ी एढभांस है इसकी माँ, जो पढ़ाई-लिखाई छोड़कर एस्टरा करकूलर (एक्स्ट्रा कैरिकुलर) में बेटी को आगे बढ़ा रही है।"

कई तो उसकी माँ को आकर समझाते भी कि एक शिक्षक होकर इतने ऊँचे सपने नहीं देखने चाहिए। लेकिन उसकी माँ यही कहती, "मैं अपनी बेटी की राह में बाधा नहीं बनना चाहती।"

जिला स्तर पर तो गायन की सभी प्रतियोगिताओं में वह अपनी प्रतिभा का लोहा मनवा चुकी थी। अब उसकी साध थी कि उसे किसी तरह टीवी पर अपनी कला का प्रदर्शन करने का अवसर मिले।

ज्यादा दिन नहीं हुए पास के ही शहर मुजफ्फरपुर की शिल्पी को जीटीवी पर प्रसारित होने वाले कार्यक्रम 'सारेगामा' में गाने का मौका मिला था। वह तो कोई पुरस्कार भी नहीं जीत पायी। मगर सीतामढ़ी से राजधानी पटना जाने के रास्ते में जगह-जगह उसकी बधाई के पोस्टर लगे हुए थे। उसे शिल्पी से बड़ा रश्क होने लगा था।

नेपाल की सीमा से लगे उस छोटे-से कस्बे में लोगों के सपने ही ज्यादा नहीं होते थे। पहले तो ज्यादातर लड़के-लड़कियाँ डॉक्टर-इंजीनियर बनने के सपने पालते, बैंक में बाबू-अफसर बनने के सपने पालते। जब से शहर के एक दवा-व्यापारी का लड़का निरंजन खेतान आई.ए.एस. की परीक्षा में उत्तीर्ण हो गया था तब से वहाँ के कुछ साहसी विद्यार्थी आई.ए.एस., आई.पी.एस. बनने का सपना भी देखने लगे थे और उसे पूरा करने के लिए, उसकी पढ़ाई के लिए दिल्ली-पटना जैसे शहरों का रुख करने लगे थे।

लेकिन इधर जब से टीवी के परदे ने घरों में अपनी स्थायी रूप से जगह पक्की कर ली थी तब से वहाँ के लड़के-लड़कियों की आँखों में सपने टीवी परदे के माध्यम से भी आने लगे थे। जो विद्यार्थी पढ़ने-लिखने में स्वयं को तेज समझते, वे क्विज की किताबें पढ़ते, सामान्य ज्ञान बढ़ाने की कवायद करते रहते। इस चक्कर में तीन बार बैंक पी.ओ. का इंटरव्यू देने वाले खाद-व्यापारी के लड़के उमेश भवशिंका का धन्धा खूब चल पड़ा था। सीतामढ़ी में लोग कहते कि दुनिया में शायद ही कोई ऐसा सवाल हो जिसका जवाब उमेश भवशिंका के पास न हो। दिन भर स्कुलिया-कॉलेजिया विद्यार्थी उसके पास एक से एक मुश्किल सवाल लेकर आते रहते। वह हँसते-हँसते उनके जवाब बता दिया करता। लोग चर्चा करते कि 'कौन बनेगा करोड़पति' वालों को पता है कि यह सारे जवाब जानता है, इसलिए इसको उसमें भाग नहीं लेने देते हैं।

यह बात कितनी सच थी पता नहीं, मगर कॉलेजों के हॉस्टल में, गली-मुहल्ले के विद्यार्थी लॉज में जब विद्यार्थीगण सामूहिक रूप से 'कौन बनेगा करोड़पति' की तैयारी में लगे रहते तो उनके बीच अक्सर इस बात को लेकर चर्चा होती कि उमेश भवशिंका ने दो बार किस तरह 'कौन बनेगा करोड़पति' के सवालों को पत्र लिखकर

गलत साबित कर दिया था। लोग कहते कि पत्र पढ़कर अमिताभ बच्चन ने स्वयं भवशिंका को फोन करके मुम्बई बुलाया, साथ खाना खिलाया और दस लाख रुपये देते हुए यह कहा कि वे यह बात किसी को न बताये कि 'कौन बनेगा करोड़पति' में पूछे गये दो सवाल गलत निकल गये थे। हालाँकि उमेश भवशिंका ने खुद यह बात कभी नहीं कही, लेकिन नेपाल के धरान कस्बे से सीतामढ़ी पढ़ने आये संजय क्षेत्री का तो यह दावे के साथ कहना था कि उमेश ने सवाल गलत होने की बात पत्र के जरिये बाद में स्टार चैनल को भी बता दी थी। इसीलिए 'कौन बनेगा करोड़पति' से अमिताभ बच्चन को हटाकर उनके स्थान पर इस कार्यक्रम की एकरिंग का काम शाहरुख खान को दे दिया गया। इसके बदले में स्टार चैनल ने उसको मुँह बन्द रखने के एवज में अच्छे पैसे भी दिये।

बहरहाल, लड़कों को जब किसी सवाल का जवाब नहीं आता तो वे उमेश के पास जा पहुँचते। वह सवाल के जवाब बताने के पैसे तो नहीं लेता, लेकिन जनरल नॉलेज की कोचिंग जरूर देता था। ऐसा नहीं है कि सीतामढ़ी में इतने अधिक लोग 'कौन बनेगा करोड़पति' की तैयारी करने लगे थे कि उसके कोचिंग सेंटर खुल रहे हों। ऊपर अर्ज किया जा चुका है, जब से छोटा परदा इस छोटे कस्बे में घरू सदस्य की तरह हो गया था, लोगों में वही करने की होड़ मच जाती जैसा टीवी पर किसी को करते दिखाया गया हो।

इस तरह से जनरल नॉलेज पर आधारित क्विज कार्यक्रम लोगों को बड़ा भाया। सीतामढ़ी ही नहीं, उससे सटे नेपाल के शहरों जनकपुर, जलेश्वर, गौर बाजार आदि में भी अँग्रेजी माध्यम स्कूल खुल गये थे। स्कूलों में आपस में इस बात की होड़ लगी रहती कि वे कैसे अपने स्कूल को बेहतर साबित करें, ताकि बिहार-नेपाल के ज्यादा से ज्यादा बच्चे उसके स्कूल में पढ़ने आयें। ऐसे में इस तरह के क्विज कार्यक्रम काफी लोकप्रिय होने लगे। 'कौन बनेगा करोड़पति' की तर्ज पर इस तरह आयोजित किये जाने वाले कार्यक्रमों के नेपाल में नाम इस तरह होते थे— 'कौन बनेगा अंचलपति'। सीतामढ़ी में भी एक बार 'कौन बनेगा जिलापति' क्विज कार्यक्रम आयोजित हुआ। उसमें इनाम राशि एक लाख रुपये रखी गयी। पुरस्कार राशि सेठ गेंदामल बाजोरिया की ओर से रखी गयी थी।

यह बात अलग है कि सेंट कबीर स्कूल के जिस बच्चे प्रतीक को यह पुरस्कार मिला, पुरस्कार मिलने के दो दिन बाद ही कुँवर-बजरंगी गिरोह ने उसका अपहरण कर लिया। बच्चे को तो छुड़ा लिया गया। मगर कहते हैं कि पुरस्कार की सारी राशि फिरौती में वे ले गये। इसके बाद से सीतामढ़ी में यह तय कर लिया गया कि पुरस्कार की राशि इतनी ही रखी जाए जिससे जान-माल का खतरा न रहे।

पुरस्कार राशि कम हो जाने से इस तरह के क्विज कार्यक्रम उतने लोकप्रिय

तो नहीं रह गये। लेकिन उनके आयोजन प्रखंडों, सब-डिवीजनल कस्बों तक में होने लगे। नामांकन के मौसम में बिहार-नेपाल के इस इलाके के स्कूल नामांकन के लिए इस तरह विज्ञापन निकालते— 'सेंट लोयला स्कूल, अपने बच्चे के बेहतर भविष्य के लिए। हम नहीं हमारे आँकड़े बोलते हैं। दो साल से हमारे स्कूल के छात्रों ने सीतामढ़ी-नेपाल के पाँच जिलों में सबसे अधिक क्विज कार्यक्रम जीते हैं। सामान्य ज्ञान हर प्रकार के कैरियर के लिए अति आवश्यक होता है। हमारे स्कूल में सामान्य ज्ञान की तैयारी अन्तरराष्ट्रीय मानकों को ध्यान में रखकर करवायी जाती है। जल्दी हम अपने बच्चों को अन्तरराष्ट्रीय क्विज प्रतियोगिताओं में भेजने की योजना बना रहे हैं। हो सकता है उनमें आपका बच्चा भी हो। सीटें कम हैं, इसलिए नामांकन के लिए शीघ्र सम्पर्क करें। हमारे स्कूल में नामांकन प्रतियोगिता के आधार पर होता है। प्रतियोगिता का आवेदन प्रपत्र 100 रुपये में स्कूल से प्राप्त करें। जल्दी करें कहीं, आप सोचते ही न रह जाएँ और समय हाथ से निकल जाए।'

सीतामढ़ी में कई तरह के सामाजिक संगठन थे— मारवाड़ी युवक संघ, सुहृदय संघ, लायन्स क्लब, रोटरी क्लब, युवा समाज...कम से कम इतने संघ, क्लब आदि तो थे ही जो साल में कम से कम एक बार अपने स्थापना दिवस या सालाना दिवस के अवसर पर शहर के नौजवानों के लिए क्विज प्रतियोगिताएँ आयोजित करते थे। वे हर बार अलग-अलग विषयों पर होते, मसलन, क्रिकेट, सिनेमा, आदि-आदि।

वैसे इन सामाजिक संगठनों द्वारा भी क्विज प्रतियोगिताओं का आयोजन हाल में ही शुरू हुआ था। पहले जब जीटीवी की अन्त्याक्षरी की लोकप्रियता थी, तब ये संगठन साल में एक बार अन्त्याक्षरी की प्रतियोगिताएँ आयोजित करवाया करते...

धीरे-धीरे वहाँ के लड़के-लड़कियों में टेलिविजन पर प्रसारित 'इंडियन आइडल' प्रतियोगिता की सफलता के बाद गायकी में कैरियर बनाने की धुन सवार होती जा रही थी। लड़कियों के पिता शादी-ब्याह के मौसम में जब कम्प्यूटर सेंटर में अपनी लड़की के बायोडाटा का लेजर प्रिंट लेने जाते, तो उसमें यह कॉलम खास तौर पर डलवाते— सिंगिंग में कैरियर बनाने की इच्छुक। शहर में जगह-जगह संगीत विद्यालय खुल गये थे। लड़कियों में अभी शास्त्रीय या सुगम संगीत यानी गजल, दादरी, ठुमरी सीखने का चलन था, जो परम्परा पहले से सम्भ्रान्त परिवारों में चली आ रही थी। इधर भोजपुरी फिल्मों का दौर फिर से शुरू हो जाने से भोजपुरी गीत गाना सीखने का चलन भी शुरू हो गया।

पहले के मुकाबले यह फर्क जरूर आ गया कि अब शहर में ही क्या आसपास के कस्बों, सीमा पार नेपाल के शहर में सामाजिक-सांस्कृतिक संगठन खूब खुल गये थे। अँग्रेजी माध्यम स्कूलों की बाढ़ आ गयी थी। शहर ने बिजली-सड़क के मामले में भले आजादी के बाद अब तक कोई खास विकास नहीं किया हो, लेकिन

टेलीविजन के दौर में उसका सांस्कृतिक विकास खूब हो रहा था। बर्थ डे आदि मौकों पर पार्टियों का चलन भी खूब बढ़ रहा था।

बिहार में अनेक क्षेत्रीय चैनल शुरू हो चुके थे और वे छोटे-छोटे शहरों-कस्बों में सम्भावित बाजार तलाशते घूम रहे थे। इसके अलावा, स्थानीय केबल चैनल भी थे। इन सब पर संगीत की प्रतियोगिताओं का आयोजन तो जीटीवी के 'सारेगामा' के साथ ही शुरू हो चला था। लेकिन 'इंडियन आयडल' की राष्ट्रव्यापी सफलता के बाद बिहार में 'भोली टीवी' ने जब 'बिहार आयडल' प्रतियोगिता के आयोजन की घोषणा की, उसके बाद तो जैसे सिंगर को कैरियर बनाने की लहर कम से कम सीतामढ़ी में तो चल ही पड़ी। डुमरा की एक लड़की का उसमें पहले राउंड में चयन भी हो गया। इस घटना के बाद से तो लड़कियों में भी सिंगिंग कैरियर के प्रति गम्भीर होने का चलन बढ़ा।

बी.ए. सेकेंड ईयर में पढ़नेवाली, स्कूल से लेकर अभी तक साल में कम से कम एक बार ऐनुअल डे पर 'हम होंगे कामयाब', 'ऐ मालिक तेरे बन्दे हम' जैसे गीत गाकर तालियाँ और वाहवाही बटोरने वाली लिली ठाकुर ने रविशंकर ओझा से सुगम संगीत में गायन का प्रशिक्षण प्राप्त करने के बाद आधुनिक गायन सीखने के लिए सुषमा संगीत विद्यालय में नाम लिखा लिया। सिर्फ सुगम संगीत के सहारे सिंगिंग कैरियर सम्भव नहीं था। उसके लिए आधुनिक फिल्मी गाना बहुत जरूरी होता। स्वीटी मैम यानी सुषमा संगीत विद्यालय की म्यूजिक टीचर ने भी उसे बताया कि आजकल फिल्मी गानों में ही कैरियर है। पहले तो सिर्फ सिनेमा में ही गाने से नाम होता था। आज कल तो टीवी के इतने चैनल हो गये हैं, संगीत के इतने कार्यक्रम, इतनी प्रतियोगिताएँ आयोजित होने लगी हैं कि कोई चाहे तो घर बैठे-बैठे शोहरत और पैसा दोनों कमा सकता है।

स्वीटी मैम ने डुमरा की लड़की सोना कुमारी का उदाहरण देते हुए बताया, "सोना का तो नाम सुना ही होगा। वही जिसका बिहार आइडल में सेलेक्शन हो गया था। उसे तो भोजपुरी फिल्म 'पिरितिया हमार तोहार' में दो गाना गाने का मौका भी मिल गया है।"

पिरितिया हमार तोहार— सिनेमा का यह नाम सुनते ही लिली जैसे कहीं खो गयी।

"क्या सोच रही हो?" यह स्वीटी मैम की आवाज थी।

"नहीं, मैं यह जानना चाहती थी कि कब से म्यूजिक सीखने आऊँ?"

"कल से ही आ जाओ।" स्वीटी मैम ने कहा।

वह तो अरुण चौधरी के बारे में सोच रही थी।

अरुण चौधरी राधाकृष्ण गोयनका कॉलेज में छात्र था और नेता भी। तीन साल

में उसने बी.ए. की परीक्षा पास कर ली और छात्र तथा नेता दोनों के पदभार से मुक्त हो गया। बजाय किसी नौकरी के लिए प्रतियोगिता परीक्षा की तैयारी करने, किसी राजनेता के पीछे घूमने, मेडिकल रिप्रेजेंटेटिव बनने, छात्र नेता के रूप में अपने बनाये गये सम्पर्कों को भुनाने के लिए इंश्योरेंस एजेंट बनने या इसी तरह के किसी और काम के उसने सस्ता सीडी व्यापार शुरू किया। फिल्मों के ओरिजिनल सीडी-डीवीडी सैकड़ों रुपये में मिलते, वह नयी से नयी फिल्म की सीडी-डीवीडी बीस-पच्चीस रुपये के बीच उपलब्ध करवा दिया करता। कीमत इस बात पर निर्भर करती कि उस फिल्म की डिमांड कितनी है। दस-दस रुपये में गानों की एमपीथ्री सीडी। एक से एक नयी-पुरानी फिल्मों के गाने, गजल, कव्वाली, अँग्रेजी पॉप। वह कहता दुनिया में ऐसा कोई गाना नहीं जिसे वह अपनी दस रुपल्ली सीडी में नहीं डाल सकता हो। दस रुपये में चालीस-पचास गानों की सीडी उपलब्ध करवाकर वह कहता एक सामाजिक आन्दोलन चला रहा है। वैसे, यह काम वह खुलेआम नहीं करता। दिन के वक्त मेन रोड, सीतामढ़ी में अपनी नयी-नयी दुकान मुन्ना इलेक्ट्रॉनिक्स में बैठता। शाम को दुकान का शटर बन्द करते ही वह अपने सामाजिक आन्दोलन के विस्तार के काम में जुट जाता।

''गरीबों तक वह मनोरंजन पहुँचा रहा हूँ जो अब तक अमीरों का ही समझा जाता है। राजनीति में रहता तो क्या करता? जनता के नाम पर माल लूटता। यहाँ तो मैं बेहतरीन मनोरंजन की सामग्री उन तक सस्ता पहुँचा रहा हूँ। बताइए, एक विधायक-मन्त्री से मेरा काम कम है क्या? नागेन्द्र बाबू तीन टर्म एम.पी. रहे। बेचारे, अपने गाँव की खुरपैरिया सड़क को पक्का भी नहीं करवा पाये। किसी तरह गाँव के बीच से बहनेवाली नदी के ऊपर एक कटही पुल बनवा गये और उसके ऊपर अपना नाम भी लिखवा गये। इसीलिए उनका नाम आज तक याद रह गया, वरना कौन याद करता उनको?''

जब कोई उसे यह कह देता कि लेकिन आप तो अवैध काम कर रहे हैं! इस पर वह जवाब देता, ''आप ही बताइए, जनता तक अगर सस्ता सामान पहुँचाना अपराध है, तो मैं मानता हूँ कि मैं अपराधी हूँ। अफसर लोग तो खुद हमसे सीडी-डीवीडी मँगवाते हैं। कहते हैं इतनी सस्ती और अच्छी सीडी तो दिल्ली के बाजार में भी नहीं मिलती है।''

वैसे शहर में यह चर्चा सब करते कि वह सीतामढ़ी क्या, आसपास के शहरों, मुजफ्फरपुर, मोतिहारी, बेतिया, रक्सौल तक के अफसरों तक अरुण चौधरी एक से एक देसी सीडी पहुँचाया करता। देसी सीडी, नहीं समझे? महन्त साह चौक पर होजियरी की दुकान चलानेवाले फेकू मंडल कहते, ''बुलू फिल्म समझते हैं न! वही, जिसमें गोरी-विदेशी मेमसाहबों के साथ खेलाखेली दिखाया जाता है, वह

हुआ विदेशी सीडी। अफसर लोग तो बड़का-बड़का स्कूल-कॉलेज से पढ़े होते हैं न। सो, स्कूल के हॉस्टल से ही विदेशी सीडी देख-देखकर चट चुके होते हैं। उनको तो मनोरंजन के लिए हमेशा कुछ नया चाहिए। उसी से वे लोग खुश होते हैं, जो कुछ नये ढंग का मनोरंजन करवा सके। याद है, दो साल पहले एक नौजवान डी.एम. आया था, महेश प्रसाद। एकदम छोकरा। उसकी शादी भी नहीं हुई थी। उसके साथ हर समय अरुण चौधरी चिपका रहता। वह तो उसका एक साल में ही ट्रांसफर हो गया, नहीं तो अरुण चौधरी उस डी.एम. के सहारे कहाँ से कहाँ पहुँच जाता! उसका अर्दली रामनगीना मेरे ही गाँव का है। वह बताता कि दिन-रात जब वक्त मिलता कलेक्टर साहब अपने हाथ-कम्प्यूटर पर सिनेमा देखने लगते। एक बार उसने झाँककर देखा तो औरत-मर्द का खेला चल रहा था।''

विदेशी सीडी देख-देखकर बोर हो चुके कलेक्टर साहेब को उसने देशी सीडी दिखाकर उसका ऐसा आदी बना दिया कि वे अरुण चौधरी के मुरीद हो गये। वह उनको नित नये-नये सीडी उपलब्ध करवाता। किसी में झारखंड की आदिवासी युवती के साथ खेलाखेली होता, किसी में छत्तीसगढ़ की। अरुण तो जाने कहाँ से कॉलेज में सटाक जींस पहनकर जाने वाली लड़कियों के सीडी भी उपलब्ध करवा देता।

मंडल जी धीरे-से फुसफुसाते हुए बताते, ''यह बात बहुत कम लोग जानते हैं, कलेक्टर साहेब थाड़ा रंगीन तबीयत के थे। वह नेपाल से गोरी-चिट्टी लड़कियों को लाता और कलेक्टर साहेब के सामने पेश कर देता। एक बार उसने कलेक्टर साहेब के खेलाखेली की फिल्म अपने मोबाइल कैमरे पर उतार ली। बस, वे तो उसकी उँगलियों के इशारे पर नाचने लगे।'' वे बताते, ''सच बताऊँ, किसी से कहिएगा नहीं। उसके पास तो हर बड़े अफसर की ऐसी ही फिल्म रहती है। इसीलिए तो कोई उस पर हाथ नहीं डालता। तीन साल पहले तक गोयनका कॉलेज में पढ़ने वाले, हम जैसे दुकानदारों से चन्दा माँग-माँगकर खर्चा चलाने वाले, शहर में एक छोटी-सी इलेक्ट्रॉनिक दुकान चलाने वाले अरुण में ऐसा क्या है कि शहर के सारे बड़े अफसरों से उसके अन्तरंग रिश्ते बन जाते हैं।''

उस दिन नेहरू भवन के बाहर सचमुच अरुण चौधरी ने आकर लिली को बधाई दी, ''आप सचमुच बहुत अच्छा गाती हैं।''

लिली ने नजरें उठाकर उसकी ओर देखा, तो उसे उसकी आँखों में एक मासूमियत नजर आयी। उसने उसके बारे में जैसा सोच रखा था वैसा तो कुछ भी नहीं लगा। उसे लगा वह सचमुच उसकी प्रशंसा कर रहा था।

उसने महसूस किया, अरुण चौधरी बहुत धीरे-धीरे और कम बोलता।

''किसी भी तरह की जरूरत हो तो मुझे याद कीजिएगा। वैसे सिंगिंग को

आपको कैरियर बनाना चाहिए। नाम भी है, पैसा भी है।''

लिली ने निगाहें उठाकर देखा और फिर आँखें नीची कर लीं।

''9431099...''— उसने कुछ रुकते हुए कहा— ''यह मेरा नम्बर है।'' कहकर वह तेजी से अफसरों के साथ चायपान करने बढ़ गया।

लिली ने अपना मोबाइल नम्बर तो अरुण चौधरी को नहीं दिया। मगर एक दो दिनों के बाद ही अपने एक छोटे काम के लिए पहली बार उसने अरुण चौधरी को फोन किया, ''सॉरी, बी.ए. की परीक्षा है। मैं ठीक से क्लास नहीं कर पायी। गाना सीखने में लगी रह गयी। इस बार फाइनल है। आप हिस्ट्री और पोलिटिकल साइन्स के गेस क्वेश्चन दिलवा देंगे?''

''बस यही?'' अरुण चौधरी ने हँसते हुए कहा, ''कल मिल जाएँगे। और कोई बात हो तो भी बेझिझक याद कर लीजिएगा।'' थोड़ा रुककर उसने कहा, ''एक बात कहें तो अदर वे तो नहीं लेंगी न?''

''बोलिये न!'' लिली ने कहा।

''आपने मुझे अपना समझकर याद किया, मुझे अच्छा लगा।'' कहकर उसने फोन रख दिया।

इस तरह फोन करने से अरुण चौधरी के पास लिली का नम्बर आ गया। वह उसे फोन तो नहीं करता। मगर अक्सर एसएमएस करने लगा। कभी गुड मार्निंग, कभी गुड नाइट। फिर दोस्ती को लेकर तरह-तरह की सूक्तियाँ भेजने लगा, चुटकुले भेजने लगा। जिस दिन लिली परीक्षा का फार्म भरने जा रही थी, उस दिन उसने सवेरे-सवेरे एसएमएस में बेस्ट ऑव लक के साथ यह भी सूचना भेजी कि उसकी परीक्षा अच्छी हो इसके लिए वह देवी मन्दिर में पूजा करके आया है। आपका प्रसाद सुषमा संगीत विद्यालय के स्वीटी मैम के पास है। दोपहर में कॉलेज से लौटते हुए प्रसाद जरूर लेती जाइएगा। हमको अच्छा लगेगा।

लिली भी उसके एसएमएस का जवाब देती। अक्सर संक्षिप्त। उसके हर बात के जवाब में थैंक यू। धीरे-धीरे वह भी एसएमएस में खुल गयी। एक दिन उसने अरुण को एसएमएस भेजा, ''मुझे परीक्षा का बड़ा डर लग रहा है। जाने क्या होगा!''

''आप अपनी तैयारी कीजिए। बाकी अरुण चौधरी पर छोड़ दीजिए।'' अरुण के ऐसे जवाबों पर उसे बड़ी आश्वस्ति मिलती। उसे लगता कि कोई है जो उसकी सही प्रतिभा को पहचानकर उसकी ओर आकर्षित हो रहा है। कोई है जो उसके लिए चुटकी बजाते ही सब कुछ कर देता है।

उसे अच्छा लगने लगा था।

एक दिन जब माँ के स्कूल जाने और पिताजी के चौक पर चाय की दुकान में

जाने के बाद वह छत पर बैठकर साइकोलॉजी के गेस क्वेश्चन रटने में लगी थी कि एसएमएस की घंटी बजी। अरुण का एसएमएस था, ''अगर आप बुरा न मानें तो मैं आपसे एक बात कहना चाहता हूँ।'' अरुण ने एसएमएस में यह सवाल पूछा था।

''क्या?'' जवाब में लिली ने भी सवाल किया।

''आई लव यू!''

लिली के बदन में जैसे इस एसएमएस से कँपकपी दौड़ गयी। वह जानती थी घर में कोई नहीं है। पापा दो बजे खाना खाने आते। माँ और बहन स्कूल से शाम को। लेकिन उसने नीचे के दरवाजे को जाकर देखा। वह बन्द था। बार-बार उस एसएमएस को देखती और अपने आपमें लाल होती जाती।

उसने जब काफी देर तक अरुण को कोई जवाब नहीं दिया, तो उसका फोन आया। फोन की घंटी सुनते ही उसकी साँसें ऊपर-नीचे चलने लगीं। उसने फोन में 'हाँ' का बटन दबा दिया।

''नाराज तो नहीं हैं? अगर नाराज हैं तो माफ कर दीजिये।'' अरुण पहली बार फोन करके उससे बातें कर रहा था।

जवाब में उसे तेज-तेज चलती साँसों की आवाज सुनाई देती रही।

''आप बस इतना कह दीजिए कि आप नाराज नहीं हैं।''

''नहीं!'' काँपती आवाज से उसने इतना कहा और फोन रख दिया।

फोन रखने के बाद भी काफी देर तक उसकी साँसें तेज-तेज चलती रहीं। उसका बड़ा मन हो रहा था अभी अरुण चौधरी के पास चली जाए। उससे खूब सारी बातें करे। वह सारी बातें बताये जो उसने किसी को बताई नहीं थी। वह हो, अरुण हो और कोई न हो।

लेकिन सीतामढ़ी में उस समय तो क्या, कभी भी अरुण चौधरी से मिलने का सवाल ही नहीं उठता था। भले शहर में अब लड़कियाँ दिल्ली-पटना की तरह जींस-टॉप पहनकर चलने लगी थीं। लेकिन किसी लड़के से मिलने के मामले में लड़कियों के लिए उस शहर में अब भी कोई जगह नहीं थी। उस शहर में तो कोई पार्क भी नहीं था। उसे याद आया इंटर की अपनी सहेली रजनी की बात। उसे बजरंग टॉकीज के मालिक के लड़के से प्यार हो गया था। दोनों अलग-अलग गाड़ी में बैठकर 60 किलोमीटर दूर मुजफ्फरपुर जाते। वहाँ जुब्बा साहनी पार्क था। जहाँ जाकर दोनों प्यार करते और जल्दी-जल्दी वापस भागते। अगर रजनी शाम से पहले अपने घर नहीं पहुँचती तो शक हो सकता था। सिनेमा हॉल तो बन्द होते जा रहे थे। वैसे भी अरुण चौधरी के साथ सिनेमा देखने जाती, तो सारा शहर उसे भी जान जाता। यही कारण था कि उस शहर में अक्सर सहपाठियों में ही प्यार होता। नोट

लेने-देने के बहाने उनमें बात भी हो जाती। आपस में मिलना-जुलना भी हो जाता। या तो प्रेमी-प्रेमिका एक ही सर के यहाँ ट्यूशन पढ़ने लगते। इससे कुछ देर साथ बैठना-देखना तो हो ही जाता। या लड़कों को अपने दोस्त की बहन से प्यार हो जाता। लेकिन लिली-अरुण का प्यार ऐसा था कि इसमें प्रेमियों के आपस में मिलने की सम्भावना कोई खास नहीं दिखाई दे रही थी। वे न तो सहपाठी थे। लिली का तो कोई बड़ा या छोटा भाई भी नहीं था कि अरुण की उससे किसी तरह की मित्रता की सम्भावना बन पाती।

एक शायर का मिसरा है— 'प्यार सच्चा हो तो राहें भी निकल आती हैं...'

राह इस प्रेम कहानी में भी निकल आयी। राह निकाली सुषमा संगीत विद्यालय ने। वहाँ सूफी संगीत गायन सिखाने का विशेष बैच आरम्भ हो गया। वह बैच भी ऐसा कि जिसमें सीखने वाली केवल लिली होती और सिखाने वाली स्वीटी मैम नहीं, अरुण चौधरी होता। दोपहर 1-3 का समय रखा गया था। अरुण वहाँ पहले से ही आ जाता। संगीत विद्यालय होने के कारण किसी को सन्देह भी नहीं होता। दोनों प्रेमी पहले तो झिझकते रहे फिर एक दिन दोनों ने प्यार के आवेश में स्वीटी मैम को साक्षी बनाकर गन्धर्व विवाह कर लिया। उस दिन से लिली बालों में छिपाकर सिन्दूर भी लगाने लगी।

बी.ए. पार्ट थ्री की परीक्षा हुई। चार महीने बाद जब रिजल्ट आया तो लिली को पहली बार फर्स्ट डिवीजन आया। धीरे-धीरे उस छोटे शहर में इस बात को लेकर चर्चा होने लगी कि अरुण चौधरी का कोई न कोई चक्कर इसके साथ अवश्य है। उसी ने जगह-जगह जाकर पैरवी की, जिससे लिली को फर्स्ट डिवीजन मिला।

इधर अरुण चौधरी ने नये गायक-गायिकाओं के सीडी तैयार करने का काम भी शुरू कर दिया। छठ पर्व के अवसर पर उसने 'छठ मइया की महिमा' नामक सीडी तैयार की, जिसके ऊपर मुख्य गायिका के रूप में मिस लिली का नाम और उसका फोटो दोनों थे। सीतामढ़ी-नेपाल के सीमावर्ती इलाकों में लिली की झनकदार आवाज में गाये गये छठ गीतों ने अच्छा व्यापार किया।

उसके बाद कई सीडी मिस लिली के नाम से और निकलीं। सरकारी समारोहों में लिली को बुलाया जाने लगा। सांस्कृतिक कार्यक्रमों में वह सुगम संगीत गाती। मिस लिली की माँ मारुति कार से स्कूल आने-जाने लगी। कई भोजपुरी फिल्मों में भी उसके गाने को लेकर चर्चा होने लगी।

सब कहने लगे इतने छोटे शहर में रहकर लिली ने अच्छा मुकाम बनाया। ईटीवी के फोक जलवा कार्यक्रम के सेमी फाइनल तक पहुँचने के बाद तो मिस लिली उत्तर बिहार और सीमावर्ती शहरों में एक जाना-पहचाना नाम हो गया। सबकी जुबान पर उसका गाया गाना 'नथुनी संग हिलेला जवानी' चढ़ गया।

इसके बाद तो अरुण के कहने पर उसने खास-खास मौकों पर स्टेज शो भी देने शुरू कर दिए। उसके पिताजी ने अब चाय की दुकान पर बैठना छोड़ दिया था। राष्ट्रपति को चिट्ठी लिखने तक का वक्त वे नहीं निकाल पाते थे। अब वे जानकी मन्दिर के पास अपनी नयी खरीदी गयी जमीन पर मकान बनवाने में लगे रहते।

सीतामढ़ी में लोग कहते कि शारदा सिन्हा की तरह ही हमारे इलाके की इस लड़की ने नाम कमाया।

अरुण अब उसके गायन-कार्यक्रमों के दौरान उसका सारा इन्तजाम देखता। लिली के माँ-पिता को अरुण पसन्द तो नहीं था, लेकिन वे देख रहे थे कि उसके ही बल से उनकी बेटी तरक्की कर रही है। इसलिए उन्होंने इस रिश्ते से आँखें मूँद रखी थीं। अरुण-लिली के गन्धर्व विवाह के तो दो-तीन साल हो गये। अब लिली उसे सचमुच की शादी करने को कहती, तो वह उसकी पलकों को चूमते हुए कहता— अभी तुम्हें कैरियर में काफी आगे जाना है। पहले की तरह सुषमा संगीत विद्यालय के निरापद एकान्त का प्यार बाहर निकल आया था। अब तो अरुण-लिली अपने घर के निरापद एकान्त का भी फायदा उठाने लगे।

इस बीच शहर में जगह-जगह नेपाल के टीवी चैनल द्वारा 'टैलेंट हंट' आयोजित करवाये जाने को लेकर पोस्टर चिपकाये जाने लगे। उसमें पहला इनाम 50 लाख रुपये का था। कुछ दिनों बाद यह खबर फैली कि लिली का चयन उसमें भाग लेनेवालों में हो गया है। वह अपने पिताजी-माँ के साथ उसमें भाग लेने गयी।

लगभग सप्ताह भर बाद उसके माता-पिता अकेले लौटे। लौटकर उन्होंने नेपाल की राजधानी काठमांडू में अरुण चौधरी द्वारा अपहरण किये जाने सम्बन्धी रपट थाने में दर्ज करवायी। उन्होंने जो रपट लिखवायी उसके अनुसार काठमांडू में उस चैनल द्वारा ऐसी कोई प्रतियोगिता ही नहीं आयोजित की गयी थी जिसमें लिली के चयन और भाग लेने की बात की गयी थी। वहाँ उनकी लड़की लिली के अलावा काफी अन्य लड़कियाँ भी आयी थीं। उनमें से उनकी लड़की लिली तथा सीतामढ़ी, शिवहर, जनकपुर की पाँच और लड़कियों के साथ अरुण चौधरी चैनल के मालिकों से मिलकर शिकायत करने की बात कहकर चला गया। उसके बाद न वह लौटा, न उनकी लड़की। उन्होंने वहाँ पुलिस में शिकायत दर्ज करवानी चाही तो पुलिस वालों ने उनका सामान छीनकर भगा दिया। अरुण चौधरी के तार किसी अन्तरराष्ट्रीय माफिया से जुड़े लगते हैं। मेरी बेटी के पास दस हजार रुपये नकद थे। उसने करीब पचास हजार रुपये के जेवरात भी पहन रखे थे।

उस समय सीतामढ़ी-मुजफ्फरपुर में 'दैनिक चकमक' और 'दैनिक बकबक' में प्रतियोगिता चल रही थी। दोनों को इस खबर से तो जैसे अपना प्रसार बढ़ाने का मसाला मिल गया। 'दैनिक चकमक' में अगले दिन यह खबर सुर्खियों में छपी—

उभरती गायिका मिस लिली काठमांडू में गायब। अखबारों में चर्चा शुरू होने से मामला गरमाने लगा। लेकिन अरुण चौधरी उसी तरह अपनी दुकान पर बैठा रहता। वह कहता कि वह तो काठमांडू गया ही नहीं था। एसडीओ साहब के बेटे को वह पटना स्कूल का इंट्रेंस दिलवाने गया था।

इस बीच ईटीवी बिहार ने एक ब्रेकिंग न्यूज में बताया कि एक बहुत बड़े सेक्स रैकेट का काठमांडू में पर्दाफाश हुआ है। बिहार के सीमावर्ती इलाकों से लड़कियों को फँसा-फँसाकर लाया जाता और यहाँ के फाइव स्टार होटलों में बेच दिया जाता। वहाँ से उनको यूरोप के सेक्स बाजार में भेज दिया जाता। नेपाल में ज्यादातर बिहार से आये व्यापारी-अफसर मनोरंजन करने आते। उस खबर में यह भी बताया गया था कि 'होटल मॉन्टी' पर जब छापा पड़ा तब बिहार के कई बड़े-बड़े अधिकारी नवयुवतियों के साथ दुष्कर्म में लिप्त थे। बाद में अफसरों को छोड़ दिया गया। टीवी के काठमांडू रिपोर्टर ने यह बताया कि हो सकता है कि लिली भी इसी रैकेट में फँस गयी हो।

टीवी मीडिया पर इस खबर के आने के बाद सामाजिक-राजनीतिक संगठनों ने इस मामले को उठाया। विधायक महुआ देवी ने विधानसभा में भी गायिका मिस लिली के रहस्यमय तरीके से गायब होने और अपराधियों को आला अधिकारियों द्वारा मिल रहे संरक्षण की बात उठा दी। जिला प्रशासन पर दबाव पड़ा तो उसने अरुण चौधरी को गिरफ्तार कर लिया।

सरकार ने एक आई.ए.एस. अधिकारी की अध्यक्षता में जाँच आयोग बिठाकर महीने भर के अन्दर गायिका मिस लिली मामले की रिपोर्ट देने के लिए कहा। आनन-फानन में सदर थाना के इंचार्ज रघुनाथ सिंह का तबादला भी कर दिया गया।

जाँच आयोग की रपट से एक दूसरी ही कहानी निकलकर सामने आयी। सैकड़ों लोगों की गवाही, अनेक साक्ष्यों के आधार पर उस ईमानदार तथा तत्पर समझे जाने वाले अफसर ने अपनी रिपोर्ट में बताया कि वास्तव में मिस लिली के परिवार के पास जो सम्पत्ति रातोंरात आती जा रही थी, वह उसकी गायन प्रतिभा के कारण नहीं आ रही थी। गायन तो वास्तव में एक सार्वजनिक छवि के लिए था। लिली वास्तव में एक बहुत बड़े कॉल गर्ल रैकेट का हिस्सा थी। सुरक्षा और गोपनीयता के लिहाज से वह ज्यादातर नेपाल में धन्धा करती। नेपाल में उसके सेक्स सीडी खूब बिकते थे। उस अधिकारी ने अपनी रिपोर्ट के साथ कुछ सीडी भी लगाई थी। उसमें पुरुष की पहचान तो नहीं हो पाती, लेकिन लड़की तो निश्तित तौर पर लिली जैसी ही लगती थी। अपनी रिपोर्ट में उस युवा अधिकारी ने लिखा था कि उसकी समिति को इस बात का पक्का भरोसा है कि लिली नेपाल में है और बिहार सरकार को नेपाल सरकार से इस मामले में सहयोग करने के लिए कहना

चाहिए। अरुण चौधरी को जाँच समिति ने इस मामले से बरी कर दिया। सीतामढ़ी के कई अफसरों ने उसके पक्ष में गवाही दी थी कि वह घटनावाले दिनों में तो उनके साथ था।

इस कांड के बारे में इलाके के लोगों के भी अनेक संस्करण प्रचलित हुए।

होजियरी की दुकान वाले फेकू मंडल के अनुसार— अरुण चौधरी ने लिली को पहले अपने प्रेम जाल में फँसाया। उसके बाद सुषमा संगीत विद्यालय चलाने वाली स्वीटी देवी के साथ मिलकर लिली के साथ अपने अन्तरंग क्षणों की उसने सीडी बना ली। वह उसे संगीत के कार्यक्रम तो दिलवाता रहा। सीडी के द्वारा लिली को ब्लैकमेल करके वह उसे गाने के कार्यक्रमों के लिए नेपाल ले जाने लगा। वास्तव में वहाँ जे जाकर उसने उसे देह-व्यापार के बड़े खेल में धकेल दिया। काठमांडू के अन्तरराष्ट्रीय ड्रग्स और सेक्स बाजार के बड़े खेल में। टीवी चैनल द्वारा प्रतियोगिता आयोजित किये जाने सम्बन्धी पोस्टर अरुण चौधरी ने ही लगवाये थे। उसने लड़कियों के साथ-साथ वहाँ ले जाकर लिली ठाकुर को भी बेच दिया। उसके पहले से बनाये सीडी को नेपाल के बाजारों में बेचकर भी उसने खूब पैसे कमाये। नेपाल के रास्ते यहाँ की लड़कियों को यूरोप के बाजार में भेज दिया जाता। वहाँ उनकी बड़ी माँग थी। उसका तो कहना था कि हो सकता है लिली इस समय यूरोप के किसी बड़े देश में कॉलगर्ल हो।

उसके माता-पिता बदनामी के डर से रातोंरात औने-पौने दामों में अपनी सम्पत्ति बेचकर दिल्ली चले गये।

अरुण चौधरी कहता, ''छिनाल थी लिली। मेरे परिवार की प्रतिष्ठा उसके कारण धूल में मिल गयी। उसकी माँ ही असल में उससे धन्धा करवाती थी। काठमांडू में बेटी को छोड़ आयी। मेरे ऊपर इसलिए सारा इल्जाम लगाया, क्योंकि मैं उसे इस गन्दगी से निकालना चाहता था। उसकी लड़की को एक सम्मानजनक जिन्दगी दिलवाना चाहता था। दिल्ली में बड़ी कॉलगर्ल बन गयी है लिली। उसने अपना नाम बदलकर रीना राजपाल कर दिया है। दिल्ली की पॉश कॉलोनी साकेत में पीवीआर के पास उसने एक आलीशान कोठी खरीद ली है। एक-एक रात के चालीस-पचास हजार लेती है। वहाँ उसके माँ-बाप बैठकर उसकी कमाई पर ऐश कर रहे हैं।''

अरुण चौधरी ने कुछ दिनों के बाद स्वयं से पाँच साल बड़ी स्वीटी मैम से विवाह कर लिया।

खैर, कहानियाँ चाहे जितनी रही हों। काठमांडू जाने के बाद से किसी ने सीतामढ़ी में मिस लिली को नहीं देखा। धीरे-धीरे उसकी सीडी को भी लोग

भूलने लगे।

सीतामढ़ी के लोग उस हैरतनाक घटना को भूल चुके हैं, जिसने उनकी शान्ति को भंग करके रख दिया था।

अलबत्ता अखबार वालों को जब स्थानीय प्रशासन को उसकी विफलता के लिए कोसना होता है तो वे कभी-कभार मिस लिली कांड को याद कर लेते हैं।

एक बात और हुई है— सिंगिंग को कैरियर बनाने का चलन कम होता जा रहा है।

सुषमा संगीत विद्यालय याद है आपको? वह बन्द हो चुका है। उसकी जगह अरुण चौधरी-स्वीटी देवी की स्वीटी फिल्म्स का दफ्तर खुल गया है। उन्होंने स्थानीय भाषा मैथिली में फीचर फिल्म बनाने की घोषणा की है। सुना है हीरो-हीरोइन के लिए मुम्बई में ऑडिशन का काम चल रहा है।

❑

जानकीपुल

ऐसा लगा जैसे कोई भूली कहानी याद आ गयी हो। सारा किस्सा नन्दू भाई के ई–मेल से शुरू हुआ। नन्दू भाई पिछले कई वर्षों से इंडोनेशिया के रमणीय द्वीप सुमात्रा में रह रहे हैं। वहाँ नन्दू भाई एक प्रसिद्ध कागज-निर्माण कम्पनी में इंजीनियर हैं। सुमात्रा से नन्दू भाई ई-मेल से ही रिश्तेदारी निभा लिया करते...

पिछली बार दीपावली पर जब नन्दू भाई का 'हैप्पी दीपावली' का ई-मेल आया तो न जाने क्यों इस बार नन्दू भाई को बीस वर्ष पहले अपनी नानी और मेरी दादी के गाँव में मनाई गयी उस दीपावली का स्मरण हो आया था जब हमने आखिरी बार दीपावली पर साथ-साथ पटाखे छोड़े थे। लगे हाथ नन्दू भाई ने उस जानकीपुल का भी स्मरण कर लिया था, जो उसी साल बनना शुरू हुआ था या कम से कम उसका शिलान्यास तो हुआ ही था जो मेरे गाँव मधुवन और शहर सीतामढ़ी के बीच की दूरी को मिटा देने वाला था।...

बीस साल पहले उस गाँव के सपने में एक पुल लहराया था...

नन्दू भाई भले मेरे सगे भाई नहीं हैं। मेरी सगी बुआ के लड़के हैं। मैं उन दिनों अपने गाँव में रहता था। और अपनी साइकिल पर बैठे दस किलोमीटर दूर शहर पढ़ने जाया करता था। दरअसल मेरे गाँव और शहर के बीच एक बाधा थी। नेपाल की नदी बागमती की एक धारा मेरे गाँव और शहर को अलग करती थी। पुल बनते ही वह दूरी घटकर एकाध किलोमीटर रह जाने वाली थी। नदी होने के कारण शहर दूसरी तरफ से जाना पड़ता। गर्मियों में जब नदी में पानी कुछ कम होता तो गाँव के कुछ बहादुर नदी तैरकर पार कर जाते और उस पार सीतामढ़ी बाजार पहुँच जाते।

उसी साल देश में टेलिविजन का रंगीन प्रसारण शुरू हुआ था और गाँव के जो लोग शहरों में मारवाड़ी सेठों या साहबों के यहाँ काम करते थे वे बताया करते कि किस तरह रंगीन टीवी पर 'हम लोग' देखना या 'चित्रहार' देखना बिल्कुल वैसे ही लगता है जैसे सेठ भागचन्द गोवर्द्धनमल के 'किरण टॉकीज' में सिनेमा देखना लगता है...। सच कहता हूँ तब मुझे अपना गाँव में रहना बेहद सालता था।

बुआजी हर साल दीपावली में एक महीने की छुट्टी मनाने आया करती। नन्दू

भाई भी साथ में होते। जिस समय मुझे यह खबर मिली कि पुल बनने वाला है उस वक्त नवम्बर की दुपहर बुआजी दादी के सफेद बालों को कंघी से सीधा करने में लगी थी। माँ बुआजी के लिए तुलसी का काढ़ा बनाने में लगी थी और मैं नन्दू भाई के लिए अमरूद तोड़ने में लगा था। तरह-तरह के अमरूदों के पेड़ थे—कोई ऊपर से तो हरा होता था और अन्दर उसका गूदा गुलाबी होता, किसी अमरूद में बीज ही बीज होते तो किसी में बीज ढूँढ़े नहीं मिलते..मैं अमरूदों के उस विचित्र संसार की सैर कर नन्दू भाई के साथ कच्चे-पक्के अमरूदों को जेबों में भरकर लौटा तो मैंने देखा दादाजी बुलाकी प्रसाद मिश्र, रिटायर्ड हेडमास्टर अपनी आराम-कुर्सी पर उठंगे हुए थे और उनके बगल में एक कुर्सी पर मुखियाजी बैठे हुए थे।

"आज पुल का शिलान्यास हो गया।"

मैंने सुना मुखिया जी कह रहे थे। दादाजी ने जवाब में टँगी जवाहर लाल नेहरू की धुँधलायी-सी तस्वीर की ओर बस देख भर लिया था। मानो उनके प्रति कृतज्ञताज्ञापन कर रहे हों। मैंने नन्दू भाई की ओर देखा था, मेरे लिए तब जीवन की सबसे बड़ी खबर थी यह, उस पुल के बन जाने के बाद मुझे किसी से भी शरमाने की जरूरत नहीं पड़ती यह बताने में कि भले ही मैं शहर के बेहतरीन स्कूल में पढ़ता था और दिन-दिन भर रोजाना अपनी एटलस साइकिल से शहर की गलियों की ही खाक छानता रहता लेकिन रहता मैं मधुवन में था—मधुवन जो शहर का कोई मोहल्ला नहीं था बल्कि नदी की दूसरी तरफ बसा छोटा-सा गाँव था।

मैं बेहद खुश था। उस रात सोते समय जब नन्दू भाई टेलिविजन पर आने वाले धारावाहिक 'हम लोग' के किस्से सुना रहे थे तो मैंने उस रात उनसे कहा था कि उस साल वे मेरे लिए जीवन की सबसे बड़ी खुशी लेकर आये थे...अगले दिन मैं नन्दू भाई के साथ शिलान्यास का वह पत्थर देखने भी गया। उस पर लिखा था। 'माननीय सिंचाई मन्त्री श्री अशफाक खाँ जी के कर-कमलों द्वारा जानकीपुल का शिलान्यास किया गया।' हम दोनों ने काफी देर तक पत्थर छू-छूकर देखा और यह अन्दाजा लगाते रहे कि कितने दिनों में पुल बन जाएगा।

उन दिनों मैं यानी आदित्य मिश्र शहर के प्रसिद्ध श्री राधाकृष्ण गोयनका महाविद्यालय में बारहवीं में पढ़ता था। उन दिनों मेरे कई छोटे-छोटे सपने होते थे। जैसे एक सपना यह था कि मेरे पास सीतामढ़ी में रहने के लिए एक घर हो जाए। एक सपना यह था कि मेरे पास भी न सही रंगीन, ब्लैक एंड व्हाइट टेलिविजन सेट ही हो जाए ताकि मैं भी उस पर किरण टॉकिज की तरह 'हम लोग' और 'चित्रहार' देख सकूँ। मेरे इन सपनों में अक्सर कुछ सपने जुड़ते-घूमते रहते थे। उन दिनों जो सपना मेरे सपनों में आ जुड़ा था वह इला का सपना था—इला

चतुर्वेदी।

इला मेरे ऐसे सपनों में रही जिसे मेरे सिवा सिर्फ नन्दू भाई ही जानते थे। मैं राधाकृष्ण गोयनका महाविद्यालय में कला विषय का छात्र था और मेरे ट्यूशन गुरु मुरली मनोहर झा की उन दिनों इतिहास, राजनीति-विज्ञान, अंग्रेजी जैसे विषयों के पारंगत शिक्षक के रूप में धूम मची थी। उन्हीं दिनों शहर की मशहूर जच्चा-बच्चा विशेषज्ञ डॉक्टरनी मालिनी चतुर्वेदी ने जब प्रोफेसर साहब से अपनी ग्यारहवीं कक्षा में पढ़ने वाली लड़की इला को परीक्षाओं तक घर आकर इतिहास और राजनीति विज्ञान पढ़ा जाने का आग्रह किया तो प्रोफेसर साहब ने अपनी व्यस्तताओं का हवाला देते हुए उनके घर आने में अपनी असमर्थता व्यक्त कर दी थी। लेकिन साथ-ही-साथ प्रोफेसर साहब ने उन्हें इस बात का पक्का भरोसा दिलाया कि वे गेस पेपर और नोट्स अपने किसी प्रतिभाशाली, योग्य शिष्य के हाथों भिजवा दिया करेंगे। प्रोफेसर साहब ने वह मौका मुझे यह कहते हुए दिया था कि तुम पर बड़ा विश्वास करता हूँ।

सच कहता हूँ मैंने उनका विश्वास कभी नहीं तोड़ा। मैं इला के घर कभी वीरेश्वर प्रसाद सिंह की राजनीतिशास्त्र के सिद्धान्त या बी.एन. पांडे का भारत का इतिहास या राय रवीन्द्र कुमार सिन्हा की पुस्तक भारतीय शासन एवं राजनीति देने-लेने जाया करता या गेस पेपर और नोट्स लेकर जाता। यहाँ मुझे शायद यह बताने की आवश्यकता नहीं पड़नी चाहिए कि जिस समय की मैं बात कर रहा हूँ उस वक्त तो फोटोस्टेट जैसी सुविधा दिल्ली जैसे शहर में भी इतनी आम नहीं हुआ करती थी। मैं जिस शहर सीतामढ़ी की बात कर रहा हूँ साहब, उस समय पूरे शहर में कुल एक फोटोस्टेट मशीन हुआ करती थी और फोटोस्टेट करवाना तब इतना महँगा पड़ता था कि बड़े-बड़े मारवाड़ी सेठों के लड़के ही उसका लाभ उठाने की ऐय्याशी कर सकते थे।

इला के घर आने-जाने का मेरा सिलसिला चल पड़ा। मैं एक बार उसके घर नोट्स देने जाता और एक बार नोट्स वापस लेने और फिर नये नोट्स या कोई पुस्तक देने जाता रहता।

इला ने शुरू में दो-एक बार ग्यारह से एक बजे के बीच आने की हिदायत दी लेकिन मैं समझ गया कि उसके घर जाने का सबसे मुफीद समय यही होता था जब उसकी डॉक्टर माँ या तो क्लीनिक में होती थी या अपने पब्लिक प्रॉसीक्यूटर प्रेमी वाई.एन. निषाद के साथ होती जिसके बारे में शहर भर में अफवाह फैली रहती कि कल काले रंग की फिएट में सुरसंड रोड में देखी गयी थी या परसों होटल सीतायन में, वगैरह-वगैरह। इस दौरान उसके वकील पापा विनोद चतुर्वेदी सिविल कोर्ट में मुवक्किल फँसाने में लगे रहते थे...मैं उसी दरम्यान कभी राजनाति विज्ञान,

कभी इतिहास के नोट्स या तो देने या लेने जाया करता। वह इसका एहतियात रखती कि चिट्ठी मेरे नोट्स के ही बचे हिस्से पर लिख दिया करती। कभी अलग से उसने कुछ नहीं लिखा।

वह आम तौर पर चिट्ठी-पत्री कुछ इस तरह से लिखती थी जैसे मेरे कपड़ों, मेरी चाल-ढाल, लिखने-पढ़ने आदि की तारीफ कर रही हो। वह इसी तरह के कुछ वाक्य अंग्रेजी में लिख दिया करती थी जो कि अक्सर अंग्रेजी के मुहावरे हुआ करते थे ताकि कोई अगर उसे पढ़ भी ले तो कुछ और न समझ ले। मैं ही उसे और-और समझाता रहा...उसके उन मुहावरेनुमा पत्रों को पढ़ने के चक्कर में उन्हीं-उन्हीं नोट्स को बार-बार पढ़ता रहा मानो मुझे बारहवीं का नहीं ग्यारहवीं का पर्चा देना हो।

उन सारे सपनों में जुड़ा सबसे नया सपना था—जानकीपुल।

शहर के एस० डी० ओ० साहब के अर्दली रामप्रकाश, जो हमारे ही गाँव का था, ने जो खबर दी थी उसके मुताबिक पुल का शिलान्यास भले ही सिंचाई मन्त्री अशफाक खाँ के हाथों हुआ हो लेकिन इस पुल के बनाने की असल जिद तो शहर के कलेक्टर साहब ए०के० सिन्हा की पत्नी डॉ० रेखा सिन्हा ने ठानी थी। रेखा सिन्हा असल में तो साहित्य की डॉक्टर थी यानी हिन्दी साहित्य की पी-एच० डी० थी और स्त्रीवादी रुझानों के कारण माँ जानकी या सीता की अनन्य भक्तिनी थी। माँ सीता की जन्मभूमि में ही अपने पति के पदस्थापन को वे माँ जानकी की असीम अनुकम्पा ही मानती थीं और इसलिए एक भी दिन वे बिना उनके दर्शन के नहीं बिताना चाहती थीं। उन्होंने ही एक दिन अपने पति को नाश्ते के वक्त यह सुझाव दिया था कि इस नदी पर अगर एक छोटा-सा पुल बन जाए तो माँ सीता की जन्मभूमि जाकर दर्शन करने में बड़ी सुविधा हो जाएगी। माँ जानकी की जन्मस्थली नदी के दूसरी ओर तो दो किलोमीटर ही थी, लेकिन दूसरी ओर से आने में लगभग एक घंटा लग जाता था और रोज-रोज आना सम्भव नहीं हो पाता था...

कलेक्टर साहब को सुझाव पसन्द आ गया था। उन्होंने आनन-फानन में शिलान्यास करवा दिया था। योजना थी अगले बजट तक पुल बनाने का काम शुरू हो जाएगा...

सारा मधुवन गाँव जानकीपुल के सपने में जीने लगा था। पक्की सड़क कुछ साल पहले ही बन चुकी थी और तभी से गाँव वालों की उम्मीद जगी थी कि अब उनके गाँव और शहर की दूरी खत्म हो जाएगी...

पुल के शिलान्यास की खबर के बाद मेरे दादाजी बड़े आशावादी हो चले थे। सतहत्तर के चुनाव में वहाँ महन्त केशवानन्द गिरि सांसद बने, जिनके बारे में बाद

में यह कहा गया 'वे आँधी की तरह आये और तूफान की तरह चले गये'। उन्हीं महन्त जी ने और कुछ किया हो या न किया हो पर न जाने क्यों चुनाव-प्रचार के दौरान मधुवन के गाँव के निवासियों से यह वादा कर आये थे कि अगर वे चुनाव जीत गये तो उस गाँव में जरूर पक्की कोलतार की सड़क बनवा देंगे और सबसे आश्चर्यजनक रहा कि न जाने क्यों चुनाव जीतने के बाद उन्होंने जाते-जाते सड़क बनवाने का अपना वादा पूरा भी कर दिया। अगर वे कुछ दिन और सांसद रहे होते तो उन्होंने जरूर वहाँ पुल भी बनवा दिया होता। लेकिन एक तो चुनाव जल्दी हो गये और दूसरे वे चुनाव भी नहीं जीत पाये।

जब तक पक्की सड़क नहीं बनी थी। मधुवन गाँव के लोग बड़े सन्तोषपूर्वक रहते और नदी के उस पार के जीवन को शहर का जीवन मानते और अपने जीवन को ग्रामीण और बड़े सन्तोषपूर्वक अपना सुख-दुख जीते। कोलतार की उस पक्की सड़क ने उनके मन को उम्मीदों से भर दिया था। दादाजी से मिलने कभी-कभी जब गाँव के एकमात्र रायबहादुर अलख नारायण सिंह आते तो यह चर्चा उनके बीच होती कि अब बस पुल की कमी है और हमारा गाँव किस मामले में शहर सीतामढ़ी से कम रह जाएगा? राय साहब चाय की चुस्कियों के बीच कहते, ''मेरे जीते-जी बिजली आयी। पानी पटाने का बोरिंग आया, अब सड़क भी आ ही गयी है तो पुल भी बन ही जाएगा।'' दादाजी भी उनकी हाँ में हाँ मिलाते।

भले ही महन्त जी संसद का चुनाव हार गये लेकिन मधुवन गाँव वालों की आँखों में उम्मीद छोड़ गये थे। सपना छोड़ गये थे...

अब पुल का शिलायान्स तो जैसे उस सपने को सच में ही बदलनेवाला था। मैंने पढ़ रखा था कि ऐसा सपना जिसे बहुत सारी आँखें एक साथ देखने लगें तो वह सपना नहीं रहता। वह सच हो जाता है...

जानकीपुल उस गाँव का ऐसा सपना बन गया था जो बस सच होने ही वाला था।

गाँव के बीचोंबीच एक पीपल का पेड़ था—पक्की सड़क के ठीक किनारे। गाँववाले पीपल को पाकड़ कहते थे और भविष्य के शहर का ख्याल करके उस जगह को उन्होंने चौक बना डाला और उसका नाम रख दिया—पाकड़ चौक। वहाँ पर बरसों से गाँव के रिक्शा चलानेवालों, बाजार में दिहाड़ी कमाने वालों को काशी चायवाला चाय पिलाया करता था और चाय के साथ खाने के लिए बिस्कुट वगैरह भी रखा करता था। उसने अपनी बाँस की खपच्चियों की जोड़ी हुई दुकान के बाहर शहर सीतामढ़ी के दूकानदारों की तर्ज पर टिन का साइनबोर्ड लगवा लिया था और उस पर लिखवा लिया था—'काशी की प्रसिद्ध चाय की दुकान, मेन रोड, मधुवन।' बस इन्तजार इसी का था कि एक बार जानकीपुल बन जाए और मेन रोड, मधुवन

मेन रोड, सीतामढ़ी का हिस्सा बन जाए।

गाँव भर में पुल बन जाने के बाद के जीवन को लेकर चर्चाएँ चलती रहती थीं, योजनाएँ बनती रहती थीं। कोई अपनी जमीन पर मार्केट बनवाना चाहता था, कोई अपनी दुकान के आगे और पीछे घर बनवाना चाहता था। कभी खबर आती कि पटना के एक प्रसिद्ध स्कूल के मालिक आये थे, स्कूल के लिए जमीन खरीदने। कभी खबर आती कि शहर के एक प्रसिद्ध डॉक्टर वहाँ जमीन देखने आये थे, शायद नर्सिंग होम खोलना चाहते थे।

कुल मिलाकर, यही लग रहा था कि बस पुल बन जाए उसके बाद देखिए क्या-क्या होता है मधुवन में। दादाजी बुलाकी प्रसाद मिश्र ने अपनी कुछ अलग ही योजना बना रखी थी। मेरे पशु-चिकित्सा अधिकारी पिता जब छुट्टियों में आते तो दादाजी समझाते कि 'एक एकड़ जमीन है नदी के पास सड़क किनारे अपनी। बेच के बैंक में रख देंगे पैसा। दो-एक पीढ़ी तो बैठकर खाएगी ही।'

मैं उस दरम्यान जब भी इला के यहाँ नोट्स लेने-देने जाता या डायमंड क्रिकेट क्लब के बाकायदा सदस्य की हैसियत से क्रिकेट खेलने जाता तो बात-बात में उन सबको अपने गाँव में बन रहे पुल के बारे में बताता। इला अक्सर कहती कि अच्छा है एक बार पुल बन जाए तो मैं तुम्हारे गाँव गन्ना खाने आऊँगी या कभी आँवले का पेड़ देखने की बात कहती। जवाब में मैं कहता तब हमारा गाँव, गाँव थोड़े ही रह जाएगा। इला आश्चर्य से पूछती कि जब यह भी नहीं रह जाएगा तुम्हारे गाँव में तो क्या बाकी रह जाएगा वहाँ? मैं सोचता रह जाता था।

मेरी बारहवीं की परीक्षा आ गयी। इला की ग्यारहवीं की। दोनों ही अच्छे नम्बरों से पास हुए। इला बारहवीं में आ गयी लेकिन उसकी बारहवीं में नोट्स पहुँचाने, किताब पहुँचाने के लिए मैं सीतामढ़ी में नहीं रह पाया। मैं आगे की पढ़ाई करने के लिए दिल्ली आ गया।

यह बात बीस साल पहले की है।

अब मैं नन्दू भाई को क्या बताता कि इन बीस सालों में क्या-क्या हुआ! पुल के बारे में तो मैं भी भूल चुका था। उनको पता नहीं कैसे सुमात्रा में बैठे-बैठे जानकीपुल की याद आ गयी थी।

हुआ यह कि कलेक्टर ए० के० सिन्हा साहब का तबादला हो गया और उनकी पत्नी पुल पारकर जानकी जन्मभूमि देखने का सपना सँजोये ही रह गयीं। उसके बाद जब भी मैं दीपावली के आस-पास छुट्टियाँ बिताने गाँव आता तो यही खबर सुनता कि अगले बजट में पुल जरूर बन जाएगा। हर साल जब बजट का पैसा आता तो नदी में बाढ़ आ जाती और जब बाढ़ का पानी उतरता तो बजट समाप्त हो चुका होता था। इस प्रकार हर साल जानकीपुल का निर्माण-कार्य अगले बजट

तक के लिए टल जाता।

छुट्टियों में जाता तो इला से मिलने का कोई बहाना नहीं रहता था। उसके पास तो फोन था लेकिन तब आज की तरह गली-गली पी० सी० ओ० बूथ नहीं खुले हुए थे कि आप गये दो रुपये दिये और फोन पर बात हो गयी। तब फोन बड़े-बड़े लोगों के ही पास होता था। मैं गाँव में रहता था और मेरे पास फोन होने का सवाल ही नहीं उठते थे। दिल्ली जाने के कुछ साल बाद जब मैंने अपने दोस्त श्रीवल्लभ के घर से पहली बार इला को फोन किया तो पता चला उसकी शादी अमेरिका में रह रहे किसी सॉफ्टवेयर इंजीनियर से तय हो गयी थी। उसने मुझे मिलने के लिए बुलाया। समय तब भी ग्यारह से एक का ही रहा। उसे शायद अच्छा लगा हो कि इतने साल दिल्ली रहने के बाद भी मैं उसे भूला नहीं था और उसके एक बार कहने पर ही तत्काल उससे मिलने पहुँच गया। उस मुलाकात में मैंने उससे कुछ निशानी माँगी थी। आखिरी ताकि उसकी याद रहे। उसने अपनी तस्वीर पीछे 'विद बेस्ट विशेज' लिखकर मुझे दिया। मैंने भी अपनी तस्वीर उसे देनी चाही तो उसने हँसते हुए कहा, ''इतना छोटा-सा तो तुम्हारा चेहरा है, हमेशा मेरे दिल में बसा रहेगा।'' मैं जेब में उसकी तस्वीर सँभाले लौट आया था।

वह इला से मेरी आखिरी मुलाकात थी। न मेरे गाँव में पुल बना न वह उसे पार कर गन्ना खाने, आँवला खाने वहाँ आ पायी। वह अमेरिका चली गयी। हडसन और मिसीसीपी नदी पर बने पुलों को पार करते हुए...

नन्दू भाई हांगकांग चले गये थे। इसी बीच दादाजी का देहान्त हो गया था और मरते वक्त उन्होंने मेरे रिटायर्ड हो चुके पशु-चिकित्सक पिता की आँखों को अपना सपना दे दिया था। उन्होंने कहा था कि पुल बनेगा जरूर इसलिए जमीन बेचने में हड़बड़ी मत करना। इन दिनों पिताजी गाँव में रहते थे और आसपास के इलाके में पशुओं के अचूक चिकित्सक के रूप में जाने जाते थे।

बुआजी नागपुर मैं बस गयी थीं, चाचाजी लखनऊ में, मामा कलकत्ता में, दीदी बिलासपुर में। सब टेलीफोन से रिश्तेदारी निभाते रहते थे। नदी पर पुल नहीं बना तो क्या उन्होंने टेलीफोन के ही पुल बना लिये थे।

नन्दू भाई से काफी दिनों तक कोई सम्पर्क नहीं रह गय था। भला हो इंटरनेट का, पिछले चार-पाँच सालों से उसने हम भाई-बहनों को फिर से जोड़ दिया था। मैंने नन्दू भाई को ई-मेल किया था कि दिल्ली में पिछले चार-पाँच सालों में इतने फ्लाईओवर बन चुके हैं कि पहचानना मुश्किल पड़ जाएगा।

ऐसा नहीं है कि इन बीस सालों में मधुवन गाँव के लोग उस पुल को भूल गये हों। इस बीच गाँव में हाथ-हाथ मोबाइल आ गया था, रंगीन टेलीविजन आ गया था, सामूहिक जेनेरेटर आ गया था, स्कूल खुल चुका था और जानकीपुल...

कई बरसों बाद जब मैं पिछली बार दीपावली पर घर गया था तो पिताजी ने बताया था कि अगले बजट में पक्का बन जाएगा...

सोच रहा हूँ नन्दू भाई को यही ई-मेल कर दूँ। गाँव में अब भी लोग पाकड़ चौक पर बैठते हैं तो जानकीपुल की चर्चा चल पड़ती है। भले ही उसका शिलान्यास का पत्थर अब पहचाना नहीं जाता और वह सड़क जिसने पुल का सपना गाँववालों की आँखों में भरा था, वह भी जगह-जगह से टूटकर बदशक्ल हो चुकी थी। गाँववाले अब भी यही सोचते हैं कि एक बार पुल बन जाए सब ठीक हो जाएगा—जानकीपुल।

❑❑❑